신선神仙되는 길이 보인다
경이적인 현상이 눈앞에 펼쳐진다!!
선도수련의 현장을 체험으로 파헤친 충격과 화제의 소설

약편 선도체험기 16권을 내면서

약편 선도체험기 16권을 내면서

『약편 선도체험기』 16권은 『선도체험기』 73권의 【이메일 문답】부터 76권까지의 내용에서 선별하여 구성하였다. 시기적으로는 2003년 10월부터 2004년 9월 사이에 일어난 삼공 김태영 선생님의 선도 체험 이야기, 수련생과의 수행과 인생에 대한 대화, 이메일 문답 내용이다.

이번 16권은 특히 이메일 문답 분량이 많다. 여러 사람의 많은 이메일 문답 중에서 앞뒤가 연결되면서 드라마 같은 이야기를 연출하거나 독자들이 공감하고 공부가 되는 내용을 위주로 선별했다. 그리고 내용이 연결되는 이메일들은 하나의 제목 밑에 모았다.

"하루에도 수없이 변하는 자기 마음을 꾸준히 관(觀)하다가 보면 어느덧 자기도 모르는 사이에 지혜가 싹트게 될 것입니다. 그 지혜를 스스로 터득하시기 바랍니다. 평상심(平常心)과 부동심(不動心)은 바로 그 지혜의 산물입니다.

변하는 마음을 관하는 가운데 변하지 않는 마음의 본질을 찾아내야 합니다. 변하지 않는 것이 평상심이요 부동심입니다. 그 부동심(不動心)이 동심(動心)을 다스릴 수 있어야 합니다. 그래야 비로소 대자유인이 되어 유유자적할 수 있습니다. 그것의 성취를 위해 온갖 노력을 기울여야 할 것입니다. 그것이 참다운 행복을 얻는 길입니다."

위와 같이 공부에 도움이 될 뿐만 아니라 공명 운기가 되는 내용을 이번 권에서 많이 보게 될 것이다. 지면의 한계로 선별에서 제외한 아까운 내용이 많으니 가능하면 『선도체험기』를 완독하기를 권한다.

마지막으로, 교열을 도와주는 후배 수행자들에게 감사의 뜻을 전한다. 삼공선도를 수련하는 후학들이 힘을 모아 책을 만들고 있으니 그 의미가 큰 것 같다. 그리고 『약편 선도체험기』가 예정했던 권수를 초과하여 발행되고 있는데, 이를 배려해 주시는 글터사 한신규 사장님의 후의에 감사 인사를 드리는 바이다.

단기 4355년(2022년) 1월 13일

엮은이 　조 광　배상

차 례

Contents

- 약편 선도체험기 16권을 내면서 _ 3

〈73권〉
【이메일 문답】
- 하루하루 충실하기 _ 8
- 폭포수 물기둥 _ 13
- 거렁뱅이의 정체 _ 23
- 백회가 열린 것인지요? _ 28
- 로키산맥 등산 _ 34
- 상단전이 열린 것인지요? _ 40
- 마음공부가 큰 과제 _ 47
- 백회로 폭포처럼 쏟아지는 기 _ 55
- 삼합진공(三合眞空) _ 61

〈74권〉
- 명상이란 무엇인가? _ 65
- 독도 문제 해결책 _ 69
- 성공한 구도자 _ 74
- 시산제(始山祭)와 산신령(山神靈) _ 79

【이메일 문답】
- 자리이타(自利利他) 정신 _ 82
- 상단전(上丹田) _ 89
- 중단전(中丹田) _ 99
- 수승화강(水昇火降)에 대하여 _ 106
- 마음공부 _ 116

- 부작용인지요? _ 121
- 적당히 살아온 것 같습니다 _ 127
- 천부경 수련 _ 138
- 마음 비우기 _ 145
- 1일 2식 _ 149
- 어려울 때 어려운 줄 알고 대처하기 _ 155

⟨75권⟩
- 신불(神佛)에 대한 참회가 수련에 도움이 될까? _ 163
- 묘혈(墓穴)에 흐르는 기의 상응 작용 _ 166
- 인과응보 부정하는 유명 인사 _ 169

【이메일 문답】
- 삼합진공 회복 _ 174
- 중단전(中丹田) _ 183
- 신통력(神通力) _ 188
- 가벼운 부상 _ 199
- 화면(畵面)에 대하여 _ 209
- 방하착(放下着) 수련 _ 212
- 빙의령(憑依靈) 천도(薦度) _ 216
- 남의 수련을 돕는 일 _ 224
- 제자리 찾기 _ 233
- 수련이 게을러졌습니다 _ 239
- 세 가지 질문 _ 246

⟨76권⟩
- 신(神)과 가까워지려면 _ 251
- 중국의 고구려사 침탈(侵奪) _ 252

약편 선도체험기 16권

【이메일 문답】
- 보호령이 나 자신 _ 263
- 거짓 나에서 참나로 _ 270
- 전생의 영 천도 _ 276
- 우아일체(宇我一體) _ 282
- 수련 후퇴? _ 290
- 제나와 얼나 _ 296
- 아인슈타인 박사의 영(靈) _ 302
- 빙의는 죽은 사람의 영에 의해서만 되는가? _ 310
- 성령의 맛보기 _ 315
- 사람이 사는 목적 _ 324
- 질문이 생겼습니다 _ 331
- 5월을 맞이하여 _ 335
- 군대생활 _ 342

〈73권〉

【이메일 문답】

하루하루 충실하기

삼공 선생님께.

선생님, 안녕하셨습니까? 상주에 사는 이미숙입니다. 벌써 선생님을 뵈온 지 한 달이 되어 갑니다. 하루하루를 충실하게 살다 보니 금세 시간이 흘러가 버리는군요.

요즘은 맘먹은 대로 새벽에도 잘 일어납니다. 꼭 누가 옆에서 깨우는 것처럼 새벽 5시 반이 되면 후딱 일어나 정좌를 하고는 달리기를 하러 나갑니다. 그리고 퇴근하자마자 요가부터 하고는 밤에 여유가 있으면 정좌를 한 시간 정도 더 합니다.

그동안 능력도 안 되면서 오지랖이 넓어 벌여 놓은 일들이 많았는데 그것들의 대소경중을 가려 주변 정리를 미리 해 둔 것이 천만다행입니다. 남들이 보면 단순한 생활일지 몰라도 저에겐 기쁨이 충만한 날들입니다.

그래서인지 조금 더 너그러워지고 전날 좀 무리를 해도 피곤이 빨리 풀리는 편이며 그렇게 많던 잠도 좀 줄었습니다. 얼마간의 경험이지만 이 상태를 놓치지 말고 잘 살려서 좋은 결과를 맺도록 하겠습니다. 늘 좋은 말씀으로 격려해 주신 덕분입니다. 고맙습니다.

그럼 안녕히 계십시오. 내일 찾아뵙도록 하겠습니다.

2003년 10월 17일
상주에서 이미숙 올립니다.

【필자의 회답】

건강 상태가 전보다 더 좋아진 것은 그동안 수련이 향상되어 운기가 활발해졌고 그것이 심신에 정착이 되었기 때문입니다. 그러나 지금과 같은 좋은 컨디션이 오래 지속되리라고는 생각지 마시기 바랍니다.

만약 그렇게 된다면 수련이 더이상 진전이 되지 않는 것을 의미합니다. 우리 몸을 건물로 칠 때 수련은 일종의 리모델링과도 같습니다. 금생에 태어난 몸의 뼈대만은 그대로 유지하면서 그 내부와 외형을 완전히 확 바꾸어 버리는 것입니다. 말하자면 범인이 도인이나 부처가 되는 과정입니다.

지금은 그 리모델링 작업이 일시 숨 고르기를 위해 소강상태에 있을 뿐입니다. 이미숙 씨가 지금의 수련 정도에 만족하지 않고 계속 성장 동력을 가동시킨다면 미구에 전과는 다른 명현 현상이 또 닥쳐올 것입니다. 그래야만 수련은 계속 상향 발전할 것입니다.

그때를 대비하여 미리 마음 준비를 단단히 하시기 바랍니다. 항상 유비무환(有備無患)의 태세를 유지하라는 얘기입니다. 그러면 지난번보다 더 심한 환란이 닥쳐와도 조금도 당황치 않게 될 것입니다.
 구도자는 이 세상에서 숨을 거두는 그 순간까지 명현 현상을 지속적으로 겪게 될 것입니다. 왜냐하면 생명력 향상은 생사와 윤회를 초월하여 무한정 계속하기 때문입니다. 그리하여 윤회로 한 생(生)이 바뀌면 그때는 다른 몸을 새로이 받아 수련이라는 리모델링 작업은 계속될 것입니다. 심신이 바뀌면서 일어나는 몸살을 고통이 아니라 도리어 즐거움으로 알 때 수련은 본격적인 궤도에 들어섰다고 할 수 있을 것입니다.

참고 또 참기

삼공 선생님께.
 선생님, 안녕하셨습니까? 상주 이미숙입니다. 한 달 전 삼공재를 다녀와서부터 여지껏 몸이 괴롭습니다. 선생님 말씀처럼 일시 숨 고르기를 위한 소강상태는 잠시였고 또 다른 명현반응들로 건강 상태가 좋지를 못합니다.
 처음 한동안은 늘 말썽을 피우던 종아리의 묵직한 통증이 도져서 다리를 절며 직장생활하면서도 잘 버티어 왔는데 열흘 전쯤 시작한 치통은 견디기가 녹녹치 않아 고전을 하고 있습니다. 어떤 식으로든 또 다른 명현반응이 올 줄 잘 알고 있었고 또 각오는 했지만 버겁네요.
 통증이 밀려올 때마다 찬찬히 그것들을 지켜보며 호흡에 집중해 보지만 역부족입니다. 그러다 오늘은 창피하게도 막 울고 말았습니다. 아이를 낳는 산모의 고통보다 더 하다는 치통이라더니 실감이 납니다.

하지만 한편 생각해 보니 그동안 얼마나 몸을 제대로 간수하지 못하고 아끼지 못했으면 이럴까 싶은 게 제 자신이 부끄러워집니다. '그래, 자업자득이지, 누굴 탓하며 누굴 원망하랴?' 참고 또 참아 보렵니다.

그러다 너무 아프면 좀 울기도 해 보고 막 소리도 질러 보렵니다. 다만 그 고통에 끄달리지 않도록 지켜보는 것도 잊지 않겠습니다. 선생님 하신 말씀 "이 모두가 고통이 아니라 심신이 바뀌는 즐거움이다"를 새기면서 이 아픔을 견뎌 보겠습니다.

이렇게 극심한 고통 속에서도 백회로 기운은 줄기차게 들어오고 있으니 차마 진통제를 먹거나 병원에는 갈 수가 없었습니다. 처음엔 그냥 잇몸이 들쑤시는 정도라서 풍치인가 하고 가벼이 생각해서 하마터면 병원을 찾을 뻔했는데 다행입니다.

언제 나을지도 모르고 얼마나 고통이 더 심할지도 알 수는 없지만 때가 되면 물러가겠지요. 그때까지 이 고통과 하나가 되어 보겠습니다. 그리고 이럴 때일수록 복잡하게 생각하지 말고 차분하게 자신을 잘 추스르는 게 중요할 듯싶습니다. 이번 주 토요일에 찾아뵙도록 하겠습니다. 그럼 안녕히 계십시오.

이미숙 올림

【필자의 회답】

이미숙 씨는 그동안 쌓아온 수련의 실적으로 보아 이번 명현반응도 잘 견디어 내시리라 생각합니다. 명현반응이 심하면 심할수록 그리고 자주 오면 올수록 그만큼 수련이 깊어지고 빨라지고 있다는 것을 명심하시기 바랍니다.

『선도체험기』를 읽고 오행생식을 하면서 삼공재에 정기적으로 출석하며 장기간 수련을 쌓아온 수행자들 중에도 명현반응을 이기지 못하고 탈락하는 경우가 왕왕 있습니다만 이미숙 씨는 그러한 단계는 이미 지났으리라고 봅니다.

아무리 고통이 심하더라도 백회로 줄기찬 기운이 들어오는 한 무서울 것은 조금도 없습니다. 강한 기운이 백만의 원군이라고 생각하고 씩씩하게 이번 고비도 잘 넘기시리라 믿습니다. 심한 고통은 일진광풍처럼 반드시 지나가 버리게 되어 있습니다.

폭포수 물기둥

삼공 선생님 전 상서

그동안 선생님과 사모님 모두 안녕하셨는지요? 보내 주신 생식과 『선도체험기』는 고맙게 받았습니다. 도와주심에 깊이 감사를 드립니다.

저는 강원대학교 성재모 선생님의 제자로 일본에서 근무를 하고 있으며, 현재는 미국에서 2년간의 일정으로 공부를 하고 있는 차주영입니다. 제가 삼공 선생님을 찾아뵙고 인사를 드린 지가 2년 전쯤으로 생각이 되나, 『선도체험기』를 통하여 늘 선생님에 대한 근황들을 접하고 있습니다.

이곳에 와서도 아침에 조깅하고 생식하고 그리고 단전호흡 등 종래 생활해 왔던 방식을 지키고 있습니다. 최근에는 실험 관계로 대학을 잠시 옮겼으나, 처음 있었던 곳보다는 기감도 좋은 것 같고 여러모로 안정이 되는 것 같아 다행입니다. 그러나 일본에 있으나 미국에 있으나 욕심을 버리지 못하고 있어 늘 주위와 부딪치고 있습니다.

그리고 최근 단전호흡을 하면서 느끼는 점에 대하여 간단하게 말씀을 드릴까 합니다. 어떤 때는 저의 몸이 작아지면서 위쪽으로 빨려 가는 것을 느끼며, 때로는 단전에서 머리끝까지 폭포수의 물기둥과 같은 시원한 기의 기둥(?)이 일기도 하고, 그리고 가끔씩 마치 사극에 나오는 도사님들이 저의 주위를 감싸며, 한 번은 그 도사님이 보낸 사신이 저의 단전으로 들어온 것도 느끼곤 합니다.

또한 이런 것들을 느낄 때면, 제가 전에 있던 일본에도 한국에도 앉아 있는 등 새로운 경험들을 하고 있으며, 황홀함까지 느끼곤 합니다. 사실 현재 미국까지 와서 새로운 공부를 한다고는 하고 있지만, 2년 후에 얼마큼의 성과를 얻고 일본으로 돌아갈지는 모르겠습니다. 그러나 하루하루를 충실하게 보내고 있으며, 가능한 한 이곳저곳을 다니며 많이 보고 느끼려고 하고 있습니다.

하지만 많은 것을 얻으려고 하면 그만큼 어려움도 같이 따르니, 『선도체험기』를 지표 삼아 정진해 볼 생각입니다. 그리고 저를 선도와 인연을 맺게 해 주신 삼공 선생님과 성재모 선생님에게 늘 감사하는 마음을 잊지 않고 있습니다. 앞으로도 끊임없는 지도 편달을 부탁드립니다. 그럼 선생님과 사모님의 건강이 늘 함께 하시기를 기원합니다. 안녕히 계십시요.

라라미에서 제자 차주영 올림

【필자의 회답】

메일을 읽어 보니 비록 단독 수련을 하고 계시지만 수행이 많이 진전되고 있는 것을 알 수 있습니다.

"몸이 작아지면서 위쪽으로 빨려 가는 것을 느끼는 것"은 기공 상태(氣功狀態)에서 자기 존재의 실상을 터득해 나가는 한 과정입니다. 기공 상태란 기공부하는 수행자들이 수련 중에 느끼는 무아의 삼매지경을 말합니다.

여기서 좀더 진전이 되면 자기 몸이 수증기의 입자처럼 허공에 흩어지는 경우를 경험할 수도 있을 것입니다. 우리의 몸은 눈에 보이는 유한(有限)한 존재입니다. 그러나 이 몸을 있게 한 존재의 실상은 눈에 보이지 않는 무한한 존재입니다. 그러므로 그것은 이 우주 안에 있는 어떠한 것으로도 변할 수 있습니다. 몸이 작아지면서도 왜소함에서 오는 실망이나 비관 대신에 황홀감을 느끼는 것은 바로 이 때문입니다.

그리고 "때로는 단전에서 머리끝까지 폭포수의 물기둥과 같은 시원한 기의 기둥(?)이 일기도 하는 것"은 선도수련이 대주천 이상의 경지에 들었을 때 일어나는 현상인데, 정확한 판단을 내리려면 좀더 상세한 정보가 필요합니다. 단전은 항상 따뜻하고 머리는 시원하여 늘 수승화강(水昇火降)이 이루어지고 있는지 알려 주시기 바랍니다.

또한 "가끔씩 마치 사극에 나오는 도사님들이 저의 주위를 감싸며, 한번은 그 도사님께서 보낸 사신이 저의 단전으로 들어온 것도 느끼곤 하는 것"은 차주영 씨를 가르치는 신명(神明)들이 수련을 돕고 있는 것을 말해 줍니다. 이럴 때마다 그분들에게 감사하는 마음으로 더욱더 정성을 다하여 수련에 임하시기 바랍니다.

"이런 것들을 느낄 때면, 제가 전에 있던 일본에도 한국에도 앉아 있는 등 새로운 경험들을 하고 있는 것"은 차주영 씨가 과거 생에 일본에서도 한국에서 수행을 한 경험이 있음을 말해 줍니다.

이 우주 안에 우연한 일은 있을 수 없습니다. 그리고 원인 없는 결과 역시 있을 수 없다는 것을 아시기 바랍니다. 시공을 초월하여 수많은 인연 있는 신명(神明)들이 차주영 씨의 수련을 돕고 있으므로 비록 먼 타국에 홀로 떨어져 있지만 기실 결코 외로운 존재가 아님을 아시고 수련에 가일층 분발하시기 바랍니다.

가르쳐 주심에 감사를 드립니다

삼공 선생님 전 상서

안녕하십니까? 차주영입니다. 보내 주신 메일은 고맙게 받아 보았습니다.

바쁘신 와중에도 가르침을 주신 데 대하여 진심으로 감사를 드립니다. 무엇보다 선생님으로부터 직접 답장을 받으니 감회가 새롭습니다. 그리고 저의 수련이 향상이 된다고 하시니, 저에게는 큰 기쁨입니다.

우선 수승화강에 대한 답변을 드리면, 단전에 의식을 두면 늘 따뜻함을 느끼고 있으며, 한 2개월 전부터 머리가 맑아졌음을 느낍니다. 마치 뒤통수가 없어진 듯한 느낌은 늘 있습니다. 그러나 『선도체험기』에 나오듯이 백회가 뚫려서 강한 기가 늘 들어온다든가 하는 것 같은 느낌은 들지 않습니다.

뒤통수가 없어진 듯한 느낌을 받기 시작한 자초지종에 대하여 말씀을 드리겠습니다. 제가 미국에 온 지 거의 반년이 되어 가는데도 언어 문제가 해결이 되지 않고, 그리고 연구에도 큰 진전이 없으니 조바심도 나고 걱정도 생기니 늘 스트레스를 받고 생활하고 있습니다. 사실 직장에서 2년간 자리를 비운다는 게 그리 쉽지만은 않으며, 그에 따른 남들이 납득할 만한 결과를 얻는 것이 직장에 대한 최소한의 도리가 아닌가 하는 생각을 하고 있습니다.

그러나 저의 현실을 생각하니 연구 분야는 그런 대로 될 것 같은 마음도 드나, 언어에 대하여는 이 상태로라면 2년이 지나도 말도 제대로 못할 것 같은 생각을 하니 강한 강박관념에 사로잡혔습니다. 그러나 이곳에서는 학생 신분도 아니고 해서 강의도 없으니, 영어로 말할 기회가 거의 없이 하루에 인사말 정도만 하고 지내는 날이 많습니다. 그래서 어떤 분의 충고도 있고 해서 튜터(tutor)를 구해 공부를 하고 있었으나, 기초가 부족한 탓인지 그리 납득할 만한 성과가 보이지 않고 있습니다.

그렇게 우왕좌왕하는 와중에 제가 일본에서 가져온 책이 있기에 읽어 보니 우선 기본 패턴의 문장을 많이 암기하는 것이 좋다고 하면서, 방법으로는 한 문장을 80번 이상씩 큰소리를 내어 읽으라고 하기에 이것을 병행하기로 하였습니다. 그래서 큰 마음먹고 연구실 사람들의 퇴근 후인 밤 시간을 이용하여, 의자에 가부좌를 틀고 앉아 바를 정 자를 써가며, 단전에 힘을 주어 80번씩 큰소리로 읽기 시작하였습니다. 그때 느낀 점입니다만, 처음에는 혀도 안 돌아가고 무엇보다 정수리가 깨지는 듯한 느낌이 들었습니다.

그때 저로서는 그동안 써먹지 않던 뇌가 재가동되느라고 그렇겠지 하고 열심히 하였습니다. 잠도 3, 4시간 정도밖에 못 자고 계속했습니다. 그러나 심한 피곤함을 느끼지 못하였으나 머리가 깨지는 고통을 느낀 한 1주일 후부터 마치 뒤통수가 없어진 듯한 느낌이 들면서 암기력이 월등히 향상된 것을 느꼈습니다. 아마 뒷머리가 없어진 듯 시원함을 느낀 것이 그때부터인 듯합니다.

그리고 그 후, 몸에 다른 변화가 생긴 것은 몸이 몹시 흥분되고 목 부분에서부터 기가 위로 뻗치는 듯하며, 얼굴이 상기되는 것을 느꼈습니다. 그와 동시에 아침에 일어나면 눈에 부기를 느끼고, 주먹을 쥐면 손에서도 부기를 느꼈습니다. 또한 어떤 날 우연히 거울을 보니 목의 밑부분에 마치 절반 크기의 숟가락을 엎어 놓은 듯이 볼록하게 된 것을 발견하였습니다. 이 현상은 평상시는 감지가 되지 않으나, 머리를 뒤로 젖히고 침을 삼키면서 거울을 보면 현저하게 느껴지나 통증은 없습니다.

그러던 중 우연히 학교의 구내서점에서 영어 공부도 할 겸해서 포켓용 백과사전을 구입하였습니다. 책장을 넘기던 중 인체의 해부도를 보니, 저의 목에 이상이 있는 부위가 갑상선이라는 것을 알게 되었습니다. 그래서 인터넷을 통하여 자료를 수집하여 저의 증상과 비교를 해 보니, 갑상선종이라는 병으로 추측이 되었습니다.

처방으로는 병원에 가서 갑상선을 떼어내는 법이 있으나, 평생 호르몬 치료를 받아야 한다고 씌어 있기도 하기에 마음에 내키지 않았습니다. 단전호흡을 해 보니 기는 여전히 느끼고 있어 일종의 명현 현상이겠거니 하는 마음도 들어, 병원에는 가지 않기로 하였습니다. 그러나 이 병의 원인으로는 스트레스로 인한 호르몬의 분비 이상이나 음식물에서 오는 요오드 부족이라고 하기에, 휴식을 취하며 요오드가 많이 들어 있는 것들을 먹기로 하였습니다. 그리고 단백질이 함유된 고기도 먹어야 한다고 하기에 음식물에 신경을 썼습니다.

그러나 며칠간 그동안 해 왔던 생식을 멈추고 밥과 고기 등으로 식사를 하니, 소화도 안 되고 설사를 하여 몸에서 받지 않는 것 같아 다시 생식을 하기로 하였습니다. 종래에는 매끼마다 두유에 꿀 반 숟가락, 죽염과 생강차 4봉을 넣어 마신 후 과일로는 사과 1개가 한끼분의 식사였습니다. 그러나 앞으로는 당근, 미역 등과 같은 야채를 곁들이기로 하였습니다.

이와 동시에 수련을 더욱더 충실히 하기로 하였습니다. 그러나 몸의 상태는 지금까지 제가 느껴보지 못한 피곤함과 무기력증으로 고통스러웠습니다. 그러던 어느 날 호흡 수련을 하는데, 단전이 따뜻해지더니 위쪽으로 내뻗치면서 머리끝까지 가더니 무엇인가가 확 빠져나가는 것을 느꼈으며, 그와 동시에 마치 코끝에서 송장 썩은 내 같은 냄새가 확 풍기는 듯한 것을 느꼈습니다.

이것은 제가 처음 경험한 일이기도 하나, 『선도체험기』에도 여러 번 다뤄 주셨듯이, 혹시 제가 그동안 죽은 사람으로부터 빙의가 되었었나 하는 생각이 번득 들었습니다. 그렇다면 저의 갑상선종과 관계가 있는 것이 아닌가 하는 생각도 듭니다만, 제 주위에 돌아가신 분들 중에 그와 같은 병을 앓으신 분은 기억에 없어 인과를 찾지는 못하고 있습니다. 그러나 그 후부터는 목도 부드러워지고 또한 이곳으로 옮긴 후로는 몸도 마음도 안정이 되고 이전 메일에서 말씀을 드렸듯이 수련도 잘되고 하니 목 부분에 대하여는 별 신경이 쓰여지지 않습니다.

아무튼 어차피 미국에서 생활을 하고 있으니 있는 동안만이라도 영어 공부에는 게을리하지 않으려고 하고 있으나 저에게는 어려운 일인 것 같습니다. 그러나 무엇보다 저의 수련을 위해 많은 인연 있는 분들이 돕고 계신다고 하니 정말로 고마운 일이며, 정성껏 정진해 보겠습니다.

그간 느낀 점에 대하여 두서없이 나열했습니다만, 선생님께서 판단하시는 데 도움이 되셨는지요? 다시 한 번 선생님의 가르치심에 깊이 감사를 드리며, 끊임없는 지도 편달을 부탁드립니다. 앞으로도 변화에 대하여 종종 메일을 올리도록 하겠습니다. 그럼 선생님과 사모님 모두 몸 건강히 안녕히 계십시요.

라라미에서 제자 차주영 올림

【필자의 회답】

목 부위의 갑상선염으로 인한 고통 중에 "단전이 따뜻해지더니 위쪽으로 내뻗치면서 머리끝까지 가더니 무엇인가가 확 빠져나가는 것을 느꼈으며, 그와 동시에 마치 코끝에서 송장 썩은 내 같은 냄새가 확 풍기는 듯한 것"으로 보아 빙의 현상(憑依現狀)이 틀림없습니다. 한동안 괴롭히던 빙의령(憑依靈)이 빠져나간 겁니다. 끝까지 참고 이겨낸 것을 축하합니다. 병원에 갔더라면 의사는 분명 수술을 권했을 것입니다.

차주영 씨는 이미 단전호흡으로 운기(運氣)가 되고 있으므로 보통 사람들과는 다른 생리 현상을 겪고 있다는 것을 늘 명심하시기 바랍니다. 아직 백회가 열리지 않은 것으로 보아 대주천까지는 가지 않았지만, 소주천(小周天) 상태인 것만은 틀림없습니다.

앞으로 수련이 진행될수록 명현반응과 빙의 현상을 자주 겪게 될 것입니다. 그때마다 『선도체험기』의 사례들을 떠올리시고 실수 없이 늘 침착하게 처신하시기 바랍니다. 소주천이 되고 있으니 미구에 대주천의 경지에 들게 될 것입니다.

그리고 언어와 문화와 생활양식이 다른 곳에서 생활하려면 늘 스트레스를 받지 않을 수 없을 것입니다. 그러나 선도 수련자는 비록 스트레스를 받더라도 수련을 하지 않는 사람들과는 다르다는 것을 항상 명심하시기 바랍니다. 보통 사람들은 스트레스를 받으면 그것에 시달리지만 수련자는 스트레스를 관(觀)하고 현명하게 다스릴 줄 안다는 겁니다.

어떠한 역경(逆境)에 처하더라도 그것을 슬기롭게 극복해 나가는 지혜를 구사하시기 바랍니다. 그렇게만 된다면 무슨 일이 있어도 당황하거나 스트레스 따위에 지배당하는 일은 없게 될 것입니다. 수련이 잘되고 있습니다. 다음 소식 기다리겠습니다.

마음공부에 대하여

삼공 선생님 전상서

보내 주신 답신은 고맙게 읽어 보았습니다. 그동안 저는 소주천이니 대주천이니에 별 관심이 없었습니다. 그러나 소주천이 확실하다고 하시니 기쁜 소식입니다. 그리고 특히 마음공부에 대하여는 늘 성재모 선생님께 가르침을 받아가며 시행착오를 겪고 있습니다.

그러나 마음이라는 것이 하루에도 몇 번씩 바뀌니 현재로서는 평상심을 갖는 것을 우선으로 생각하고 있습니다. 여러모로 가르침을 주신 데 대해 다시 한 번 감사를 드립니다. 그리고 앞으로도 메일을 올리도록 하겠습니다. 그럼 선생님과 사모님의 안녕을 기원합니다.

라라미에서 제자 차주영 올림

【필자의 회답】

하루에도 수없이 변하는 자기 마음을 꾸준히 관(觀)하다가 보면 어느

덧 자기도 모르는 사이에 지혜가 싹트게 될 것입니다. 그 지혜를 스스로 터득하시기 바랍니다. 평상심(平常心)과 부동심(不動心)은 바로 그 지혜의 산물입니다.

　변하는 마음을 관하는 가운데 변하지 않는 마음의 본질을 찾아내야 합니다. 변하지 않는 것이 평상심이요 부동심입니다. 그 부동심(不動心)이 동심(動心)을 다스릴 수 있어야 합니다. 그래야 비로소 대자유인이 되어 유유자적할 수 있습니다. 그것의 성취를 위해 온갖 노력을 기울여야 할 것입니다. 그것이 참다운 행복을 얻는 길입니다.

약편 선도체험기 16권

거렁뱅이의 정체

삼공 선생님 전 상서
바쁘신데도 불구하고 매번 답장을 주셔서 대단히 감사합니다.
한 가지 여쭙겠습니다. 저(차주영)라고 하는 실상은 없는 건지요? 자초지종을 말씀드리겠습니다. 어제는 하루 종일 머리가 지끈거리고, 저녁이 되니 관절 같은 데도 쑤시는 것 같고 하여 일찍 집으로 돌아갔습니다.
늘 하듯이 저녁을 생식으로 할까 하는데, 고기가 먹고 싶은 강한 충동을 느꼈습니다. 몸도 마치 몸살기가 있는 것 같기도 하고 해서, 미연에 영양을 보충하는 것도 괜찮을 것 같기도 하였습니다. 사실 저는 감기도 1년에 한 번 걸릴까 말까 하고 기몸살을 앓아 본 적도 없습니다만, 선생님께서 이제부터는 기몸살과 빙의 현상 등을 자주 겪게 될 것이라고 알려 주신 점도 생각이 났습니다.
그래서 가까운 슈퍼에 가서 삼겹살과 쌈을 사서, 불판에 구워 꽤 많이 먹었습니다. 그런데도 또 밥이 먹고 싶은 충동이 일기에 김치찌개를 만들어 또 먹었습니다. 이와 같이 식사를 하고 영어 공부를 하는데, 조금 전까지 지끈거리던 머리며 몸의 컨디션이 괜찮아지는 것입니다. 마치 진통제라도 먹은 듯하다고나 할까요? 참 이상하다 하는 생각이 들면서 11시 정도까지 공부를 하고 잠자리에 들었습니다.
오늘 아침에도 조깅을 하기 위해 눈을 뜨니 5시가 채 못 되었습니다. 시계는 늘 5시에 자명종을 맞추어 놓습니다. 조금 일찍 깨었기도 해서 어제 저녁때의 일을 떠올리는데, 제 백회에 어떤 거렁뱅이(거지) 사내가 서 있는 것입니다. 마치 제 백회를 누르고 있는 것 같기도 하고, 어제의 일과 무슨 관계가 있는 것이 아닐까 하는 생각이 들었습니다.

그래서 조깅을 하면서 생각을 하였습니다. 그러던 중 머리에 스치는 것이, 어제 저에게 삼겹살을 먹도록 한 것이 이 거렁뱅이가 아닌가 하는 생각이 들었습니다. 그렇다면 좀더 나아가 우리들이 흔히 겪고 있는 오욕칠정 등이 이런 거렁뱅이의 의도에 의해 움직이고 있어, 저라고 하는 몸은 단지 하수인에 불과한 것이 아닌가 하는 생각이 들었습니다.

이렇게 생각하니 그동안의 여러 의문들이 풀릴 것만 같은 생각이 들었습니다. 즉 저라는 존재는 없는 것이며, 전생의 업보에 의해 형성된 이러한 거렁뱅이의 하수인 역을 하다가 명이 다하면 떠나는 것이 아닌가 하는 결론을 얻었습니다.

그렇다면 현재까지는 거렁뱅이가 시키는 대로 살다가 보니 이곳까지 왔다고 치더라도, 앞으로는 어떻게 살아야 하나 그리고 무엇을 위해 살아야 하나 하는 문제에 부딪치는 것 같습니다. 그런데 어제 오후에 데이터들을 컴퓨터에 입력을 시키는데 이상하게도 재미있다는 묘한 기분이 들던 것이 생각나기도 하고, 그러면 오욕칠정 다 버리고 버섯 연구나 하다 가라는 건지요?

아무튼 지금의 저의 형상은 머리 윗부분에는 큰 도사님들이 원을 그리며 저를 지켜보고 계시고, 저의 단전에는 도사님께서 보내신 사신이 열심히 움직이고, 저의 단전에는 아침의 거렁뱅이가 우뚝 서 있는 모습이 그려집니다. 마치 이 거렁뱅이를 천도시키면 백회가 열릴 것도 같고, 지금 백회 부분이 뻐근하여 집중하여 단전호흡을 하면 거렁뱅이도 곧 천도가 될 것 같습니다.

아침부터 선생님께 답신을 올리려고 하였는데 실험이 이제 끝나 좀 늦었습니다. 그럼 돌아가서 단전호흡을 하겠습니다. 그리고 천도가 되면 다시 메일을 올리도록 하겠습니다. 그럼 선생님과 사모님의 건강을 빌겠습니다.

라라미에서 제자 차주영 올림

【필자의 회답】

결론부터 말하면 차주영이라고 하는 존재는 분명히 있습니다. 지금 나와 이메일을 주고받는 존재가 바로 차주영 씨의 실체입니다. 그 실체는 자기 자신을 끊임없이 관찰하고 있기 때문에 그 관찰 결과를 이메일에 실어서 나에게 보내고 있는 겁니다. 실체는 존재의 중심으로서, 차량을 움직이는 눈에 보이지 않는 에너지라면 눈에 보이는 형체는 차량과 같습니다.

그럼 어떻게 돼서 차주영 씨는 이 세상에 태어나게 되었는가? 다겁생(多怯生)의 전생의 업보 때문입니다. 업보란 무엇인가? 차주영 씨가 수많은 전생에 저지른 인과응보입니다. 차주영 씨가 이 세상에 태어난 목적은 그 업보를 해소하고 애초의 본성(本性) 즉 자성(自性)인 참나를 회복하기 위해서입니다. 그리하여 대자유를 얻어 유유자적하기 위해서입니다. 그러기 위해서는 반드시 상구보리 하화중생의 과정을 거쳐야 합니다. 버섯 연구는 하화중생을 위한 직업적인 수단이라고 보면 됩니다.
　그러면 예의 거렁뱅이는 무엇인가? 차주영 씨가 저지른 업장(業障)의 구현체(具顯體)로서 나타난 빙의령(憑依靈)입니다. 그 빙의령은 전생에 차주영 씨가 진 빚을 받으러 온 것입니다. 빚을 다 받으면 그 빙의령은 떠날 것입니다. 이것을 흔히들 천도(薦度)라고 합니다.
　그럼 그 빙의령은 무엇으로 빚을 받는가? 빙의령에게는 돈 같은 것은 쓸 데가 없으므로 그 대신 차주영 씨의 기(氣)를 요구합니다. 이 빙의령이 떠나면 수련은 한 단계 향상될 것입니다. 호사다마(好事多魔)라고 빙의령은 지금 차주영 씨가 수련을 가속화하여 강한 기를 운용하고 있음을 그야말로 귀신처럼 알아채고 그 빚을 받으러 잽싸게 달려온 것입니다.
　이 모든 과정을 사실은 차주영 씨가 관을 하는 동안 스스로 터득해야 하는 부분이지만 내가 미리 알려 주는 것은 수련에 더욱 박차를 가하게 하기 위해서입니다.

빙의령의 집단 천도

　삼공 선생님 전 상서
　늘 가르쳐 주심에 깊이 감사를 드립니다. 그리고 더욱더 수련에 박차를 가하겠습니다.
　거렁뱅이의 천도에 대하여 말씀을 드리겠습니다. 어제 저녁에는 천도를 시킬 목적으로 단전호흡을 하였습니다. 단전이 달아올라 운기가 되는 선정 상태에는 들지 않았으나, 이제 그만 떠나시오 하니 주섬주섬 물건

등을 챙기어 걸머지더니 말없이 뒤를 돌아보지도 않고 가는 모습이 느껴졌습니다.

그러나 그 거렁뱅이가 하나가 아니고 새끼줄에 얽혀 있듯이 줄줄이 제 백회에서 빠져나가는 것입니다. 그의 모습은 지금도 계속되며, 오늘 아침에 조깅을 하면서 다시 보니, 저의 단전에 있던 신명이 백회로 와서 팔을 걷어붙이고 새끼줄로 연결되어 있는 거렁뱅이들을 계속 끌어내고 있는 모습이 느껴졌습니다. 이런 모습은 아직도 이어지고 있습니다.

그리고 백회에서는 어제 저녁에 느꼈던 중압감 등은 사라졌습니다. 그리고 거렁뱅이가 저에게서 기를 얻는다고 알려 주시니 제가 느낀 점은, 어제 조깅을 하는데 한 세 번 정도 오싹하는 기분을 느꼈으며, 그것이 저의 백회로 빠져나가는 것을 느꼈습니다.

그때에 혹시 이 거렁뱅이가 저에게서 기를 취하는 것이 아닌가 하는 생각도 들었던 기억이 납니다. 그러나 오늘은 그런 현상은 없었으며, 어제보다는 달리는 데 조금 힘이 덜 든다는 느낌은 들었습니다.

아무튼 여러 가지로 새로운 것들을 느끼니 좀 황당하다는 생각도 듭니다만, 선생님께서 가르침을 주시니 진심으로 고맙고 이에 보답하는 의미에서도 한번 정진해 볼 생각입니다. 그리고 새끼줄의 빠져나감이 끝이 나면 다시 메일을 올리겠습니다. 그럼 선생님과 사모님의 건강을 빌어 드리겠습니다. 안녕히 계십시오.

라라미에서 제자 차주영 올림

백회가 열린 것인지요?

삼공 선생님 전 상서

늘 가르쳐 주심에 깊이 감사를 드립니다. 선생님과 사모님 모두 안녕하시리라 생각합니다.

오늘은 제 백회가 열린 것인지에 대하여 여쭙고 싶습니다. 오늘 아침에는 어제보다는 가벼운 몸으로 조깅을 하였습니다. 조깅 중에 아직까지 끝나지 않은 백회에서의 일련의 작업을 관하였습니다. 사실 제가 요즘 버섯의 DNA 연구를 하고 있는 것과 관계가 있는 건지 그 새끼줄이 가끔씩은 DNA의 사슬처럼 느껴지기도 하였습니다.

아무튼 오늘 아침에도 아직 계속되고 있었습니다. 그리고 다른 한 가지는 제가 그간 일본 생활을 하면서 저와 인연을 맺어 온 사람들도 그 사슬에 연결이 되어 있으며, 모두가 제가 미운 마음을 가졌던 사람들임을 알 수 있었습니다.

사실 선생님께서도 『선도체험기』 71권에 다루어 주셨듯이 주위에는 세 가지의 부류가 있다고요. 저도 늘 느끼고 있으며, 저의 주위를 관하여 보면 저에게 호감을 주는 사람들, 저를 소 닭 보듯 하는 사람들 그리고 이유 없이 제가 미워하는 사람들이 있으며 저의 경우에는 제가 미운 마음을 가지는 사람들이 가장 많음을 알았습니다.

그런데 이번 사슬에 그들이 연결되어 있는 것이 느껴지니 저의 마음이 순화되는 것이 아닌가 하는 생각을 하면서 조깅을 하였습니다. 그렇게 생각을 한 탓일까 거의 조깅이 끝날 무렵에는 제 키가 한 3미터나 되어 마치 달리고 있는 보도가 저만치의 아래로 느껴지는 것이었습니다.

그리고 오늘은 토요일이지만 메일도 확인할 겸해서 연구실에 들러 잠깐 용무를 보고, 점심은 좀 쉴 겸해서 집에서 먹기로 하고 운전대에 앉았는데, 갑자기 국수가 먹고 싶은 충동이 일었습니다. 저는 전부터 면류를 좋아했었습니다.

그래서 슈퍼에 들러 쇼핑을 하여 점심을 만들어 먹고 텔레비전을 보면서 휴식을 취하다가 깜빡 잠이 들었습니다. 깨어 보니 밖이 어두워지기도 하여 생식으로 저녁을 할까 하는데, 백회 부위가 좀 묵직한 기분이 들었습니다. 그래서 단전호흡을 하고 식사를 하기로 하고 앉았는데 한참 후에나 선정에 들 수 있었습니다.

그리고 저의 백회에 새끼줄을 끌어내고 있던 신명도 제 단전으로 돌아왔다는 것은 느끼나 확실하게 새끼줄의 이음이 끝난 것인가에 대한 느낌은 없는 것 같았습니다. 그러나 선정에 들면서 저의 머리 부분이 한량없이 마치 풍선처럼 불어나는 것이 느껴지면서, 제 앞에는 하얀 도복차림의 백발의 도사님이 앉아서 무언가 열심히 주문을 외우는 듯하였습니다. 그래서 저는 그 도사님의 단전에 의식을 집중하였으며, 도사님이 사라지시면서 제 몸이 왼쪽으로 크게 빨려 가는 것도 같고 마치 끌려가는 것도 같은 느낌이 들었습니다.

그런데 제가 도착한 곳은 저의 앞에 3단 정도의 계단 위에 황금색 차림의 큰 도사님이 앉아 계시고, 양쪽 계단에는 흰 옷차림의 도사님들이 그리고 제일 밑단에는 선녀분들도 있는 것같이 느꼈으며, 저를 데리고 간 도사님은 저와 같이 제일 밑의 큰 뜰의 오른쪽에 앉아 있었습니다.

저의 위치를 정확히 말씀드리자면, 뜰의 한가운데에 앉아 있으며 제 뒤쪽으로는 무사들이 쭉 서 있는 형상이었습니다.

저는 여전히 뜰의 한가운데에 가부좌를 틀고 앉아 있으며, 제일 높은 데 앉아 계시는 큰 도사님이 무어라고 말씀을 하시는 것 같았으며, 풍선처럼 부풀어진 제 머리 부분이 백회를 중심으로 반으로 나누어지는 것을 느꼈습니다. 그와 동시에 제 백회에 큰 쇠말뚝(마치 큰 장수의 칼과 같음)이 박혀 있는 것이 느껴졌습니다. 그런데 조금 후에 제 뒤에 있던 무사 서너 명이 그 쇠말뚝을 뽑아내려고 안간힘을 썼으나 결국은 뽑지 못하고 나가떨어졌습니다.

그때 저도 힘이 들어 이마에 땀이 나는 것을 느꼈습니다. 그러면서 생각한 것이 쇠뿔도 단김에 뽑아라 하는 글귀가 생각이 나서, 뽑아 줄 때까지 앉아 있기로 하고 기다렸습니다. 그랬더니 큰 도사님이 무어라고 하더니 단을 내려와 직접 저의 백회에 꽂힌 쇠말뚝을 뽑아 주시는 것을 느꼈으며, 그것이 하나가 아니고 서너 개나 되는 듯하였습니다. 그런데 그 뒤 저의 형상을 보니 백회 부분에 말뚝이 박혔던 흔적이 그냥 노출된 상태로 뻥 뚫려 있는 것이었습니다.

그래서 늘 열려서 바깥에 그냥 노출이 되어 있으면 안 될 것 같기도 하고, 언젠가 『선도체험기』에서 백회가 열린 다음에 무슨 문을 만들어 덮어 두어야 한다는 글귀도 생각나고 해서, 제가 큰 도사님에게 문을 만들어 덮어 주십시오 하고 부탁을 하니 큰 도사님께서 저를 데려간 도사님을 시켜서 마치 솥뚜껑과 같은 녹색의 뚜껑을 만들어 덮어 주시는 것이었습니다.

그리고는 모두들 훌쩍 떠나는 것이었습니다. 그러고 나서는 제 단전이 따뜻함을 느끼며, 전에는 의식을 하면 느꼈으나 지금은 특별히 의식을 하지 않아도 따뜻함을 느낍니다. 그러나 백회 부분은 호흡이 끝난 후에는 뻐근함이 얼마간 지속되었으나 지금은 그 증상이 사라지는 것 같으며 좀 시원한 감도 느껴집니다.

이러한 제가 느낀 것들이 사실인지요? 단지 공상에 불과한지요? 요즘 갑자기 여러 변화를 느끼고 있으나, 제가 정상인인지요? 그러나 지금도 제 단전은 따뜻함을 느끼며, 뭔가 안정감 아니면 편안함을 느끼고 있으니 사실임에는 틀림이 없구나 하는 생각도 들기도 합니다만 선생님의 가르침을 받고 싶습니다.

끝으로 음양생식법은 어떻게 하는 건지요? 저의 경우에는 아침에는 두유 200cc 정도에 죽염 조금, 꿀과 생강차 반 숟갈 그리고 생식 세 봉을 먹은 후에 즉시 사과 1개와 김치 아니면 풋고추를 절인 피클(조금 매운맛이 남)을 먹습니다. 그리고 점심과 저녁에는 연구실에서 두유 200cc 정도를 마시면서 생식 3봉을 씹어 먹습니다. 그리고 죽염을 4~5알 정도를 먹고 사과 1개를 먹습니다. 그리고 커피는 하루에 한 잔씩은 하고 있습니다.

그리고 금요일 밤에는 일주일의 일들을 생각하며 휴식도 취할 겸 술을 한 잔씩 하고 있으나 요즘에는 양이 줄어 맥주 500cc 정도면 만족합니다. 그리고 가끔씩 먹고 싶은 충동이 일 때에는 고기건, 김치찌개에 밥이건, 국수 등을 먹습니다. 그러나 이런 것들을 먹은 다음날의 아침에는 주로 설사를 하는 편입니다.

이러한 저의 경우에 음양생식법을 한다면 어떻게 식단을 짜야 하는지 그리고, 정확히 음양생식법은 어떻게 하는 것인지 여쭙고 싶습니다. 제가 책을 사서 보는 것이 도리인 줄 알고 있습니다만, 실례를 무릅쓰고 여쭙고 싶습니다.

그간 돌이켜보건대, 선생님께서 지도하여 주시는 덕분에 불과 1주일에 너무나 많은 경험들을 한 것 같습니다. 제가 미국 유학을 하면서 물론 선진 학문을 배우는 것도 즐거움이지만, 저의 수행에도 발전이 같이 한다면 더 바랄 것이 없을 듯싶습니다. 한번 정진해 볼 생각입니다. 앞으로도 끊임없는 지도 편달을 부탁드립니다. 그리고 선생님과 사모님 두 분의 건강을 빌겠습니다. 안녕히 계십시요.

라라미에서 제자 차주영 올림

【필자의 회답】

지난번 메일에서 거렁뱅이가 백회에서 줄을 이어 빠져나가는 것은 집단 빙의되었던 빙의령들이 신명(神明)의 인도로 천도(薦度)되어 나가는 광경입니다. 이번 메일에 나오는 도사님은 차주영 씨의 수련을 관장하는 지도령(指導靈)이고, 그의 지시로 움직이는 사신들은 사신(使神)이 아니라 신명(神明)들입니다. 메일을 읽어 보니 지도령과 신명들에 의해 차주영 씨의 백회가 열리고 벽사문(辟邪門)까지 장치되었습니다.

지도령과 그의 지시를 받은 신명들이 발 벗고 나서서 백회를 열어 주는 예는 흔치 않은 일입니다. 차주영 씨를 중히 쓰려는 섭리의 배려인 것 같습니다. 겸허하게 수용하시고 더욱 용맹정진해야 할 것입니다. 그리고 지금 일어나고 있는 일은 모두가 정상입니다. 또한 절대로 허상(虛像)이 아니고 차주영 씨의 몸에 실제로 일어난 일입니다. 차후에 어떤 변화가 있는지 계속 관찰하시기 바랍니다.

 음양식은 아주 간단합니다. 아침에 일어나서 빈속에 물을 마시지 않습니다. 그리고 식사 도중에는 물을 먹지 않는 것을 말합니다. 예컨대 국이나 물김치나 찌개 같은 것을 들 때에는 건더기만 건져 먹습니다. 식후에는 커피나 차를 들지 않고 과일도 두세 쪽만을 먹습니다. 그러면 물은 언제 마시는가?

 매 식후 2시간 후에 마십니다. 커피나 우유나 차나 과일도 이때 마십니다. 생식을 들 때는 한끼분 생식을 공기에 담고 우유나 두유나 생수를 서너 숟갈 넣고 밀가루 반죽처럼 만들어서 떠먹습니다. 간식과 야식은 일체 하지 않습니다. 이것이 음양식(陰陽食)입니다.

 처음에 실천하기는 어렵지만 습관이 되면 수련과 건강에 상당한 도움이 될 것입니다. 직접 실천해 보시기 바랍니다. 최근에 나온『선도체험기』시리즈에 자세히 언급되어 있으니 참고 바랍니다.

로키산맥 등산

삼공 선생님 전 상서

늘 가르쳐 주심에 깊이 감사를 드립니다. 보내 주신 내용은 고맙게 읽었습니다. 일단은 제가 정상이라니 안도가 됩니다.

오늘은 일요일이고 해서 산행을 하기로 하였습니다. 조깅을 하지 말고 그냥 산행을 할까 하다가, 늘 하는 것이라 평상시와 같이 어제의 일들에 대하여 관을 하면서 달렸습니다. 단전은 여전히 따듯하지만 백회에서는 특별히 시원한 기는 없으나 몸이 가벼운 것만은 사실입니다.

그런데 저의 단전 안이 아니고 앞과 백회 입구에는 어제 저를 데려간 신령님과 그의 분신이 각각 마치 저의 단전과 백회를 지켜 주시듯이 앉아 계시는 것이 느껴졌습니다. 그 외에는 별다른 변화는 없습니다.

생식으로 아침을 들고, 가까운 하이킹코스로 가기로 하였습니다. 그런데 지금 제가 있는 곳이 로키산맥 줄기의 일부분인 라라미라고 하는 곳입니다만 해발 2,200여 미터나 되는 고산 지역입니다. 그러니 주위에는 더 높은 산들이 별로 없으며, 조금만 올라가도 3,000미터나 되는 정상입니다.

산행은 이곳 와서는 처음이고 해서 이번에는 길을 익히는 정도로 할 생각으로 점심은 집에 와서 하기로 하고 산행을 하였습니다. 비록 짧은 산행이었지만 오랜만에 눈을 밟으니 기분도 새로웠고, 산행 중에는 아무도 만나지 않고 혼자였습니다.

단전은 여전히 따뜻함을 감지하고 있습니다. 그 외에는 특별한 변화는 없습니다. 또 어떤 변화가 있으면 메일을 올리도록 하겠습니다. 그리고 음양 식사요법은 한번 실행해 보겠습니다. 그리고 선생님이 가르쳐 주신 대로 수련에 정성을 다해 보겠습니다. 그럼 선생님과 사모님의 안녕을 빌겠습니다.

라라미에서 제자 차주영 올림

【필자의 회답】

이번 메일을 읽어 보니 아직 무슨 문제가 있어서 신명들이 백회 주변에 머물러 있은 것 같으니 계속 관찰을 하시기 바랍니다.

로키산과 같은 고산에 오를 때는 언제나 만반의 준비를 하시기 바랍니다. 배낭 속에 윈드브레이커 같은 상의와 우비, 비상식량은 물론이고 등산화도 암벽 겸용을 신어야 하고 등산모와 방한모도 갖추어야 할 것입니다.

저를 시험하고 있는지요?

삼공 선생님 전 상서
늘 가르쳐 주심에 깊이 감사를 드립니다.

등산 시에는 선생님께서 일러 주신 대로 만반의 준비를 하겠습니다. 어제의 산행은 대단히 좋았습니다. 그리고 음양생식은 오늘 아침부터 실행하기로 하였습니다. 앞으로도 가르침을 부탁드립니다. 그러면 어제 저녁과 오늘, 조깅을 하면서 겪은 일들에 대하여 상의를 드리겠습니다.

어제 오후에는 선생님께 메일을 올리고 집에 가서 저녁을 먹은 후에, 대학에서 열린 첼로 연주회를 감상을 하였습니다. 연주회가 끝나고 로비에는 다과 등도 준비되었으나, 왠지 사람이 많은 장소는 싫은 생각도 들고 조금은 피곤하다는 느낌도 있고 해서, 집에 가서 단전호흡이나 하고 쉬어야겠다는 생각에 집으로 돌아왔습니다.

그리고 호흡에 들었으며, 평상시보다는 쉽게 선정(禪定)에 드는 것 같았습니다. 그런데 조금 후 제 앞에 4각의 테이블이 놓여 있고 양옆으로는 흰옷의 신령님이 앉아 계시고, 저의 정면에는 황금색 옷차림의 지도령이 앉아 계신데 그의 왼쪽 옆으로 누군가 머리를 조아리고 앉아 있는 것입니다. 그래서 가만히 보니 OOO 대통령이 지도령과 저를 향하듯 비스듬히 머리를 조아리고 있는 모습이 느껴졌습니다.

그러더니 황금색의 지도령이 저에게 "OOO 대통령을 보좌하십시요"라고 하는 것 같았습니다. 그래서 저는 이에 대하여 이렇게 답을 하였습니다.

"저는 미국에 2년간 버섯을 연구하러 왔으며, 또한 현재 일본에서 월급을 받고 있으니 지금은 할 수 없습니다."

그랬는데도 지도령은 역정도 내지 않았습니다. 그러면서 제 몸이 반쯤 뜨는 기분이 들었습니다. 그런데 저의 단전이 달아오르더니 황금알로 변하는 것입니다. 즉 제 단전에 황금알이 자리를 잡고 있었습니다. 그런데 조금 있으니 용이 제 단전에 나타나더니 그 황금알을 물고 제 백회로 빠져나가는 것입니다. 이것도 한 마리가 아니고 한 서너 마리가 나가는 것 같았습니다.

　이렇게 하여 호흡을 마치고 잠자리에 들었습니다. 다섯 시에 자명종이 울렸으나 어제의 산행 탓인지 몸이 조금은 무거운 감이 들었습니다. 어제 저녁의 일들이 하도 이상해서 관을 하면서 조깅을 하기로 하였습니다.

　그런데 단전이 불덩이같이 달아오르고 백회로 청색, 빨강색 등의 빛이 내리쪼이는 것 같은 느낌을 여러 번 받았습니다. 그러나 어제 저녁의 ㅇㅇㅇ 대통령은 아직도 머리를 조아리고 있는 것입니다. 그래서 그 화면에 대하여 관을 하기로 하고 달렸습니다.

　그런데 제 앞에 앉아 계시는 지도령의 얼굴을 보니 정확한 형상을 알아볼 수 없었으며, 마치 검은 천으로 얼굴을 가리고 있는 듯이 느껴졌습니다. 그렇다면 이분이 저의 진정한 지도령을 가장하고 저를 시험하는 것이 아닌가 하는 생각이 들었습니다. 그렇게 생각을 하니 어제의 일들이 이해가 될 것 같기도 합니다.

　이렇게 하여 조깅을 마치고 지금은 연구실에 앉아 있습니다만, 저의 단전에는 아직 황금알이 느껴지며, 그전보다 더 따뜻함을 느끼며, 백회도 더욱더 가벼워짐을 느낍니다. 마치 엷은 망사와 같은 천을 사이에 두고 하늘과 통해 있는 느낌이 듭니다. 그러나 아직도 000 대통령은 머리를 조아리고 있습니다.

　이와 같은 일련의 화면들은 무엇을 의미하는 것인지요? 선생님께 가르침을 부탁드립니다. 늘 바쁘신 와중에도 답장을 잊지 않으시니 고마운 마음 금할 길 없습니다. 그리고 무슨 변화가 있으면 메일을 올리도록 하겠습니다. 그럼 선생님과 사모님의 건강이 함께 하시기를 빌겠습니다. 안녕히 계십시오.

라라미에서 제자 차주영 올림

【필자의 회답】

여러 가지 증상으로 보아 백회는 제대로 자리가 잡혔고 벽사문도 설치가 되고 대주천이 가동되고 있습니다. 수련 중 화면으로 나타나는 형상과 장면들은 차주영 씨를 수련시키기 위하여 자성(自性)이 방편들을 써서 상징적으로 풀어야 할 숙제들을 보여 주는 것입니다. 그 화면들을 화두로 삼고 명상을 하다가 보면 자기도 모르는 사이에 반드시 하나하나 실마리가 풀리게 될 것입니다.

내 숙제는 내가 푼다는 각오로 정진하는 것이 요령입니다. 스스로 문제를 풀어 보아야 자신감도 생기고 그만큼 수련도 향상될 것입니다. 문제가 풀리면 풀리는 대로 좋고 설사 풀리지 않아도 그에 집착하지 말고 아직 풀릴 때가 이르지 않았나 보다 생각하고 그냥 흘려 넘겨야 할 것입니다.

그렇게 하지 않고 그 화면들에 지나치게 몰두하거나 집착하면 수련이 엉뚱한 방향으로 빗나갈 수도 있으니 조심해야 할 것입니다. 지금 차주영 씨가 겪고 있는 수련 상황은 내가 10여 년 전에 쓴『선도체험기』 1권에서 14권 사이에 나오는 장면들과 흡사한 점이 있으니 참고하시기 바랍니다.

상단전이 열린 것인지요?

삼공 선생님 전 상서

어제와 오늘 아침에 있었던 일을 보내 드립니다.

어제는 실험을 마치고 집으로 돌아가는 통학 버스에 앉아 있었는데, 단전이 달아오르면서 마음의 평화와 기쁨이 솟구치는 것을 느꼈습니다. 음양식으로 저녁을 먹고 일을 하다가 단전호흡을 하였습니다.

깊은 선정 상태에는 들지는 않았으나 어제 저의 앞머리 속에 앉아 계시던 신령님이 보였으며, 마치 불도저로 산등을 깎아 평지로 만들 듯이 저의 앞머리 속을 평탄하게 만들면서 신령님은 작업복 차림으로 팔을 걷어붙이고 평토 작업을 하는 것입니다. 그 광경은 마치 제 머릿속에 큰 평야가 있고 앞에는 큰 바다 같은 것도 보이는 듯하였습니다.

일을 하고 11시 30경에 잠자리에 들었으며, 아침에 일어나 조깅을 시작하였습니다. 앞머리는 좀 상쾌한 기분이었으나, 어제보다는 단전이 그리 달아오르지는 않았습니다. 그런데 조깅을 거의 끝마칠 무렵에 코스는 정 동쪽을 향하고 있습니다만, 멀리서 먼동이 트이는 쪽에서 저의 보호령님이 황금색의 빛을 발하면서 보이고 그 옆으로 예수님과 부처님도 빛을 발하는 장면이 보였습니다.

그런데 갑자기 그 예수님과 부처님이 어제 저녁에 평탄하게 만든 저의 앞머리 속으로 들어와 자리를 잡고 계시는 것입니다. 그 형상은 아직도 변함이 없으나, 조금 앞머리가 무거운 감이 듭니다. 무엇을 의미하는 것일까요? 상단전이 열린 것인지요? 단전은 늘 따뜻합니다.

그럼 선생님과 사모님의 건강을 빌어 드리겠습니다. 안녕히 계십시오.

라라미에서 제자 차주영 올림

【필자의 회답】

수련은 정상적으로 진행되고 있습니다. 하단전에서는 이미 축기(築氣)가 진행되고 있고 상단전에서도 지금 신명들이 한창 정지 작업을 하고 있으니 계속 지켜보기 바랍니다. 비치는 화면들에 지나치게 민감한 것 같습니다.

의문이 나는 화면이 나오면 그것을 화두로 삼고 관을 하다가 보면 해답이 떠오를 것입니다. 그렇지 않은 화면들은 일일이 기억할 필요가 없습니다. 그냥 자연스럽게 물 흐르듯 흘려버리기 바랍니다. 그리고 수련의 성과에 대하여 초조하게 여기지 말아야 합니다. 수행은 항상 일월(日月)처럼 느긋하게 여여(如如)해야 합니다.

꾸준히 정진하겠습니다

삼공 선생님 전 상서

보내 주신 답장은 고맙게 읽었습니다. 그리고 꾸준히 정진해 보겠습니다.

어제 오후부터는 머리의 앞부분이 지끈거림을 느꼈습니다. 저녁때가 되니 더욱 심하여 일찍 집으로 돌아가 음양식으로 생식을 하고 났는데도 여전히 통증을 느꼈습니다. 그러나 해야 할 일도 있고 하여 책상 앞에 앉아 있는데도 여전히 가라앉지 않았습니다. 그래서 단전호흡으로 가라앉혀 보려 해도 호흡도 잘 안되었습니다. 그래서 하는 수 없이 오늘은 쉬어야지 하고 9시가 채 못 되었건만 잠자리에 들었습니다.

아침에 자명종과 더불어 깨어 조깅을 하는데 조금 달리니 단전이 달아오르고 기가 위로 흐르는 것 같았습니다. 그리고 얼마 후에 어제의 그 ○○○ 대통령은 여전히 조아리고 있는데, 저의 보호령이 멀찌감치서 내려다보고 계시는 것입니다. 그러니 제 앞에 앉아 있는 것은 가짜 보호령이었으며, 그 후 ○○○ 대통령은 머리를 들더니 축 쳐진 모습으로 뒤를 돌아보지도 않고 떠나는 것이었습니다. 그리고 그 화면들은 사라져 버리는 것 같았습니다.

저를 시험하기 위한 것 같았습니다. 그리고 나니 저는 달리고 있고 그것을 보호령이 멀리서 바라보고 있는 모습이 보이면서 갑자기 어제 지끈거리던 머리의 앞부분에 신령님이 들어와 가부좌를 하고 앉아 계시는 것입니다. 그의 형상은 지금도 보이며 전체적인 그림은, 멀리서 보호령이 지켜보시고 저의 앞머리 속에는 신령님이 앉아 계시고, 저의 단전에는 포탄알만한 단전이 자리를 잡고 있으며 늘 따뜻함을 느낍니다.

『선도체험기』는 안타깝게도 짐도 많고 하여 모두 일본에 두고 왔습니다. 제 손에는 현재 71권밖에 없기는 합니다만, 매사를 냉철히 관하면서 수련에 박차를 가해 보겠습니다. 그리고 그간 조금 밀려 있는 일들도 하나하나 처리해야겠구요. 앞으로도 끊임없는 지도 편달을 부탁드립니다. 또 변화가 있으면 메일을 올리도록 하겠습니다. 그럼 선생님과 사모님 모두 안녕히 계십시요.

라라미에서 제자 차주영 올림

【필자의 회답】

수련 중에 나타나는 화면은 차주영 씨 자신만이 해결할 수 있는 일종의 숙제라고 생각하고 그것을 화두로 삼아 참구(參究)하기 바랍니다. 하루 또는 이틀이 지나도 풀리지 않으면 잊어버리고 있어도 됩니다. 그러다가 그 화면이 또 떠오르면 다시 명상을 해야 합니다. 그러다 보면 그 전에 잊었던 화두의 해답이 떠오를 때가 있을 것입니다.

한 번 해답을 얻고 나면 자신감이 생길 것입니다. 이것을 밑천으로 삼아 다음에 또 어떤 화면이 떠오르면 같은 방법으로 차근차근 해결해 나가면 됩니다. 해답이 떠오르지 않는다고 해서 초조해하거나 당황할 필요는 조금도 없습니다. 그리고 그 화면에 집착할 필요도 없습니다. 해결이 안 되면 그냥 흘려버리세요.

화면에 차주영 씨가 평소에 존경하는 위인이나 성인이나 은사가 나타나 어디로 가자고 해도 절대로 응하면 안 됩니다. 절세의 미녀가 유혹을 해도 결코 넘어가서는 안 됩니다. 앞으로 반드시 이러한 시련들이 있을 것입니다. 그 시련들은 무슨 일이 있어도 극복해야 할 것입니다.

소강상태(小康狀態)

삼공 선생님 전 상서

늘 가르쳐 주심에 깊이 감사를 드립니다. 선생님과 사모님은 늘 잘 지내시리라 생각합니다. 보내 주신 메일은 고맙게 읽어 보았습니다.

그간 3, 4일간은 단전도 식은 것 같고, 선정에 들려고 해도 될 듯 말 듯하며 하여튼 소강상태가 계속되었습니다. 그러나 상단전에서의 작업은 계속되는 것 같았습니다. 그리고 기분도 가라앉고 해서 어제는 하루를 단전호흡에 열중하면서 마음을 추스렸습니다. 그래서인지 잠자리에 들기 전에 단전의 가동이 다시 회복되는 감을 느꼈습니다.

아침에 일어나 조깅을 하는데 예전과 같이 단전이 달아오르고 기분도 회복되는가 싶더니, 화면이 떠올랐습니다. 마치 지도령님이 단상에 앉아 계시고 하단에서는 3, 4명의 선녀들이 춤 연습을 하는 것같이 보였고, 마치 큰 연회를 준비하는 것 같았으며 이것을 지도령께서 손수 점검하는 듯한 느낌을 받았습니다.

그런데 저의 백회 부분이 더 넓어져서 마치 머리의 절반 정도까지 확장된 기분이며, 시원한 기분이 들면서 상단전에서의 신령님이 곡괭이로 상단전과 백회를 관통을 시키려는 듯 계속 작업을 하는 듯싶었습니다. 지금은 단전도 회복이 되고 백회도 시원한 감이 들면서, 전반적으로 다시 가동이 되는 듯싶습니다.

그리고 저의 개인적인 문제이기는 합니다만 주말이면 좀 허전하고 하다 보니, 수련에 소홀히 하는 것이 저의 단점입니다. 그리고 지난주에도 산행을 다녀왔는데, 이곳은 벌써 무릎까지 눈이 쌓였습니다.

겨울철에도 하이킹이 가능한 가까운 곳을 갔으나, 코스는 걷는 스키인 크로스컨트리 코스로 길이 닦여져 있었으며, 모두들 스키를 즐기고 있었습니다. 그 코스를 걸으니 마치 코스를 망가뜨리는 것 같은 미안한 생각도 들었습니다. 저도 산행 대신으로 스키를 해야 하나 하는 생각이 들었습니다. 아무튼 눈 덮인 겨울산을 즐겼습니다.

그리고 여러모로 보아 지금의 시간들이 저에게는 둘도 없는 중요한 시기인 것임에는 틀림이 없다는 감이 듭니다. 수련과 저의 생활에 최선을 다해 볼 생각입니다. 앞으로도 끊임없는 지도 편달을 부탁드립니다. 그럼 선생님과 사모님 모두 몸 건강히 안녕히 계십시오.

라라미에서 제자 차주영 올림

【필자의 회답】

기공부와 몸공부는 비교적 잘되고 있는 것 같은데 마음공부가 다소 소홀한 것 같습니다. 가능하면 시간 나는 대로 『선도체험기』 시리즈를

1권에서부터 지금까지 나온 72권까지 차분히 다시 한 번 읽어 주시기 바랍니다. 일본에 두고 왔다는 『선도체험기』를 부쳐 오게 하는 것이 좋겠습니다.

만약에 그것이 여의치 않으면 이곳에서도 부칠 수 있습니다. 차주영 씨가 원한다면 부쳐 드릴 것입니다. 모든 공부에는 다 때가 있는 법입니다. 그때를 놓치면 나중에 헛수고를 하게 될 것입니다.

마음공부가 제대로 된 구도자는 어느 때 어느 곳에 처하든지 허전한 느낌을 갖지 않게 될 것입니다. 오욕칠정(五慾七情)에서 벗어나야만 공허감이나 고독감 따위를 느끼지 않게 될 것입니다. 마음을 비우는 공부만이 그 일을 할 수 있습니다. 부동심(不動心)과 평상심(平常心)을 늘 가져야만 기공부도 몸공부도 제대로 성과를 거둘 수 있을 것입니다.

약편 선도체험기 16권

마음공부가 큰 과제

　삼공 선생님 전 상서
　늘 가르쳐 주심에 깊이 감사를 드립니다. 보내 주신 메일은 고맙게 받아 보았습니다. 선생님께서 지적하신 대로 저에게는 마음공부가 큰 과제인 듯합니다. 저에게 있어서는 이곳에서의 영어 공부만큼이나 중요한 과제로 생각하고 있습니다. 영어 공부처럼 차근차근 해야 한다는 생각이 듭니다만 어디서부터 어떻게 해야 하나 하는 막연한 생각도 듭니다.
　『선도체험기』에 대하여는 선생님께 직접 부탁을 드리는 것이 나을 것 같습니다. 연구실의 주소로 보내 주시면 감사하겠습니다. 그리고 대금에 대하여는 신용카드로 지불이 가능한지요? 그렇지 않다면 은행을 통하여 송금하여야 하는데, 이곳은 내일부터 추수감사절이고 해서 다음주 월요일에나 가능할 것 같습니다. 대금의 총액과 은행 이름과 계좌번호 등을 영어로 알려 주셨으면 합니다.
　선생님이 지적하여 주신 대로 모든 것은 때가 있다고 생각합니다. 가르쳐 주심에 깊이 감사를 드리며 한번 정진해 볼 생각입니다. 이야기가 바뀝니다만, 어제와 오늘 아침에 겪었던 일들을 적어 볼까 합니다.
　어제는 연구실에서 선생님께 메일을 보내고 단전호흡에 들었습니다. 조금 지나자 단전이 달아오르고, 가부좌를 한 저의 모습이 단전에서 보이더니 수도 없이 많아지면서 단전 밖으로 줄줄이 나가는 것이었습니다. 그러더니 밖으로 나간 저의 모습들이 어떤 것은 나무가 되고, 풀이 되고 등등 마치 삼라만상이 제가 아닌 것이 없는 듯이 느껴졌습니다.

그렇게 생각하니 자비며 남을 내 몸 같이 사랑하라는 등의 숙제들이 풀릴 것도 같은 생각이 들었습니다. 그러니 남이 곧 나이고 내가 곧 남이라는 생각과 결부가 된다고 생각하니 여러 가지로 마음이 편해지는 것 같았습니다.

그리고 그 화면이 끝나면서 무아의 경지에 들었습니다. 그 상태가 한참 동안 진행되다가 어제 아침의 선녀들의 화면으로 바뀌면서, 마치 연회 준비를 지시한 듯이 보이던 지도령이 제를 올리는 것입니다.

통돼지며 많은 음식이 준비된 큰 제사인 것 같았습니다. 그런데 저의 지도령이 절을 하는데 제상 앞에는 마치 단군님의 모습인 듯한 분 세 분이 앉아 계셨으며, 저의 지도령께서는 절을 한 뒤에 무어라고 부탁을 하는 듯한 모습이 보이면서 화면이 사라졌습니다.

저녁에는 잠에 들기 전 잠깐 단전호흡을 하였는데 깊은 선정에는 들지 않았으나, 그간 상단전에서 작업을 하시던 신령이 마침내 백회와 상단전을 관통을 시켰습니다. 아직 작은 구멍으로 통하였으나 마치 백회에서 상단전으로 무엇인가가 흘러들어 가는 느낌을 받았습니다. 그러자 그동안 비어 있던 것에 대한 포만감과 안정감이 들면서, 계속 백회에서 상단전으로 기가 흐르는 듯하며, 백회는 전보다 더 시원하다는 느낌을 받았습니다.

오늘 아침에는 조깅을 하는데 평상시와 같이 단전이 달아올랐습니다. 그리고 특별한 화면들은 볼 수 없었습니다. 그런데 끝날 무렵 갑자기 화면이 나타나더니, 지금까지 멀리서 지도령이 지켜보시던 그 자리에 단군님께서 보이는 것이었습니다.

그러더니 저의 백회가 시릴 정도로 시원해짐을 느꼈습니다. (이곳은 영하의 날씨여서 조깅 시에는 방한모를 쓰고 있습니다.) 아침을 들고 출근을 하려고 하는데 갑자기 지금까지 저를 지도하여 주시던 지도령이 이제는 저의 단전에 자리를 잡으신 것 같습니다.

아무튼 이제부터 또 많은 것들을 체험할 것 같은 예감이 듭니다. 그러나 평상심을 갖게 되는 날이 깨우치는 날이 될런지요? 늘 가르쳐 주심에 다시 한 번 깊은 감사를 드리며, 끊임없는 지도 편달을 부탁드립니다. 그럼 선생님과 사모님 모두 안녕히 계십시오.

라라미에서 제자 차주영 올림

【필자의 회답】

마음공부란 일상생활 그 자체입니다. 사회적 동물인 인간은 늘 다른 사람들과의 관계 속에서 살아가게 되어 있습니다. 자기 이익만 챙겨 남에게 손해를 주면 악업(惡業)이 되고 남에게 유익한 일을 하면 착한 일이 되는 것입니다.

우리가 지구상에 태어나게 된 것은 악업으로 인한 인과응보의 업보 때문입니다. 악업으로 인하여 형성된 나를 거짓 나 즉 가아(假我)라 하고, 순수한 본래의 나를 진아(眞我) 즉 참나라고 합니다. 구도자의 과제는 거짓 나를 여의고 참나를 회복하는 것입니다. 그러기 위해서는 무슨 일을 하든지 나보다는 남을 먼저 생각해야 합니다.

그것을 나는 역지사지(易地思之)라고 줄여서 말했습니다. 그리고 불행한 일을 당했을 때는 남의 탓을 하지 말고 모든 것을 내 업보요 내 탓으로 돌려야 합니다. 그래야만이 소우주인 우리는 대우주로부터 큰 기운을 받을 수 있습니다. 이것을 나는 방하착(放下着)이라고 축약해서 말하고 있습니다.

따라서 마음공부의 요체는 남을 내 몸처럼 사랑하는 것입니다. 이것을 애인여기(愛人如己)라고도 합니다. 그리고 남을 위해 주는 것이 결국은 나를 위하는 길이라는 것을 여인방편자기방편(與人方便自己方便)이라고 했습니다. 이상 말한 것을 요약하면 역지사지(易地思之), 방하착(放下着), 애인여기(愛人如己), 여인방편자기방편(與人方便自己方便)입니다.

이것을 늘 일상생활화 해야 합니다. 그렇게 하면 늘 마음이 편안하고 어디에 가든지 주위 사람들로부터 존경받는 사람이 될 수 있을 것입니다. 이것을 일상생활화 하는 사람은 마음이 대우주처럼 넓어져 우주와 자기 자신이 한 몸인 것을 깨닫게 될 것입니다. 차주영 씨의 지도령은 이 이치를 직접 화면으로 보여 준 것입니다.

우주 자연과 내가 한 몸이라는 것 즉 우아일체(宇我一體)를 지식이 아니라 직감과 체험으로 깨달은 사람은 탐진치(貪瞋痴)와 희로애락(喜怒哀樂)은 물론이고 오욕칠정(五慾七情)에서 벗어나게 될 것입니다.

그리하여 지금 당장 목에 칼이 들어온다고 해도 죽음의 공포를 느끼지 않게 될 것입니다. 왜냐하면 나라고 하는 존재는 이미 우주와 한 몸 즉 우아일체(宇我一體)이므로 우주 그 자체와 더불어 영원무궁한 존재이기 때문입니다. 이때 비로소 우리는 부동심(不動心)과 평상심(平常心)

에 들 수 있을 것입니다.

그리고 화면에 나타난 세 분은 한인, 한웅, 단군 세 분의 천제(天帝)입니다. 이것은 차주영 씨가 지금 이 세 분의 영향하에 있음을 보여 주는 대목입니다. 세 분 천제는 삼공선도(三功仙道)의 원조(元祖)로서 삼황천제(三皇天帝)라고도 합니다. 화면은 그것을 일깨워 주고 있습니다. 그렇기 때문에 차주영 씨의 지도령은 세 분에게 차주영 씨의 수행을 도와 달라고 천제(天祭)를 올리면서 특별히 부탁을 드린 것입니다.

이처럼 여러 천지신명(天地神明)들이 차주영 씨의 수련을 위해서 여러 가지로 돕고 있음을 한시도 잊지 마시고 비록 조국에서 멀리 떨어져 있지만 결코 외로운 존재가 아님을 아셔야 할 것입니다.

『선도체험기』는 지금 72권까지 나와 있습니다. 지금 가지고 계시는 71권만 빼고 한질 71권을 다 보내야 할지 아니면 일부만 보내야 할지 알려 주시기 바랍니다.

지금 차주영 씨는 백회가 열리고 대주천이 시작되었습니다. 『선도체험기』를 이미 한 번 읽었더라도 대주천이 시작되기 전에 읽은 것과 후에 읽는 것은 다릅니다. 차주영 씨의 지금의 상황은 15년쯤 전에 내가 경험한 것과 흡사한 점이 많습니다. 그때의 상황을 『선도체험기』에 상세히 기록했으므로 여러 가지로 도움이 될 것입니다.

깨달음의 문제

삼공 선생님 전 상서

늘 가르쳐 주심에 깊이 감사를 드립니다. 보내 주신 메일은 고맙게 읽어 보았습니다. 선생님께서 일러 주신 대로 역지사지와 방하착을 늘 염두에 두고 생활하고 있습니다. 그러나 아직 무엇인가가 잡히지 않고 있으며, 마치 과도기인 것 같습니다만. 제가 생각하기에는 깨달았느냐 못 깨달았느냐지 중간 단계는 없는 듯합니다. 물론 과정은 중요하다고 생각합니다.

지금 저의 입장은 이곳에서 주어진 시간을 보다 효과적으로 이용하기 위해, 배움을 찾아 대학을 옮기고 또 옮겨야 하기에 인간관계에 대한 문제를 해결해야 하는 과제가 있습니다. 단시일 내로 이러한 문제를 또 한 번 결정하여야 할 것 같습니다. 그리고 저 자신을 충족시키기 위해 타인에게 피해를 입히지 않는 선에서 판단하여 결정할 생각입니다.

어제 저녁과 오늘 아침의 조깅 시에는 단전과 백회가 가동되는 것은 느꼈으나, 이렇다 할 변화들은 없었습니다. 선생님께서 가르쳐 주신 대로 천지신명들이 돕고 계시니, 더욱더 정진해 볼 생각입니다.

오늘은 이곳의 추수감사절이나 그간 공부해 오던 영어 책을 한 권 오늘 끝마치는 날이고 해서 연구실에 앉아 있습니다. 영어 공부에 관해서도 여러 가지의 궁리를 해 보았으나, 성실하게 꾸준히 최선을 다하는 수밖에는 도리가 없는 듯합니다. 앞으로 이곳의 생활이 16개월 정도 남았습니다만, 같은 마음으로 지내 볼 생각입니다.

보내 주실 책에 대하여는 71권 전부를 보내 주시면 고맙겠습니다. 보내실 방법에 대하여는 생식을 보내 주셨던 것처럼 배편으로 보내 주셔도 10일 정도면 도착이 가능한 것 같습니다. 송금에 대하여는 월요일에나 가능할 것 같습니다.

여러 가지로 가르쳐 주시고 도와주시는 점에 대하여 다시 한 번 깊은 감사를 드립니다. 앞으로도 끊임없는 지도 편달을 부탁드리겠습니다. 그리고 또 무슨 변화가 있으면, 메일을 올리도록 하겠습니다. 그럼 선생님과 사모님 모두 몸 건강히 안녕히 계십시오.

라라미에서 제자 차주영 올림

【필자의 회답】

내 경험에 의하면 마음공부의 출발점은 거래형(去來型) 인간이 되는 것입니다. 영어로 말하면 give and take 형 인간이 되는 것을 말합니다. 이것을 상호주의(相互主義)적 인간이라고도 말합니다. 남들과의 관계에서 최소한 남에게 피해는 주지 않는다는 자세입니다. 상대에게서 무엇을 받았으면 어떠한 형태로든 반드시 보답을 하는 것입니다. 이것만 확실히 해도 어디를 가든 남에게 찍히는 일은 없을 것입니다.

이러한 생활이 습관화하면 그다음 단계로 이타형(利他型) 인간이 되는 것입니다. 우리가 큰 깨달음을 얻을 수 있는 계기는 반드시 이타행(利他行)을 일상생활에서 실천하느냐의 여부에 달려 있습니다. 수십 년 참선을 한 구도승(求道僧)들 중에서도 견성(見性)을 못 하는 경우는 모두가 다 이타행을 도외시한 데서 온 결과임을 나는 숱하게 보아 왔습니다. 이타행만이 마음이 크게 열려 우주를 품을 수 있기 때문입니다.

『선도체험기』시리즈의 14권 이후는 거의가 다 내가 마음공부를 해나가는 과정에서 겪은 수많은 시행착오의 기록이기도 합니다. 나는 차주영씨가 기공부와 몸공부가 상당 수준에 도달한 지금 이 책이 부디 타산지석(他山之石)이 되기를 간절히 바랍니다. 그러면『선도체험기』71권 한 질을 오늘 배편으로 부치겠습니다.

백회로 폭포처럼 쏟아지는 기

삼공 선생님 전 상서

늘 가르쳐 주심에 깊이 감사를 드립니다.

보내 주신 메일은 고맙게 읽었습니다. 가르쳐 주신 점에 대하여 늘 염두에 두고 실천하려고 합니다. 견성을 하고 안 하고가 문제가 아니라, 늘 베풀면서 살 수 있었으면 하는 것이 가장 큰 바램입니다.

어제 저녁 단전호흡 중에는 제가 선릉 부근에서 삼공재를 향하고 있는데, 갑자기 기의 회오리바람이 일더니 백회로 기가 폭포수처럼 쏟아져 들어왔습니다. 그러더니 삼공재 쪽에서 빛의 광채가 발하였으며, 마치 한인, 한웅, 단군 세 분이 빛을 발하는 듯하였으며(눈이 부셔서 알아볼 수가 없었음), 조금 후에 선생님께서 제 앞에 나타나시더니 제 단전과 선생님의 단전이 마치 송유관 파이프로 연결이 되는 화면을 보았습니다. 그리고 곧 화면이 사라졌습니다만, 단군께서 저를 선생님께 인도를 하여 주신 것인지요?

또한 요즘은 이상하다 할 정도로 몸에서 꺼풀이 일며, 머리가 많이 빠집니다. 이런 것들도 체질이 변하기 때문인지요? 늘 가르쳐 주시고 도와주심에 다시 한 번 깊은 감사를 드립니다. 앞으로도 끊임없는 지도 편달을 부탁드리며, 늘 선생님과 사모님의 건강을 빌어드립니다. 그럼 또 메일을 올리도록 하겠습니다. 안녕히 계십시오.

라라미에서 제자 차주영 올림

【필자의 회답】

차주영 씨는 지금 선계(仙界)에서는 지도령과 한인, 한웅, 단군의 삼황천제(三皇天帝)를 비롯한 많은 신명들의 도움을 받고 있지만 이승에서는 나의 도움을 받고 있습니다. 천리(千里)가 지척(咫尺)이라는 말 그대로 차주영 씨와 나는 기적(氣的)으로는 하나로 연결되어 있습니다.

다시 말해서 차주영 씨는 인신(人神)의 도움을 다 함께 받고 있는 매우 희귀한 경우입니다. 그러니까 시간과 공간을 초월하여 머나먼 미국 땅에 홀로 떨어져 있으면서도 지금도 수련이 일취월장(日就月將)하고 있는 겁니다. 그리고 차주영 씨를 나에게 소개한 분은 선계에서는 세 분 할아버지시지만 현세에서는 성재모 선생임을 잊지 마시기 바랍니다.

그건 그렇고 이제야 차주영 씨의 백회가 제대로 열려서 본격적인 가동을 시작했습니다. 몸에 꺼풀이 일고 머리칼이 빠지는 것은 수련으로 체질이 새롭게 바뀌느라고 그러는 것이니 안심하셔도 좋습니다. 이런 것을 환골탈태(換骨奪胎)라고 합니다.

앞으로도 지금처럼 초지일관 수련을 꾸준히 밀고 나간다면 명현반응(暝眩反應)은 수없이 겪겠지만 평생 질병에 걸리는 일은 없을 것입니다. 어느 때 어느 곳에 있든지 늘 주변 사람들을 배려하시기 바랍니다. 그것이 바로 상구보리, 하화중생하는 길임을 잊지 마시기 바랍니다.

인신(人神)의 공조(共助)

삼공 선생님 전 상서

늘 가르쳐 주심에 깊이 감사를 드립니다.

선생님과 사모님 모두 안녕하시리라 생각합니다. 보내 주신 메일은 고맙게 읽어 보았습니다. 저의 의문점에 대하여 하나하나 선생님께서 답을 주시니 안심이 더 되고, 더욱더 분발하여야 하겠다는 생각뿐입니다.

생각해 보면, 선생님과 메일을 통한 지가 한 달도 채 되지 않았건만, 백회가 열리고 대주천이 되고 더욱이 인신(人神)이 다 함께 저를 돕고 계신다니 저로서는 좀 믿어지지 않는 점이 많은 것만은 사실입니다.

요즘은 이곳에서의 앞으로의 할일들과 대학을 옮기는 문제 등에 대하여 곰곰이 생각하고 있습니다. 2, 3일 내로 방향이 설 것 같으며, 적어도 거래형에서 어긋남이 없는 판단을 하려고 합니다.

그리고 이타행을 행하는 데 있어서 당장은 오해를 살 수도 있지만 먼 장래를 내다볼 때는 이타행이 될 수 있는 일이 많은 듯합니다. 그러니 판단하고 결정하기란 그리 쉽지는 않은 듯합니다. 그러나 이렇게 생각하는 것도 욕심에서 나오는 것인지요?

조금 지나간 이야기입니다만, 제가 미국에 오기 전 북해도 대학의 한 자그마한 지방 연습림장 직을 한 3년간 하였습니다. 그러니 제가 결정하여야 할 일들이 더러 있었으며, 직원의 신규 채용도 한 적이 있었습니다.

그때의 저의 판단 기준은 최소한 저의 개인의 욕심을 충족시키기 위한 결정은 하지 않기로 했고 실행했었던 기억이 납니다. 비록 작은 집단이지만 여러 가지 이해관계가 얽혀 있는지라, 늘 찬성과 반대가 엇갈리는 것은 당연하다는 생각이 듭니다. 그러나 여기에 와서 그때의 일들을 생각해 보면 마음이 편안함을 느낍니다.

앞으로의 생활에 있어서도 이러한 최소한의 기준은 지키려고 합니다. 물론 마음이 더 열려 자연스런 이타행을 할 수 있으면 바랄 것이 없을 듯싶습니다. 더욱더 수련에 정진하면 가능하게 되겠지요?

이야기가 바뀝니다만, 단군 할아버지께서 보이신 후로 근 3, 4일간은 단전호흡을 하면 몸이 마치 우주선이 되어 우주 여기저기를 다니는 듯한 느낌을 받습니다. 속도가 하도 빨라 장면들을 기억할 수가 없습니다. 그리고 늘 조깅과 단전호흡을 할 때에는 행주좌와어묵동정(行住坐臥語默動靜) 염념불망의수단전(念念不忘意守丹田)을 암송하며 단전에 의식을 집중합니다만, 자꾸 상단전으로 의식이 가는 것을 느낍니다. 그리고 단전을 의식하면 몸은 공중에 떠 있고 단전이 마치 몇 길 아래에 있는 듯이 느끼곤 합니다.

요즘은 줄곧 음양 오행생식을 하고 있습니다. 그러나 주말이면 아직 옛날 습관이 살아나 김치찌개며 밥 등 좀 얼큰한 것들이 생각이 나 먹고 나면, 과식을 하는 탓도 있겠지만 몸에서 받질 않아 몸 추스르기에 시간을 낭비하고 있습니다. 이것도 하나의 공부라고 생각하고 관하고 있습니다.

바쁘신데도 불구하고 늘 가르쳐 주시고 도와주심에 다시 한 번 깊은 감사를 드립니다. 열심히 정진하는 것이 하나의 보답으로 생각하고 최선을 다할 생각입니다. 그럼 선생님과 사모님 모두 몸 건강히 안녕히 계십시오. 또 메일을 올리도록 하겠습니다.

라라미에서 제자 차주영 올림

【필자의 회답】

　차주영 씨는 지금 기공부가 초고속으로 진행되고 있습니다. 먼 외국에 나가 있는 사람에게 이메일을 통하여 수련을 시켜본 경험도 나로서는 처음 겪는 일입니다. 그야말로 사람과 신명(神明) 즉 인신(人神)이 공조(共助)하여 수련을 시키고 있는 것입니다. 그렇게 해야만 할 이유가 반드시 있을 것입니다. 그것은 훗날 밝혀질 것입니다.
　그리고 지금 차주영 씨에게 일어나고 있는 일은 환상이 아니고 엄연한 현실입니다. 날이 갈수록 운기가 활발해지고 심신이 변해가고 있는 것이 그 증거임을 잊지 마시기 바랍니다. 지금 문제가 되는 것은 이렇게 급격하게 진행되는 기공부로 인한 심신의 변화를 차질 없이 제대로 수용하고 적응해 나가야 하는 겁니다. 기공부가 마음공부보다 너무 앞서 나가다 보면 반드시 마장(魔障)이 끼게 되어 있습니다.
　나는 바로 이 마장 때문에 수련뿐 아니라 인생을 망친 구도자들을 너무나 많이 보아 왔습니다. 그것을 미연에 방지하기 위해서는 기공부와 함께 반드시 마음공부가 병행해 나가야 합니다. 내가 이타행을 강조하는 이유가 여기에 있습니다.
　지금의 상태로 계속 수련이 진행되다가 보면 틀림없이 초능력 현상을 겪게 될 것입니다. 초능력을 갖게 되면 수많은 유혹에 직면하게 될 것입니다. 그 유혹에 빠지는 원인이 바로 에고이즘(egoism) 즉 사욕(私慾)입니다. 이 사욕을 제때에 다스릴 수 있는 것이 바로 역지사지(易地思之), 방하착(放下着), 애인여기(愛人如己), 여인방편자기방편(與人方便自己方便)입니다. 요컨대 이타행(利他行)을 하는 것입니다.

그리고 수련 중에 생겨나는 초능력은 아무에게나 써먹으라는 것이 아니고 반드시 수련을 위해서만 써야 한다는 것을 명심해야 할 것입니다. 마음공부를 강조하는 이유가 여기에 있습니다. 우주선을 타고 여기저기 돌아다니는 것은 수련자가 흔히 겪는 일종의 유체이탈(幽體離脫) 현상입니다.

다음에는 투시(透視) 현상이 일어날 수도 있습니다. 그리고 남의 과거생이 보이고 미래가 보일 때도 있습니다. 그런 때는 함부로 누구에게 발설하지 말고 언제나 나에게 먼저 알리기 바랍니다.

단전이 몇 길 아래에 떨어져 있는 느낌이 들 때는 상중하 단전이 내 몸속의 머리, 가슴, 아래 배에 나란히 공존하고 있다고 의념(意念)하여야 할 것입니다. 그렇게 하면 떨어져 있는 하단전이 위로 올라붙게 될 것입니다.

삼합진공(三合眞空)

삼공 선생님 전 상서

보내 주신 메일은 고맙게 읽었습니다. 그리고 가르쳐 주신 점에 대하여 명심하여 수련에 임하겠습니다. 저로서는 지금 저에게 일어나는 일들이 정말인지 하는 의구심들이 더욱더 커지는 것 같습니다. 정신을 바짝 차리고 관해 보겠습니다. 바쁘신데도 불구하고 늘 지도하여 주심에 다시 한 번 깊은 감사를 드리겠습니다.

어제 낮에는 연구실에서 나와 용무를 보려고 캠퍼스를 걷고 있는데, 제가 마치 우주를 품고 있는 듯한 느낌을 받았습니다. 그때는 마음이 한량없이 평화로움을 느꼈습니다. 그리고 잠자리에 들기 전 단전호흡 때에는 무아지경에 들어 단전이 부풀어오르더니 백회로부터 기가 쏟아져 들어오면서 기의 기둥을 느꼈습니다.

그리고 오늘 아침의 조깅 때에는 여느 때와 같이 단전과 백회가 풀가동되었으며, 조깅이 끝날 무렵에는 단군 할아버지가 마치 하늘, 우주인 것 같아 단군 할아버지가 하느님이라는 생각이 들고, 그 단군 할아버지이신 우주가 저를 감싸주는 아늑함을 느꼈습니다.

아무튼 앞으로도 정신 바짝 차리고 정진해 보겠습니다. 그럼 선생님과 사모님 두 분 모두 몸 건강히 안녕히 계십시오. 또 메일을 올리겠습니다.

라라미에서 제자 차주영 올림

【필자의 회답】

우주를 품고 있는 듯한 느낌을 받은 것은 인간은 우주의 일부이면서도 그 속에 우주 전체를 품을 수 있는 존재임을 알려 주기 위한 섭리의 작용입니다. 그렇기 때문에 한량없는 평화로움을 느낀 것입니다.

우주를 품은 마음을 석가는 불성(佛性)이라고 했습니다. 이기심이 용납 안 되는 대자대비(大慈大悲)입니다. 그래서 그는 일체중생실유불성(一切衆生悉有佛性)이라고 했습니다. 모든 사람들에게는 불성이 있다는 말입니다.

예수도 이것을 깨달았기 때문에 제자들에게 "하느님 나라는 너희 마음속에 있나니라"(누가 17:21)하고 말한 것입니다. 이것을 좀더 구체적으로 표현하기 위해서 예수는 또 "아버지께서 내 안에 계시고 내가 아버지 안에 있음을 깨달아 알리라"(요한 10:38)하고 말했던 것입니다.

마하트마 간디는 "신의 존재를 부정하는 사람은 자기 자신의 존재를 부정하는 자이다. 신을 잊은 자는 자기 자신을 잊은 자이다."(He who denies the existence of God denies his own. He who forget God, forget himself.) 그리고 "우리의 가슴속에 신을 모실 때 우리는 사악한 생각을 하거나 사악한 짓을 할 수 없다"(When God is enshrined in our hearts, we cannot think evil thoughts or do not evil deeds)라고 말했습니다.

위에 나오는 하나님, 아버지, 불성 등은 우주의식(宇宙意識)을 말합니다. 하나님 또는 하나님에 대한 호칭은 시대나 지역에 따라 수백 종류가 넘습니다. 신(神), 아버지, 알라, 천주(天主), 천제(天帝), 단군 할아버지도 우주의식을 말하는 것입니다. 차주영 씨는 지금 우아일체(宇我一體), 신인일치(神人一致)를 깨닫는 공부를 하고 있다는 것을 명심하기 바랍니다.

백회로부터 기가 쏟아져 들어오면서 기의 기둥을 느낀 것은 대주천에서 진일보되었을 때 일어나는 삼합진공(三合眞空) 현상입니다. 기가 12정경(正經)과 기경팔맥(奇經八脈)을 골고루 운행한 뒤에 백회 중단전 하단전을 거쳐 회음(會陰)까지 기운의 기둥이 수직으로 서는 것을 말합니다.

자신의 기운을 상대에게 보낼 수도 있고 상대의 기운을 마음대로 끌어올 수도 있는 능력을 갖게 되는 단계입니다. 그러나 아직은 그렇게 하지 말고 계속 축기와 운기를 하면서 관을 하시기 바랍니다. 삼합진공에 대해서는 『선도체험기』에 자세히 언급해 놓았으니 책이 도착하는 대로 참고하기 바랍니다.

우주에 흩어져 있는 자신의 모습

삼공 선생님 전 상서

늘 가르쳐 주심에 깊은 감사를 드립니다. 선생님과 사모님 두 분 모두 안녕히 계시리라 생각합니다. 그리고 메일은 고맙게 읽었습니다.

선생님께서 일러 주시는 대로 마음공부에도 진전이 함께 있으면 하는 마음뿐입니다. 몬태나에서 이곳으로 옮긴 후로는 교민들뿐 아니라 사람들을 거의 만나지 않고 생활하고 있습니다. 좀 불편하고 시행착오가 있더라도 가능하면 저 혼자 해결해 가며 지내고 있습니다.

어제는 선생님으로부터 너무나 큰 사실들을 가르침 받았습니다. 초능력이니 하는 단어에 좀 충격이 있었던 것만은 사실입니다. 그냥 마음 편히 남에게 폐를 끼치지 않고 버섯 연구나 하면서 지내려고 선도공부를 한 것만은 사실입니다. 저녁에는 그간 채 1개월도 안 된 기간에 일어난 일들과 함께 어제의 선생님의 메일들을 정리하는 시간을 가졌습니다.

그 모든 현상들이 수행의 한 과정이라면 겸허하고 현명하게 받아들이고, 늘 깨어 있어야 하겠다는 생각을 했습니다. 그리고 어제 저녁의 단전호흡 시에도 몸이 붕 떠 있었으며, 반가부좌를 한 저의 모습이 우주의 여기저기에 흩어져 있음을 느꼈습니다.

바쁘신 중에도 가르침을 주시고 도와주심에 다시 한 번 깊은 감사를 드립니다.

라라미에서 제자 차주영 올림

【필자의 회답】

반가부좌한 자신의 모습이 우주의 여기저기 흩어져 있는 것은 무엇을 의미할까요? 앞으로도 수련 중에 이와 비슷한 현상들이 수없이 일어날 것입니다. 그 의미가 즉각 머리에 떠오르지 않으면 그것이 무엇을 말하는 것일까? 하는 것을 화두(話頭)로 삼아 스스로 알아내는 훈련을 쌓아야 할 것입니다. 며칠이 지나도 해결이 나지 않는다든가 알아내긴 알아냈는데 자신이 없을 때 이메일로 알려 주기 바랍니다.

약편 선도체험기 16권

〈74권〉

다음은 단기 4336년(2003)년 12월 8일부터 다음 해 2004년 2월 9일까지 필자와 수련생 사이에 있었던 수행과 인생문제 대한 대화를 위시하여 필자의 선도수련 체험과, 『선도체험기』 독자들과 필자 사이에 오고간 이메일 문답을 수록한 것이다.

명상이란 무엇인가?

우창석 씨가 말했다.
"선생님, 명상이란 무엇입니까?"
"명상이란 눈감고 마음을 차분하게 가라앉히는 겁니다."
"그렇게만 하면 명상이 되는가요?"
"그렇고말고요."
"그렇게 하면 무슨 이익이 있습니까?"
"우선 눈을 감고 마음을 차분하게 가라앉히면 마음이 고요해지고 맑아져서 머리도 명석해집니다. 혼탁한 물병을 식탁 위에 가만히 놓아두면 불순물은 밑으로 가라앉고 깨끗한 물은 위로 떠올라 그 구분이 확실해지는 것과 같이 명상 전까지 마음속에서 갈피를 잡을 수 없었던 일들이 진위, 선악, 혼탁의 진상이 명확히 드러납니다. 이렇게 하여 사물을 바르게 보는 것을 명상이라고 합니다.

 게다가 책상다리나 반가부좌나 가부좌를 틀고 앉아 단전호흡을 하면서 명상을 하면 단전에 기운이 모여서 몸속까지 따뜻해지므로 건강도 함께 좋아질 것입니다. 마음이 차분해지고 두뇌가 명석해지므로 그때까지 얽히고설켰던 마음도 말끔히 정리가 될 것입니다. 마음속에 숙제로 남아 있던 문제의 해결책도 선명하게 떠오를 것입니다.

 그리고 구도자는 명상에서 한 걸음 더 나아가 삼매지경에 들면 무사무념(無私無念)의 상태에서 자기 자신의 존재의 실상이 훤히 체감될 수도 있습니다. 따라서 명상은 마음공부의 기본자세입니다."

 "명상은 반드시 가부좌를 해야만 합니까?"

 "반드시 그렇지는 않습니다. 마음을 차분하게 가라앉힐 수 있는 편안한 자세라면 어떠한 경우든지 좋습니다. 걸어가면서도 조깅을 하면서도 운전을 하면서도 우리는 얼마든지 명상을 할 수 있습니다."

 "그럼 명상의 전제 조건은 무엇입니까?"

 "거듭 말하지만 마음을 차분하게 가라앉히는 겁니다. 처음부터 끝까지 그리고 어떠한 경우에도 마음만 차분하게 가라앉힐 수 있다면 그 사람은 비록 시끄럽기 짝이 없는 시장 바닥에 앉아 있어도 마음은 극락에 가 있는 것처럼 편안하고 차분해질 수 있을 것입니다."

 "왜 하필이면 극락에다 비유하십니까?"

 "마음이 차분해진 사람은 탐진치(貪瞋痴)나 오욕칠정(五慾七情)에 함부로 날뛰는 일은 결코 없을 것이기 때문입니다. 일시적으로 마음이 흔들리는 일이 있을 수는 있겠지만 그 차분한 마음이 곧 모든 것을 정리하고 정돈할 것이기 때문입니다. 이러한 상태가 바로 다름 아닌 열반이요 극락입니다. 그런 사람은 쓰러지고 또 쓰러져도 오뚝이처럼 다시 일어날 것입니다. 바다에 뜬 부표처럼 파도에 휩쓸려 가라앉고 또 가라앉아도 금방 제 자리에 다시 떠오를 것입니다."

"그럼 명상의 요체는 마음을 차분하게 가라앉힌다는 것입니까?"

"그렇습니다."

"마음을 차분하게 가라앉히는 것만으로도 진실을 꿰뚫어볼 수 있다는 말씀인가요?"

"그렇습니다."

"그 이유를 알고 싶습니다."

"차분하고 안정된 마음이야말로 하늘의 마음이요 우주심(宇宙心) 그 자체이기 때문입니다. 그렇기 때문에 차분하고 편안한 마음은 곧바로 우주의식과 통할 수 있습니다. 마음이 무한히 차분한 사람은 무한한 우주를 자기 마음속에 옮겨올 수 있습니다. 차분하고 고요한 것은 우주의식의 속성이기 때문입니다. 만물은 유유상종(類類相從)이요 끼리끼리 모이게 되어 있습니다. 따라서 마음이 차분하고 고요한 명상자는 우주심을 닮아 우아일체(宇我一體)가 될 수 있습니다."

"그렇다면 명상이야말로 우아일체가 될 수 있는 지름길이겠군요."

"그렇습니다. 사리사욕과 미혹에서 벗어난 차분하고 고요한 마음은 우주심(宇宙心) 그 자체이기 때문입니다."

"우주심이란 무엇입니까?"

"아무것도 아닙니다."

"아무것도 아니라면 무엇을 말씀하시는 겁니까?"

"말 그대로 아무것도 아닙니다. 영어로 말하면 Nothing입니다. 아무것도 아닌 허공이기 때문에 이 우주 안의 모든 것을 포용할 수 있는 것입니다. 전무(全無)가 전체(全體)인 겁니다. 공(空)이요 무(無)입니다. 공이면서도 모든 가능성을 가진 공입니다. 그래서 옛 성인들은 이를 일컬어 진공묘유(眞空妙有)라고 했습니다. 따라서 모든 존재는 궁극적으로 아무것도 아닌 허공이면서도 모든 것, 즉 전체인 겁니다."

독도 문제 해결책

정지현 씨가 말했다.

"우리나라가 독도의 생물을 소재(素材)로 우표를 발행키로 하자 일본의 고이즈미 총리가 독도는 일본 땅이라고 말도 안 되는 억지를 또 부리고 있습니다. 독도가 일본 땅이라는 역사적 증거는 1905년 일본이 한국의 외교권을 박탈하여 독도를 일본 영토로 제멋대로 편입하기 이전에는 그 어느 문헌에서도 찾아볼 수 없습니다.

심지어 일본의 문헌마저도 한결같이 독도는 한국 영토로 기재하고 있습니다. 그리고 국제법상으로도 엄연히 한국 땅이고 또 실효적으로 한국이 점유하고 있습니다. 일본의 사학자들을 비롯하여 양식 있는 식자들은 이 사실을 누구나 다 알고 있고 이따금 그 사실을 밝히는 경우도 있습니다. 그런데도 불구하고 잊을 만하면 한일 간에 되풀이되는 독도 영유권 문제를 영구적으로 해결할 수 있는 길은 없을까요?"

"왜 없겠습니까? 있습니다."

"그게 무엇입니까?"

"다 알다시피 국경을 같이하고 있는 인접국으로서 수백 년간 영토권 분쟁으로 피투성이의 싸움을 벌여온 나라로 우리는 프랑스와 독일을 빼놓을 수 없습니다. 알퐁스 도데라는 소설가가 쓴 '마지막 수업'이라는 단편소설은 독일과 프랑스 사이에 끼어 있는 알자스 로렌 지방의 비극을 잘 그리고 있는 것으로 유명합니다. 그러나 지금 두 나라 사이에는 영토 분쟁 같은 것은 일어날래야 일어날 수 없는 한낱 옛 추억거리가 되어 버렸습니다. 왜 그렇게 되었는지 아십니까?"

"혹시 프랑스와 독일의 경제 통합 때문이 아닐까요?"

"그렇습니다. 바로 그겁니다. 프랑스의 제의로 두 나라는 2차 대전 직후부터 경제공동체를 형성하게 되었습니다. 다시 말해서 관세를 철폐하는 자유무역 협정을 체결하여 두 나라는 하나의 경제공동체를 이루면서 지금은 이것이 유럽 전체로 확대되어 EEC(European Economic Community) 즉 유럽 경제공동체를 거쳐 지금은 EU(European Union) 즉 유럽 연합으로 발전하였고 유러달러라는 단일 화폐까지 발행 유통하기에 이르렀습니다.

우리도 2005년 발효를 목표로 한일 간에 지금 한창 진행 중인 FTA가 발효되면 두 나라의 경제는 하나로 통합되게 될 것입니다. 그렇게 되면 한국과 일본 사이에는 사실상 국경이 사라지게 될 것이고 사람과 물화(物貨)가 아무런 제한도 받지 않고 자유롭게 왕래하게 될 것입니다.

지금으로부터 1천 3백년 전에 신라와 백제가 국경을 사이에 두고 항상 으르렁대며 피투성이 싸움에 영일(寧日)이 없었지만 지금은 영남과 호남이라는 두 지역으로 나뉘어 서로 자유롭게 왕래하듯이 일본과 한국 사이도 지금 우리가 본토와 제주도 사이를 왕래하듯이 된다는 얘기입니다. 그쯤 되면 독도의 영유권 주장 같은 것도 별 의미가 없어지게 될 것입니다."

"그럼 지금 한창 말썽이 되고 있는 고구려를 자기네 변방 역사로 왜곡 날조(歪曲捏造))하려는 중국의 소위 동북공정(東北工程)이라는 것은 어떻게 될까요?"

"한일 간에 지금 작업이 한창 진행 중인 한일 FTA가 발효되면 중국도 같은 동아시아 국가로서 소외당할 수 없으므로 여기에 가입하려고 할 것입니다. 이것은 어쩔 수 없는 세계적인 흐름이요 대세니까요.

이러한 흐름은 이미 대만과 중국 본토 사이에서도 일어나고 있습니다. 지금 천수이벤 대만 총통은 대만 독립을 내걸고 차기 총통에 재출마하고 있는데 중국에 투자한 1백여 대만 투자회사들이 천수이벤 총통의 재선 반대운동을 벌이고 있습니다.

만약에 대만이 독립하게 되면 그동안 중국 본토에 투자한 막대한 돈을 회수할 길이 막혀 버리기 때문입니다. 그동안 대만과 중국은 경제 분야에서는 사실상 국경이 없었기 때문에 이런 현상이 벌어진 것입니다.

중국과 우리나라 사이에도 자유무역협정이 체결된다면 두 나라 사이에는 경제 분야에서는 국경이 사라지게 될 것이고, 사실상의 경제 통합이 이룩되어 간도를 둘러싼 한중 간의 해묵은 영토권 분쟁도 물거품이 될 것입니다."

"그런데도 중국은 한 치 앞을 내다보지 못하고 3조 원이라는 엄청난 국고를 들여 고구려사를 왜곡하려는 거 아닙니까?"

"중국 정부 고위층에 조금이라도 앞날을 내다보는 혜안(慧眼)이 있는 사람이 있었다면 동북 공정 따위에 그만큼 거액을 들이는 미련한 짓은 하지 않았을 것입니다."

"그렇게 되면 한중일(韓中日) 간의 민족적 국가적 정체성은 어떻게 됩니까? 까딱하면 상대적으로 인구수가 중국과 일본에 비해서 제일 적은 우리가 문화적으로 중국이나 일본에 흡수당하여 만주족(滿洲族)처럼 흔적도 없이 사라지는 것은 아닐까요?"

"그것은 앞으로 우리가 얼마나 경쟁력과 창의력을 발휘하느냐의 여부에 달려 있습니다. 만주족이 중국 문화에 흡수당해 버린 것은 그들 고유의 문화적인 경쟁력과 창의력이 없었기 때문입니다. 만약에 우리 민족이 이웃인 중국이나 일본 민족에 비하여 경쟁력도 창의력도 없었었다면 지금까지 살아남지도 못했을 것입니다."

"그럼 앞으로 북한 문제는 어떻게 될까요?"

"우리가 일본과 FTA가 체결되고 뒤이어 중국, 싱가포르, 대만, 몽골, 러시아, 필리핀, 베트남, 태국, 말레이시아, 인도네시아 같은 아시안 국가들은 물론이고 호주와 뉴질랜드로까지 포괄하는 아태(亞太) 경제공동체가 확장되면 북한만 혼자 문 닫아 걸고 공산주의 수령 독재 국가로 독야청청할 수는 없을 것입니다. 살기 위해서는 불가불 개방과 개혁을 하지 않을 수 없는 궁지에 몰리게 될 것입니다."

"통일은 우리나라가 일본이나 중국과 FTA를 얼마나 빨리 발효할 수 있느냐에 달려 있다고 할 수 있겠군요."

"옳은 지적입니다."

"경제공동체가 사실상 국경을 사라지게 한다고 해도 오랜 관성(慣性) 때문에 어느 순간 갑자기 옛날로 되돌아가는 일은 없을까요?"

"그런 일은 사실상 일어날 수 없을 것입니다."

"왜 그렇죠?"

"영남과 호남이 제아무리 지역감정이 깊다고 해도 신라와 백제로 되돌아갈 수 없는 것처럼 경제공동체를 이룩한 나라들은 그 이전과 같은 국가 대 국가의 적대적 대립 양상으로 환원할 수는 없을 것입니다. 역사에 가정(假定)은 있을 수 없는 것과 같이 한 번 흘러간 강물이 되돌아올 수 없는 것처럼 한번 흘러간 과거는 결코 되돌아오는 법은 없습니다. 앞으로 전개될 역사는 과거의 역사와는 전연 양상이 다른 새로운 지구촌 단일화 패러다임으로 바뀌게 될 것입니다.

사람과 물화가 자유롭게 이동을 하게 되면 그에 따라서 문화가 이동하고 자연히 피도 섞이게 될 것입니다. 서로가 상대 지역에 투자도 하고 사업도 벌이게 될 것입니다. 현실적인 이해관계가 서로 얽히고설키게 되어 어느 정도 시간이 흐르면 서로 떨어질래야 떨어질 수 없는 불가분의 관계가 형성될 것입니다.

경제공동체가 완성되면 지금 EU에서 벌어지고 있는 것처럼 정치적 통합까지도 모색하게 될 것입니다. 마침내 세계는 미주(美洲), EU, 아태주(亞太洲), 아프리카주 등 네 개의 큰 지역 블럭이 형성된 후 이들이 다시 하나의 지구촌 단위로 통합되는 과정을 거치게 될 것입니다.

중국을 중심으로 하는 중화주의(中華主義)와 일본을 맹주로 하는 대동아공영권(大東亞共營圈)이나 북한의 강성대국주의(强盛大國主義) 그리고 온갖 형태의 국수주의나 국가이기주의가 제아무리 날뛰어도 이러한 역사의 대세를 도저히 거역할 수는 없습니다."

성공한 구도자

우창석 씨가 말했다.

"선생님, 어떤 사람을 보고 성공한 구도자라고 할 수 있을까요?"

"성공한 구도자란 큰 스승에게서 인가를 받은 구도자가 아닙니다. 왜냐하면 아무리 큰 스승이라고 해도 사람이 하는 일이라 착오를 일으킬 수 있기 때문입니다."

"그럼 어떠한 구도자가 성공한 구도자입니까?"

"자기 입으로 나는 견성 해탈했다고 말하지 않지만 자기 주변에 엄청난 진기(眞氣)의 자장(磁場)을 형성하고 있는 사람이 성공한 구도자입니다. 그러나 이러한 사실은 수련이 일정한 수준에 도달하지 않은 사람은 알 수 없습니다."

"그럼 그 구도자 자신은 어떠한 자각 증상이 있어야 할까요?"

"늘 건강하고 마음이 편안하고 오욕칠정(五慾七情)에 일희일비(一喜一悲)하지 않는다면 일단 성공한 구도자라고 말할 수 있습니다. 그리고 지금 당장 지구가 폭발하여 지상의 모든 생물이 멸종한다고 해도 마음이 전연 흔들리지 않는 사람입니다."

"어떻게 하면 그런 사람이 될 수 있습니까?"

"구도에 전력투구하면 누구나 그런 사람이 될 수 있습니다. 다시 말해서 수련에 지극정성을 쏟아야 한다는 말입니다."

"누구나 수행에 지극정성만 다하면 그렇게 될 수 있을까요?"

"그렇고말고요."

"그럼 성공한 구도자가 몇 안 되는 것은 무엇 때문입니까?"

"수련에 전심전력을 기울이지 않았기 때문입니다. 더구나 인터넷이 보편화된 현대에는 수련에 전력투구하는 구도자가 그전보다 훨씬 더 줄어들었습니다."

"왜 그럴까요?"

"컴퓨터의 클릭 하나로 온갖 정보를 다 향유할 수 있는 편리함에만 익숙해진 수련자들이 수련도 그렇게 쉽게 성취하려고 하기 때문입니다. 그러나 수련은 정보나 지식을 얻듯이 그렇게 쉽게 이룰 수 있는 것이 아니라는 것을 그들은 모르고 있습니다.

지식이 아무리 산처럼 쌓여 있다고 해도 그 지식을 흡수 소화하여 그 사람 자신의 마음을 바꾸어 놓지 않으면 그것은 그저 한갓 지식의 더미에 지나지 않습니다. 이것을 흡수 소화하는 과정이 수행입니다. 여기에는 피나는 노력이 있어야 합니다. 한 치의 요행도 끼어들 수 없습니다. 그런데 현대의 일부 구도자들은 이러한 각고(刻苦)의 노력을 과감하게 생략한 채 요행만을 바라는 경향이 있습니다.

나에게 이메일을 보내는 수련자의 대부분은 단 한 번의 문의로 끝내 버립니다. 그 문의의 대부분이 빙의(憑依)로 인해 수련에 장애를 당하고 있는 경우입니다. 기 수련자라면 누구나 당하는 장애요 난관입니다. 이 난관을 돌파하느냐 못 하느냐에 기공부의 성패는 달려 있습니다.

그런데 아무리 친절하게 그것을 극복하는 방법을 가르쳐 주어도 다음 질문이 없습니다. 대부분이 단발로 끝내 버립니다. 지구력(持久力)도 인내력(忍耐力)도, 끈질기게 물고 늘어지는 강인한 투지도 없습니다. 그래

가지고는 성공한 구도자가 될 수 없습니다. 수련을 심심풀이 땅콩 정도로 아는 사람들이 대부분입니다. 이러한 자세로는 수련 자체가 되지 않습니다. 이처럼 정성이 들어 있지 않는 수련은 백년을 해도 아무 성과도 올리지 못할 것입니다.

그러나 지성(至誠)이 하늘을 감동시킬 정도라면 반드시 지상에 살아 있는 스승의 마음도 감동시킬 수 있을 것입니다. 스스로 돕는 자는 하늘만 돕는 것이 아니고 사람인 스승도 돕는다는 것을 알아야 할 것입니다. 수련에 전력투구하는 사람은 다름 아닌 바로 그 사실 때문에 반드시 성공을 거둘 수 있습니다."

"선생님은 방금 전에 성공한 구도자는 몸이 건강하고 희로애락에 일희일비하지 않고 무슨 일이 있어도 마음이 흔들리지 않는다고 말씀하셨는데 수련이 본궤도에 오른 사람은 '지는 것이 이기는 것'이라는 이치를 깨닫고 실천하는 사람이라고 말하는 사람도 있습니다. 과연 그럴까요?"

"그렇고말고요. 남에게 져 주되 비겁하게 꼬리를 사리지 않고 당당하게 져 주는 사람은 반드시 이기는 사람이 될 것입니다. 분기탱천(憤氣撑天)할 때 참을 수 있는 사람은 반드시 최후의 승리자가 되게 되어 있습니다. 상대방과의 싸움에서 막상막하(莫上莫下)의 힘을 가지고 있거나 이길 수 있는 실력을 가지고 있으면서도 짐짓 져 준다면 상대는 반드시 의아해할 것입니다.

그리고 다음 순간에는 반드시 속으로 감동할 것입니다. 그 감동은 틀림없이 두려움 아니면 존경심을 낳게 할 것입니다. 자기를 이길 수 있는데도 평화를 택한 상대와 상부상조의 관계를 원하게 될 것입니다. 이때 최후의 승리자는 지고도 이긴 사람이 되지 않을 수 없을 것입니다."

"그러나 이때 져 주는 사람을 깔보고 짓누르고 그 위에 군림하여 패자가 되려고 혈안이 되는 사람이 더 많은 것이 현실이 아닐까요?"

"물론 그것이 현실입니다. 그러나 그렇다고 해도 계속 져 주면 역시 최후의 승리자는 져 주는 사람이 될 것입니다. 왜냐하면 이 세상에서 언제까지나 자기 잇속만 계속 챙기는 사람치고 일시적 성공은 거둘 수 있을지 몰라도 최후의 승리자가 되는 일은 결코 찾아볼 수 없기 때문입니다. 이기주의자, 에고이스트는 어느 사회에서나 반드시 따돌림을 당하지 않으면 왕따를 당하게 되어 있는 것이 변함없는 인과응보의 이치이기 때문입니다.

동서고금 어느 시대를 막론하고 고위직에 있으면서 공금을 횡령 착복한 사람 쳐놓고 비록 뒤늦게나마 발각되어 처벌받지 않는 예는 거의 찾아볼 수 없습니다. 그러나 바르고 착하고 슬기롭게 산 사람은 비록 한때는 비운을 겪는 한이 있어도 언제까지나 처벌을 당하거나 몰락을 당한 일은 결코 없습니다."

"그렇다면 성공한 구도자는 건강하고 마음이 늘 편안하여 무슨 일에든 마음이 흔들리지 않을 뿐만 아니라 지는 것이 이기는 것이라는 이치를 깨달은 사람이라고 할 수 있겠군요."

"그렇습니다. 그리고 그는 주변 사람들과 늘 사이좋게 지냅니다. 그 비결은 남을 내 몸처럼 생각하는 데 있습니다. 가족이나 직장 동료를 위시하여 주변 사람들과 늘 불화하고 싸우는 사람은 그로 인한 스트레스로 그의 심정은 항상 지옥에 있는 것과 같습니다. 그러나 주변 사람들과 늘 화목하게 지내는 사람은 그가 있는 그 자리가 바로 천국이 될 수 있을 것입니다."

"그러고 보니 천국이냐 지옥이냐 하는 것은 마음먹기에 달려 있다고 할 수 있겠군요."

"그렇고말고요."

시산제(始山祭)와 산신령(山神靈)

우창석 씨가 말했다.

"선생님, 저는 지난 일요일에 등산 중에 15명 정도의 등산회원들이 음력으로 새해가 시작되어서 그런지 관악산 두꺼비바위 앞에서 떡 한 시루와 여러 가지 제물을 차려 놓고 산신령에게 회원들의 무사안위를 기원하는 시산제를 지내는 광경을 지켜보았습니다.

저는 그런 광경을 볼 때마다 과연 산신령이 찾아와서 그들의 기원을 들어줄 것인지 의문입니다. 아니면 단지 그렇게 함으로써 자기 위안을 삼으려는 하나의 요식 행위인지 늘 궁금합니다. 선생님께서는 어떻게 생각하십니까?"

"나도 지난 일요일(2004년 2월 1일) 등산 때 마침 삼성산에서 산신제 지내는 것을 지켜본 일이 있습니다. 그전에도 설날 직후에 흔히들 산신제 지내는 것을 본 일이 있었지만 무심히 지나치곤 했었는데 이날은 좀 관심을 가지고 유심히 지켜보았습니다.

제주가 '유세차(維歲次) 갑신년(甲申年) 정월 11일 진시(辰時)에 우리 산악회 일동은 산신령님께 축원합니다...' 하고 축문을 읽기 시작하자 내 영안(靈眼)에는 백호(白虎)를 탄 산신령이 나타나 제물 앞에 멈추어 서는 것이 보였습니다."

"그게 사실입니까?"

"사실이고말고요. 산사(山寺)의 산신각(山神閣) 안에 모셔져 있는 탱화에 그려져 있는 산신령과 흡사한 모습이었습니다."

"아니 그렇다면 산신각의 탱화에 나오는 백호 탄 산신령의 그림이 아무 근거도 없는 상상의 산물이 아니라는 말씀인가요?"

"내가 보지 않았다면 몰라도 일단 본 이상 그 탱화가 아무 근거도 없는 허황된 그림이 아닌 것만은 틀림이 없습니다."

"그 탱화가 옛날부터 전해져 내려오는 것이라면 그때에도 누군가가 산신령을 본 사람이 그것을 그림으로 남긴 것이라고 볼 수 있지 않겠습니까?"

"그럴 것입니다. 그렇다면 기공식 때 지내는 고사(告祀)에도 토지신(土地神)이 나타난다고 보아야 하겠군요."

"내가 관심을 갖고 직접 본 일이 없어서 확언할 수는 없지만 틀림없이 그 지역을 관할하는 토지신이 나타날 것입니다."

"선생님께서는 구도자의 입장에서 이런 제사를 지내는 것을 어떻게 생각하십니까?"

"항상 바르고 착하고 슬기롭게 사는 사람이라면 행사 때마다 구태여 산신령이나 토지신이나 조상신에게 일일이 제사를 지내지 않아도 될 것입니다."

"그건 왜 그렇습니까?"

"우주의 중심인 우주의식 즉 하느님과 직접 통하는 구도자는 그러한 잡신(雜神)들에게 일일이 기원을 하지 않아도 오히려 그들이 그에게 다가와 예를 차리게 될 것이기 때문입니다. 산신제(山神祭)나 토신제(土神祭)를 지내는 사람들은 그들을 제압할 만한 자신이나 능력이 없기 때문에 그들에게 축원을 하는 겁니다."

"그러니까 바르게 사는 사람에게는 산신이나 토지신은 물론이고 어떠한 신령(神靈)도 해꼬지를 할 수 없다는 말씀이군요."

"해꼬지는커녕 도리어 바르게 사는 구도자를 늘 도와줄 것입니다. 그래서 삼 년 시묘(侍墓)하는 효자는 백호가 지켜 준다는 말이 있지 않습니까? 그 백호야말로 산신령의 분신입니다. 어찌 산신이나 토지신뿐이겠습니까? 우아일체(宇我一體)가 된 구도자에게는 저승사자도 함부로 접근을 하지 못하게 되어 있습니다."

"그럼 구도자라면 마땅히 산신령이나 토지신에게 기원할 것이 아니라 자기 자신의 존재의 실상을 깨달아 하느님과 하나가 되어야 하겠군요."

"그렇습니다. 신아일체(神我一體) 즉 우아일체(宇我一體)가 되는 일에 더욱 정성을 쏟아야 할 것입니다. 다시 말해서 제신에게 제사를 드리는 존재가 아니라 필요할 때는 당연히 그들을 부릴 수 있는 존재가 되어야 할 것입니다."

【이메일 문답】

자리이타(自利利他) 정신

삼공 선생님 전 상서

늘 가르쳐 주심에 깊이 감사를 드립니다. 선생님과 사모님께서는 안녕히 계셨는지요? 저는 염려하여 주시는 덕분에 잘 지내고 있으며, 그간의 경과에 대하여 말씀을 드리겠습니다.

제가 선생님께 답신을 한 뒤로부터 일주일이 지난 것 같습니다. 선생님께서 지적하신 대로 앞으로의 하화중생에 대해서도 생각해 보았습니다. 그리고 지금까지 제가 공부하여 온 것들이 아니라면 어떻게 했을까 하는, 잡념이라면 잡념이라고 할 수 있는 것들로 시간을 보냈습니다. 얻은 결론은 지금 하고 있는 것들의 연속이건 아니면 다른 것들이건 간에 제가 해야 될 일이라면 겸손하게 받아들이는 것이 순리가 아닌가 하는 생각을 해 보았습니다.

그리고 대학을 옮기는 문제도 마음의 정리를 하였으며, 몬태나 대학에서 현재의 대학으로 적을 옮기기로 양쪽의 교수님들과도 상의를 하여, 지금은 서류상의 수속을 하고 있습니다. 이런 일들을 하면서 단전호흡은 꾸준히 하여 왔으나 단전에서의 기는 전과 다름없으나, 깊은 선정에는 들지 못하였으며 화면들도 보이지가 않았습니다.

그러나 3일 전부터 평상시는 그렇지 않습니다만, 단전호흡 시에는 얼굴의 오른쪽 절반이 눈을 중심으로 하여 무거운 감이 들고 눈꺼풀이 감겨지며, 마치 마비가 된 듯한 느낌을 받습니다. 그런데 나날이 그 증상이 가벼워지는 듯하니 명현 현상인 듯싶습니다. 그리고 여전히 전보다는 줄었으나 머리카락은 빠지고 있습니다.

그리고 어제 그저께는 일을 마치고 퇴근하여 방을 들어서는데, 마치 제 방안에 단군 할아버지로 꽉 차 있는 것 같은 느낌을 받았으며 심적으로 아늑함을 느꼈습니다. 또한 어제는 제가 연구실에 있으면 연구실 안이 그리고 밖으로 나가면 바깥에 반가부좌를 한 저의 모습들로 꽉 차 있음을 느끼면서 동시에 마음의 평화도 느꼈습니다. 그런데 이런 저의 모습들이 마치 저의 행동을 지켜보는 듯한 느낌이 들었습니다.

이러한 것들을 느끼면서 마음에도 변화가 온 것 같습니다. 월요일부터 근처의 대학에서 외국인을 위한 영어 강좌가 개설되었기에 그간 공부한 것도 테스트할 겸해서 듣기로 하였습니다. 가 보니 모두가 여성이며, 주로 유학생들의 부인들이며 한국 분도 두 분 있었습니다.

그러니 계면쩍기도 하고 잘못하니 좀 창피한 생각도 들고 해서, 그만 둘까하는 생각을 하였습니다. 하루 내내 생각하다가 얻은 결론은 저보다 많이 알면 누구나 저의 선생님이라는 생각이 들었습니다. 그러니 제가 자존심이며 현재의 신분을 버리면 순수하게 학생이 될 수 있다는 생각이 되니 마음이 편해지고, 같이 어울려 열심히 들어야겠다는 생각이 들었습니다.

그래서인지 어제는 제법 말도 되고 하니 재미를 느꼈습니다. 아무튼 기공부도 그렇고 마음공부도 아직 가야 할 길이 멀다는 생각을 합니다만, 아상을 한 꺼풀 벗겨낸 듯하며 계속해서 정진하면 무언가 보일 듯한 느낌을 받습니다.

오늘 아침의 조깅 시에도 여느 때와 같이 운기가 되며 저의 지도령께서 황금의 빛을 발하며 마치 저의 상단전에 계신 듯한 화면과 아울러, 멀리서 단군 할아버지며 예수님과 부처님들과 같은 성인들께서 저를 지켜보시는 듯한 감을 느꼈습니다. 현재도 단전이 늘 달아오릅니다.

늘 가르쳐 주심에 다시 한 번 더 깊은 감사를 드리며, 끊임없는 지도 편달을 부탁드립니다. 그럼 선생님과 사모님의 안녕을 빌겠습니다. 안녕히 계십시오.

라라미에서 제자 차주영 올림

【필자의 회답】

그렇지 않아도 거의 매일같이 이메일 교신을 하다가 한동안 뜸해서 궁금했습니다. 어제는 마침 성재모 선생과 통화 중 차주영 씨 얘기가 나왔는데, 차주영 씨는 마음먹은 일은 반드시 성취시킬 수 있는 인내력이 있는 유망주라고 했습니다.

하화중생은 어렵게 생각할 필요 없습니다. 일상생활에서 자리이타(自利利他) 정신을 구현하면 됩니다. 나에게 이로운 일이 남에게도 이로운 중도(中道)의 길을 택하면 그것이 바로 최선이 이타행(利他行)이 될 것입니다.

구심력(求心力)과 원심력(遠心力)이 동시에 균형을 이루지 못하면 모든 천체는 존재할 수 없는 것과 같이 사람 역시 자리(自利)와 이타(利他)가 균형과 조화를 이루지 못하면 생존할 수 없을 것입니다.

단군 할아버지의 모습이 무수히 자주 나타나는 것은 그분의 신령이 차주영 씨의 수련을 돕고 있기 때문입니다. 그리고 차주영 씨 자신의 모습이 수없이 많이 나타나는 것은 무엇 때문일까요? 그것은 다음과 같은 이치를 깨닫게 하기 위해서입니다. 즉 하나는 여럿이고 여럿은 하나이며, 개체는 전체이고 전체는 개체이며, 동시에 개체 속에는 전체가 들어 있고 전체는 개체로 이루어져 있다는 이치를 화면을 통해 시청각 교육시키려는 지도령의 배려입니다.

일시무시일(一始無始一) 일종무종일(一終無終一)이고, 색즉시공(色卽是空)이고 공즉시색(空卽是色)이고, 무한소(無限小) 속에 무한대(無限大)가 들어 있으면 무한대는 무한소로 이루어져 있고, 순간 속에 영원이 있고 영원은 순간으로 이루어져 있다는 진리를 지식이나 머리로뿐만 아니라 직감(直感)과 피부와 그리고 온몸으로 느끼고 깨닫게 되면 그런 화면은 다시는 나타나지 않게 될 것입니다.

영어 공부에 대해서 영문과를 나온 내 체험에서 우러난 조언을 한마디하겠습니다. 영어는 영어를 모국어로 쓰는 사람을 만나면 무조건 되든 안 되든 구애받지 말고 먼저 입을 열어 상대에게 말을 걸어야 합니다.

수영을 빨리 배우는 지름길은 덮어놓고 물속에 몸을 던져야 하는 것과 같습니다. 일단 물속에 빠져서 죽지 않고 살기 위해서 허우적거리다 보면 물도 들이키고 허우적대기도 하면서 무수한 시행착오 끝에 결국은 살길을 터득하게 됩니다.

영어도 마찬가지입니다. 창피나 체면이나 자존심 같은 것 다 내던져

버리고 좀 뻔뻔스럽다는 소리를 들을 각오를 하고 먼저 말부터 거는 습관을 들이기 바랍니다. 말이 통하지 않아서 손짓 발짓을 하고 외마디 단어를 구사해서라도 의사가 통하면 그것이 귀중한 자산이 되는 겁니다.

배우는 데는 체면이 없습니다. 그래서 여든 할아버지도 세 살 아이에게서도 배운다고 하지 않습니까? 어떻게 해서라도 지금을 소중한 기회로 삼아 영어의 말문이 터지기 바랍니다. 이번 기회를 놓치면 언제 다시 그런 기회가 찾아올지 모릅니다.

그리고 기공부의 요령은 지금처럼 단전은 항상 따뜻하고 머리는 시원한 수승화강(水昇火降)이 이루어지도록 해야 합니다. 기공부는 마음이 크게 열리는 데 비례해서 계속 향상된다는 것을 늘 잊지 마시기 바랍니다. 마음이 커지는 것만큼 반드시 큰 기운을 받게 되어 있습니다.

가장 좋은 컨디션은 수련 중에 아무런 화면도 나타나지 않고 마음이 늘 편안한 겁니다. 그러니까 화면이 나타나지 않는다고 초조해 할 필요는 없습니다. 이제 수련이 계속 향상되면 보고 싶은 화면을, 마치 클릭으로 컴퓨터에서 화면을 찾아볼 수 있듯이, 스스로 불러서 볼 수 있게 될 것입니다.

투시(透視) 현상

삼공 선생님 전 상서

늘 가르쳐 주심에 깊은 감사를 드립니다. 선생님과 사모님께서는 안녕히 계셨는지요? 저는 보살펴 주시는 덕분에 잘 지내고 있습니다.

어제와 오늘에 있었던 수련의 경과에 대하여 간단히 말씀을 드리겠습니다. 현재까지는 쭉 축기가 잘되었습니다. 어제는 연구실에서 호흡을 하는데 몸 전체로 운기가 되는 것을 감지하였으며, 깊은 선정에는 들지는 않았으나 저의 몸이 없어진 듯하며, 몸이 마치 숲과 나무로 된 듯한 화면들이 보였습니다. 그리고 나중에는 저의 상단전에서 뻐근한 감을 느꼈습니다.

그리고 오늘의 조깅 시에는 달리기 시작하여서 얼마 안 되어 단전이 달아오르더니, 하얀 옷의 선녀님이 춤을 추는 화면들이 보였으며, 단전이 마치 용광로처럼 달아올라 달리기가 거북스러울 정도였습니다. 그리고 조금 후에 그 화면들이 전체적으로 보이면서 제단 앞에는 단군 할아버지께서 앉아 계시고 선녀들 사이에 저의 지도령께서도 같이 춤을 추고 계시는 것이 감지되었습니다.

그리고 화면이 끝났습니다만, 그때부터인가 마치 제가 저의 눈으로 앞을 보면서 달리는 것이 아니라 누가 대신 저의 앞을 보아주는 듯하며, 시야의 폭이 한층 넓어진 듯한 느낌이 들었습니다. 이런 것들은 상단전이 열리느라 그러는지요?

이야기가 바뀝니다만, 오늘은 성재모 선생님으로부터 메일을 받았습니다. 축하한다고 하시면서 더욱더 정진하라고 하십니다. 늘 감사할 따름입니다. 그리고 선생님께서는 바쁘신데도 불구하시고 늘 지도하여 주심에 다시 한 번 더 깊은 감사를 드립니다. 그럼 선생님과 사모님 두 분 모두의 안녕을 빌겠습니다.

라라미에서 제자 차주영 올림

【필자의 회답】

　상단전이 뻐근한 것은 상단전이 열리려는 전조입니다. 상단전이 열리면 투시력(透視力)이 생기는 수가 있습니다. 육안으로는 볼 수 없는 먼데 있는 것이 보인다든가 자기 자신이나 남의 전생의 모습이 보인다든가 하는 일이 있습니다. 또 미국에 있으면서 서울에 사는 친지의 모습이 보이는 수가 있습니다. 이것을 투시(透視), 요시(遙視) 또는 천리안(千里眼)이라고도 하고 천안통(天眼通)이라고 합니다.
　또 자기 자신이나 남의 전생의 장면들을 볼 수도 있는데 이것을 숙명통(宿命通)이라고 합니다. 이것을 입증하기 위해서는 기공(氣功) 상태에서 멀리 떨어져 있는 가장 가까운 사람들의 모습을 떠올려 보시기 바랍니다. 보인다고 해서 너무 자주 하시면 안 됩니다. 한두 번만 시도해 보시고 그 결과를 알려 주시기 바랍니다.

상단전(上丹田)

삼공 선생님 전 상서

바쁘신데도 불구하시고 답장을 주시어 감사합니다.

저는 요즘 한 일주일째 소강상태인 것 같습니다. 그러나 축기는 잘되고 있습니다만, 그 전과 같은 활발한 변화들은 못 느끼고 있습니다. 상단전에 대하여는 점심 후의 단전호흡 시 뻐근함을 느끼면서 상단전에서의 그저께의 조깅 시에 열린 연회가 아직 끝나지 않은 것 같아 보이기도 하고 거의 마무리인 것 같기도 하였습니다.

그리고 저녁을 들고 다시 선생님께서 말씀하신 대로 천안통에 대한 시험을 하여 보았습니다. 호흡이 시작되고 얼마 안 있어 제가 지구를 떠났으며, 마치 지구가 작은 공처럼 아래로 내려다보였습니다. 그리고 한국에 있는 어머니를 생각하고 보려고 하였습니다. 한참 후에 제가 마치 우주선이 되어 동네 입구의 하늘에서 저의 집이며 동네 전체를 내려다보고 있는 듯한 화면들이 보였으며, 저의 어머니를 비롯한 몇몇 사람들의 모습들이 보였습니다.

그리고 저의 동네를 떠나 형제들이 살고 있는 원주시도 그리고 서울도 부산 등 우주선이 되어 전국을 내려다보았습니다. 그리고 바다 건너 제가 있던 북해도, 와카야마 등 일본열도도 마치 지도를 보고 있는 듯이 한눈에 들어 왔습니다. 이러는 동안에도 상단전은 뻐근하였으며 마치 봇물이 터지기 직전처럼 느껴지며, 이것이 터지면 무슨 통쾌한 일이 일어날 듯한 느낌을 받았습니다. 그리고 이렇게 여행을 하는 동안 기를 써서 그런지 힘이 드는 것을 감지하였습니다.

제가 이렇게 글을 쓰고 있습니다만, 정말로 천안통이 열린 것인지 하나의 상상력에 의한 것인지 잘 모르겠습니다. 제가 판단하기에는 후자에 더 가까운 듯싶습니다. 그리고 공상 같아서 말씀을 드려야 할지 망설였습니다만, 서울 상공에 있을 때 마치 ○○○ ○○○이 군대의 더플백을 지고 ○○○를 나오는 듯한 화면이 느껴졌습니다. 인터넷상으로 간간이 한국 소식을 접합니다만, 한국이 여러 면에서 어려운 상황이다 보니 이런 화면도 느껴지는 것 같습니다.

비록 요즘은 소강상태입니다만 꾸준히 축기만이라도 열심히 하려고 합니다. 앞으로도 많을 가르침을 부탁드리겠습니다. 그럼 선생님과 사모님 모두 안녕히 계십시오.

라라미에서 제자 차주영 올림

【필자의 회답】

지금 상단전의 인당(印堂)에서 신명(神明)들에 의해 진행되고 있는 작업은 결코 상상력에 의한 환상이 아니고 실제로 일어나고 있는 일입니다. 그러므로 수련에 대한 확신을 가지고 진지하게 임해야 합니다.

기공(氣功) 상태에서 한국에 계시는 어머니를 떠올렸을 때 일어나는 보다 구체적인 상황들을 확인해야 합니다. 실례를 들면 시장에서 특정한 물건을 구입했다든가 누구와 만나서 무슨 일을 했다든가 하는 것 같은 것이라야 합니다. 그래야 전화를 걸어서 그런 일이 실제로 있었는지 확인해 볼 수 있을 것입니다.

사실임이 확인되면 그것이 상상력의 산물이 아니라 실제 있었던 일임을 알게 될 것입니다. 이렇게 함으로써 자신의 수련 상태와 투시능력(透視能力)을 실질적으로 검증해 볼 수 있을 것입니다. 그러나 이것은 어디까지나 한두 번 검증해 보는 것으로 그쳐야 합니다. 그리고 이 일은 누구한테도 함부로 발설해선 안 됩니다. 이것이 주위에 알려지면 처음엔 많은 사람의 호기심의 대상이 될 수 있고 카리스마화되고 우상화될 수도 있지만 까딱하면 그로 인해 일상생활이나 학구(學究)에도 심각한 장애를 초래할 수 있을 것입니다. 그러다가 이상한 사람 취급을 당할 수도 있고 따돌림을 당할 수도 있다는 것을 명심해야 할 것입니다.

또 이런 실험은 아무것도 아닌 것 같지만 사실은 엄청난 기운이 소모되므로 자주 하지는 말아야 합니다. 지금 진행되는 상황으로 보아 미구에 상단전이 열리게 될 것입니다. 그렇다고 해서 흥분하지 말고 세 가지 공부를 꾸준히 진행시켜야 합니다. 차후 일어나는 진행 상황을 계속 알려 주기 바랍니다.

상단전 수련

삼공 선생님 전 상서
보내 주신 메일은 고맙게 읽었습니다.
그저께 선생님께 메일을 올리고 나서 생각해 보니, 천안통이 아니라 단지 유체이탈이었나 하는 생각도 해 보았습니다만 선생님의 말씀을 듣고 이것들도 수련의 한 과정이라는 확신이 드니 마음이 놓입니다.
그리고 그날 저녁에는 밤잠을 설쳤습니다. 상단전이 뻐근한 탓인지 일반적인 두통과는 다른 것입니다만, 이로 인해 이리 뒤척 저리 뒤척 하다 보니 5시의 자명종이 울렸습니다. 몸은 착 가라앉아 오늘은 좀 쉴까 하는데, 만약 오늘 쉬면 앞으로 축 처진 몸이 될 것 같은 이상한 예감이 들어 억지로 몸을 일으켜 조깅을 하기로 하였습니다.
그런데 달리기 시작하자 힘이 솟아나며 뛰는 발의 폭이 마치 마라톤 선수인 양 앞으로 쭉쭉 나가는 것을 느꼈습니다. 아마 근래에 겪어 보지 못한 힘이 나는 달리기였습니다. 그러나 단전은 그전과 같이 달아오르는 것을 못 느꼈으며, 조금 시원하다는 느낌이 든 것 같았습니다.
그리고 달리기가 끝날 무렵 지금까지 뻐근하던 상단전에서 마치 그 뻐근함이 마치 작고 둥근 공처럼 뭉쳐 상단전의 한가운데 자리잡는 것이 느껴졌으며, 마치 석굴암의 불상에 보석이 박혀 있는 듯한 형상입니다. 그러면서 이 덩어리가 풀리면 상단전이 열리는 것이 아닌가 하는 예감이 들었습니다.
그래서 그런지 어제 낮에는 그 상단전의 덩어리가 작아진 것 같은 느낌도 들었으나 보통 때보다는 하단전이 그리 달아오르지 않았습니다. 그리고 밖은 몹시 찼으나 두루마기 없이 생활 한복만으로도 될 것 같아 그 차림으로 출근을 하였습니다. 손은 시렸으나 몸에서는 그리 한기를 못 느껴 마치 추위에도 강해졌나 하는 생각이 듭니다.

그리고, 잠들기 전의 단전호흡 시에는 단전이 달아오르더니 백회로 가는 것이 아니라 상단전으로 향하더니 도착하자 상단전이 시원해짐을 느꼈습니다. 그리고 오늘도 자명종이 울려 눈을 떠 일어나려고 마음을 추스르려는데 지도령께서 보이시더니 마치 제가 일어나는 것을 기다리시는 것 같아 얼른 일어나 조깅을 하였습니다.

어제보다는 힘이 솟구치지는 않았으나 발의 폭이 전보다 힘있게 앞으로 나아가는 것을 느꼈습니다. 그리고 전처럼 지도령께서 늘 저를 지켜보고 계십니다. 아마 그간의 소강상태에서 다시 수련이 시작되려고 그러는가 싶습니다. 그리고 다시 박차를 가해 볼 생각입니다.

이곳도 요번 주면 학기가 끝나며, 이곳에 혼자 있으니 망년회니 하는 일련의 행사가 없어서 조용히 보내고 있으며, 수련과 영어 공부에 최선을 다해 볼 생각입니다. 그런데 현재까지 투시라고 확신이 드는 능력들은 느끼지 않고 있습니다. 그러한 것들이 있으면 선생님의 말씀을 명심하여 조심하도록 하겠습니다.

끝으로 다시 한 번 더 선생님의 친절한 가르치심에 깊은 감사를 드립니다. 그럼 선생님과 사모님 두 분 모두의 안녕을 빌겠습니다. 그리고 또 메일을 올리도록 하겠습니다. 안녕히 계십시오.

라라미에서 제자 차주영 올림

【필자의 회답】

투시(透視)니 천리안(千里眼)이니 하는 말은 심령과학(心靈科學, psychic science)에서 쓰는 용어이고 이것을 불교에서는 천안통(天眼通)이라고 합니다. 상단전이 열려서 투시 능력이 있는 사람은 먼 거리에 있는 사물을 화면으로 볼 수 있습니다.

어떻게 볼 수 있는가 하면 시술자가 명상 상태에서 유체가 순간 이동을 하여 그 사물이 있는 곳에 가서 직접 보는 것입니다. 차주영 씨가 우주선을 타고 미국에서 서울 상공으로 날아온 것은 이 때문입니다.

유체가 빛의 속도보다도 빠른 순간 이동을 하기 때문에 일어나는 현상입니다. 유체(幽體)니 유체이탈(幽體離脫)이니 하는 것 역시 심령과학에서 쓰는 용어이고, 선도에서는 유체를 양신(陽神)이라고 하며 유체이탈을 출신(出神)이라고 합니다. 그리고 불상의 앞이마 중간인 인당(印堂)에 박혀 있는 보석은 인당 즉 상단전이 열려서 천안통과 숙명통(宿命通)과 타심통(他心通)이 열렸다는 것을 상징적으로 보여 줍니다.

그럼 숙명통은 무엇일까요? 천안통에서 수련이 한 단계 더 깊이 들어가면 자기 자신은 말할 것도 없고 남의 전생(前生)까지도 화면으로 볼 수 있는 능력을 갖게 되는 것을 말합니다. 이것을 숙명통이라고 합니다.

여기서 수련이 한 단계 더 진전하면 남의 마음속까지도 훤히 들여다 볼 수 있는 초능력을 갖게 되는데 이것을 타심통이라고 합니다. 이 밖에 신족통(神足通), 천이통(天耳通), 누진통(漏盡通)이 있어서 육신통(六神通)이라고 합니다.

또한 초능력으로 남의 병을 고치는 의통(醫通)이라는 것이 있습니다.

모두 합치면 칠신통(七神通)인데 이 중에서 구도자가 끝까지 취해야 할 것은 누진통(漏盡通)밖에는 없습니다. 그 나머지는 말변지사(末邊之事)라고 하여 다 부질없는 것으로 간주합니다. 누진통에 도달하기 위한 수련의 중요한 과정으로 여러 신통(神通) 단계의 통과를 확인받을 필요는 있습니다.

그럼 누진통이란 무엇인가? 탐진치(貪瞋痴)와 오욕칠정(五慾七情)에서 완전히 벗어나 부동심(不動心)과 평상심(平常心)을 갖게 된 경지를 말합니다. 구도자의 최후 목표는 바로 이 누진통을 성취하는 데 있습니다. 그 밖의 과정은 모두가 다 누진통을 이루기 위한 수단이요 방편에 지나지 않습니다.

지금 차주영 씨는 바로 그 중요한 과정 중의 하나인 상단전 수련을 하고 있습니다. 수련에 있어서 자기 좌표를 명확하게 파악해 두는 것은 대단히 중요합니다. 상단전에서는 여러 신명들에 의해 정지 작업이 진행되고 있습니다. 마음, 기, 몸의 세 가지 공부를 꾸준히 밀고 나가다 보면 반드시 다음 단계에 돌입하게 될 것입니다. 추후 소식을 기다리겠습니다.

투시 능력 시험

삼공 선생님 전 상서

보내 주신 답장은 고맙게 읽었습니다. 그리고 천안통에 대하여 시도해 보았으나 확신이 가지 않습니다. 예를 들어 원주에 계시는 어머님을 투시하여 보았으나 낮 시간에 이웃의 아주머니들과 같이 계시며, 시장을 보러 시내에 나가시어 저의 동생네 동물병원에 들려 동생과 이야기하는 모습 등이 보였으나, 호흡을 끝내고 현지 시간을 계산해 보니 밤 2시경이었습니다. 그러니 투시 능력이 아님을 알 수 있었습니다.

그러나 그러한 화면들이 끝나고 얼마 후에 저의 하단전에서 기가 위로 오르기 시작하였습니다. 그러나 지금까지 느꼈던 것과는 전혀 형상이 달랐습니다. 마치 느껴지는 기가 향이 타오르듯이 향내도 나는 듯하며, 아주 천천히 포근하고 부드러우며 마치 제 몸이 타오르며 점점 없어지는 것입니다. 이러한 향이 결국은 상단전으로 타오르는 것입니다.

그리도 제 몸이 다 타올라 향의 뭉게구름에 휩싸이기 시작하며, 한인, 한웅과 단군께서 곱게 단장을 하시고 나타나십니다. 제일 앞에 계신 분은 찬란한 빛을 발하시며, 지팡이를 가진 아주 선명한 세 분의 단군께서 계십니다. 그리고 제일 앞에 계신 분께서 저에게 무언가를 말씀을 하시는데 알아듣지를 못하였으나 마치 저에게 명을 하달하는 듯한 분위기였습니다.

아직 명을 알아듣지는 못하였으나 밑을 내려다보니 대한민국의 지도가 보이고 있으며, 그 상공에서 이러한 일이 이루어지고 있으니 한국을 위한 어떤 명을 하달하시려는 것처럼 생각합니다. 그리고 잠시 후에 단군들께서 떠나시는 듯하더니 조금 후에는 저의 하단전으로 들어와 계시는 것을 감지하였으며, 지금도 하단전을 의식하면 세 분들을 감지할 수 있습니다.

위에서 말씀을 드렸듯이 천안통 같은 초능력 구사는 아직 시기가 아닌 듯하나, 선생님으로부터 수련을 본격적으로 지도를 받은 후로는 몸과 마음이 나날이 안정되고 있는 것만은 사실입니다. 특히 마음의 안정도

서서히 찾아드는 듯합니다. 그리고 성재모 선생님께서도 마음공부에 대한 많은 가르침을 주시고 계십니다. 선생님을 비롯한 주위에서 도와주시는 분들의 노고가 헛되지 않도록 최선을 다해 볼 생각입니다.

바쁘신데도 불구하시고 일일이 답을 주시어 다시 한 번 깊은 감사를 드리며, 앞으로도 많은 가르침을 부탁드리겠습니다. 그럼 선생님과 사모님의 안녕을 빌겠습니다. 또 메일을 올리도록 하겠습니다.

라라미에서 제자 차주영 올림

【필자의 회답】

어떤 사람이 투시(透視)를 할 때는 반드시 같은 시간에 투시하려는 대상이 보이는 것은 아닙니다. 시간과 공간을 초월하는 수가 왕왕 있습니다. 시술자(施術者)가 특정 시간에 투시를 해도 물론 동시에 목적하는 사물을 볼 수도 있지만 미래나 과거의 것을 볼 수도 있다는 말입니다.

차주영 씨가 투시로 본 것이 사실인지를 확인하려면 투시 후에 원주가 낮 시간일 때 전화를 걸어 어머님에게 직접 여쭈어보아야 합니다. 그러나 비록 투시로 본 것이라고 해도 흔히 있는 일상적인 일을 묻는 것은 별 의미가 없습니다. 어머님께서 겪으신 특이한 사건이라야 기억에 남을 것이기 때문입니다. 이러한 요령으로 다시 시도해 보시기 바랍니다. 이 단계를 마쳐야 다음 단계로 수련이 향상될 수 있을 것이기에 하는 말입니다.

그리고 수련 중에 나타나는 신명들과의 대화는 언어가 아니라 거의 다 텔레파시(telepathy)로 이루어집니다. 이심전심(以心傳心)으로 의사소통이 된다는 뜻입니다. 상대가 나에게 무슨 말을 하려고 한다고 생각될 때 자기 마음속에 일어나는 파동에 항상 의식을 집중하면 무엇을 말하려고 하는지 알 수 있을 것입니다. 다음 진행 상황을 기다리겠습니다.

중단전(中丹田)

삼공 선생님 전 상서

안녕하십니까? 저는 선생님 덕분에 잘 지내고 있습니다.

수련에 대하여 말씀을 드리겠습니다. 한 3일 전에 단군 할아버지께서 보이시고, 제 하단전에 들어오신 것을 말씀을 드렸습니다. 그 후부터 단전을 의식을 하면 늘 감지되며 단전이 따뜻이 달아오르는 것을 느끼고 있습니다. 그리고 조깅 시에도 감지됩니다만 그 후부터는 조깅 시에 마치 중단전이 막힌 듯 답답함을 느끼고 있으며, 그럴 때에는 하단전에 계시던 분들이 마치 중단전 앞에서 원을 그리며 바라보고 계시는 것을 감지합니다.

그러면서 제 자신이 느끼는 것은 이 중단전이 열리면 마음이 열리어 평상심과 같은 마음공부와 직결이 될 것 같은 예감이 들곤 합니다. 지금 제가 중단전 수련을 하고 있는 것인지요? 그리고 상단전 수련은 끝난 것인지요? 실제로 천리안이니 하는 신통력은 아직 없는 듯하며, 그러한 것들을 반드시 경험해야 하는 것인지요? 그래야만 누진통도 오는 것인지요?

요즘은 그리 변화는 없으며 마치 소강상태가 길게 지속되는 것 같은 기분입니다. 바쁘신데도 불구하고 늘 가르쳐 주심에 깊은 감사를 드리며, 앞으로도 끊임없는 지도를 부탁드립니다. 그럼 선생님과 사모님 모두 안녕히 계십시오.

라라미에서 제자 차주영 올림

【필자의 회답】

　상단전 수련은 한 번 열리는 것으로 끝나는 것이 아닙니다. 앞으로도 상단전은 수련이 향상되면서 여러 번 열리게 될 것입니다. 투시 능력(천리안 신통력)이 없다고 함부로 단정짓지 말고 지난번 회답에서 내가 말한 요령대로 투시력 실험을 한 후 그 결과를 알려 주시기 바랍니다.
　지금은 신명들이 중단전 수련을 시키고 있습니다. 어떤 일이 일어나는지 계속 관찰하기 바랍니다. 중단전 역시 상단전과 마찬가지로 수련 진도에 따라 양파 껍질처럼 수없이 열리게 될 것입니다.
　중단전이 열린다고 해서 누진통이 완성되는 것은 아닙니다. 누진통은 탐진치(貪瞋痴)와 오욕칠정(五慾七情)에 더이상 시달리는 일이 없는, 생사를 초월한 마음의 경지를 말합니다. 누진통은 저절로 찾아오는 것이 아니고 구도자 자신이 자기 마음속에서 온갖 이기심을 비우는 정도에 따라 단계적으로 열리게 되어 있습니다.

중단전 수련 진행 중

　삼공 선생님 전 상서
　보내 주신 답장은 고맙게 읽었습니다.
　저의 중단전 수련에 대하여 말씀을 드리겠습니다. 저의 중단전에서는 상단전 수련 때와 마찬가지로 신명들께서 마치 터를 닦듯이 불도저로 밀고 삽 등으로 정지 작업을 하고 계십니다. 그리고 하루는 중단전에서 무슨 심포지엄의 준비를 하듯이 앞에는 큰 스크린을 걸어 놓고, 뒤에는 많은 의자들을 선녀들이 배열하는 광경을 보기도 하였습니다.

그리고 새벽 1, 2시경에는 방에 스팀이 들어오는 소리에 의해 잠을 깨는 경우가 있는데 그때에 가슴이 몹시 답답해 오며, 어떤 때에는 심장이 따끔따끔하기도 하며 마치 협심증을 느끼는 듯합니다. 그럴 때 중단전을 의식하면 중단전 앞에서 지도령이 바라보고 있으며, 이로써 중단전 수련이 시작되었구나 하고 감지를 하고 있습니다.

그리고 오늘은 단전호흡을 하는데 중단전이 넓어지고 편안해짐을 느끼면서, 조금 후에는 마치 제 자신이 하나의 자연인 듯한 현상이 되었습니다. 저의 상단전이 에베레스트와 같은 큰 산의 정상이 되고, 중단전은 그 산의 중턱이며 너른 구릉이 되며, 하단전은 산의 밑 부분에 해당하며 너른 평야와 멀리에는 바다가 보이는 형상입니다. 마치 제 몸 전체가 이러한 자연을 이루고 있으며, 편안함을 감지하였습니다.

그런데 조금 후에는 중단전에 위치한 중원의 한복판에 하얀 옷의 도사님과 같이한 5, 6세의 소년이 머리를 땋았는데, 마치 삼국 시대인지 그 전 시대인 듯한 바지저고리 차림을 하고 있었습니다. 그리고 얼마 후에는 그 소년이 청년의 모습이 되었고, 금으로 만든 찬란한 침대가 놓여 있는 방에 황금의 왕관을 쓰고 있는 모습이 보였습니다.

혹시 저의 전생의 일부가 보인 것인지요? 체험기에서의 파노라마처럼 그림들이 이어지지 않아 확신은 서지 않습니다. 그리고 아직 중단전에서는 신명들이 여전히 작업을 하고 계십니다. 그리고 투시에 대하여는 지난번에 힘이 들었던지 선뜻 해 보고 싶은 충동이 일지 않고 있습니다.

그리고 외람된 말씀인지는 모르겠으나, 중단전이 열린 후에 조금 더 축기를 한 후에 신통력에 대한 본격적인 수련을 해 볼까 하는 생각입니다. 그러나 선생님께서 말씀하신 대로 상단전이며 중단전이 한 번에 끝나지 않는 것이니, 수련이 향상됨에 따라 자연히 하고 싶은 생각도 오지 않나 생각해 봅니다.

늘 가르쳐 주심에 다시 한 번 더 깊은 감사를 드리며, 앞으로도 끊임없는 지도와 편달을 부탁드립니다. 그럼 선생님과 사모님의 안녕을 빌겠습니다. 안녕히 계십시오.

라라미에서 제자 차주영 올림

【필자의 회답】

지금도 중단전 수련이 한창 진행되고 있으니 수승화강(水昇火降)이 늘 원만히 이루어지도록 세 가지 공부에 유의하면서 계속 지켜보기 바랍니다. 수련 도중에 나타나는 여러 화면들은 지도령이 차주영 씨에게 마음공부를 시키기 위해서 보여 주는 일종의 시청각 교육입니다.

그때그때마다 금방금방 이해가 되지 않는 장면은 숙제로 삼아 머릿속에 입력을 해 두십시오. 때가 되면 자연히 그 해답이 떠오를 것입니다. 그렇게 하는 공부가 진짜 공부입니다. 숙제는 자기 힘으로 풀어야 진정한 보람이 있고 그것을 토대로 다음 단계로 올라가야 신도 나고 자신감도 생길 것입니다. 투시(透視) 실험은 내키지 않으면 당분간 보류하는 것이 좋겠습니다.

그밖에 모든 상태가 정상 궤도를 찾아 잘 진행되고 있으니 계속 용맹정진(勇猛精進)하기 바랍니다. 내가 부친『선도체험기』한 질은 받았는지 알려 주시기 바랍니다.

섭리의 특별한 배려

삼공 선생님 전 상서

보내 주신 답신은 고맙게 읽었습니다. 그리고 송부하여 주신 책은 아직 도착이 되지 않았습니다. 제가 머물고 있는 곳은 아주 작은 시골이어서 보통보다는 다소 늦어질 것으로 생각합니다. 그리고 금번 주부터 다음주까지는 연말연시 휴일이라 학교의 직원들이 출근을 하지 않는 관계로 우편물들을 확인할 수가 없습니다. 도착이 되는 대로 즉시 메일을 올리도록 하겠습니다.

오늘 새벽에도 중간에 잠이 깨어 중단전 수련이 되는 것을 감지하였습니다. 가슴이 답답하고 이번에는 중단전 반대편의 등 쪽이 근질거렸으며, 오른쪽 귓구멍 속도 근질거렸습니다. 이렇게 이리 뒤척 저리 뒤척 하다 보니 5시의 자명종이 울렸으며 가슴이 몹시 답답하여 찬바람이라도 쐬야 될 것 같은 생각에 얼른 일어나 조깅을 시작하였습니다.

중단전 수련 때문인지 하단전은 예전과는 달리 달아오르지 않았으며 중단전으로 의식이 집중이 되기에 의식적으로 하단전까지 깊숙이 심호흡을 하면서 달렸습니다. 그 뒤 얼마 후 하단전이 서서히 따뜻해짐을 느끼면서, 중단전에서는 답답함이 마치 정가운데로 뭉쳐지는 것을 느꼈습니다. 그러면서 조금 후에는 그 뭉친 자리에 마치 부처님께서 앉아 계시는 듯했습니다.

그리고 지도령께서 보이시더니 '이제 중단전이 열렸느니라'라고 하시는 것 같았습니다. 그리고 얼마를 달리는데 하단전이 자리를 잡고 답답하던 중단전이 시원해지는 듯하며, 저의 중단전 앞에 계시던 지도령께서 백회 쪽 위에서 저를 바라다보시며, 기의 흐름이 그리 강하지는 않으나 하단전 중단전 백회가 일직선이 되는 듯하였으며, 달리고 있는 제 몸이 없어진 듯한 느낌을 받았습니다. 그리고 달리는 속도는 빠르지 않았으나 힘이 전혀 안 드는 듯함도 느꼈습니다.

아침을 들고 지금은 연구실에 앉아 있습니다만 조금 전에 호흡을 하니 마치 제 백회로 저의 반가부좌한 모습이 줄줄이 빠져나가더니 마치 우주를 꽉 채운 듯이 보였습니다. 그리고 지도령께서는 백회 위쪽에 여전히 계시고 하단전에 중심이 다시 돌아온 기분입니다.

아직 저의 직감으로는 중단전이 확 열린 것 같지는 않습니다. 그러나 이번 연말연시를 이용해 수련에 박차를 가해 볼 생각입니다. 그리고 조금 축기가 되면 투시도 시도해 보겠습니다. 앞으로도 끊임없는 지도와 편달을 부탁드리겠습니다. 그럼 선생님과 사모님 두 분 모두의 건강을 빌겠습니다. 안녕히 계십시오.

라라미에서 제자 차주영 올림

약편 선도체험기 16권

[필자의 회답]

문제는 수승화강(水昇火降)입니다. 선도수련의 성패는 여기에 달려 있습니다. 머리는 항상 시원하고 인당에 딱지 같은 것이 붙어 있는 느낌이 들고 단전(丹田)은 늘 따뜻하고 전중(膻中)은 늘 시원하면서 따뜻해야 합니다.

몸이 언제나 이 상태로 유지가 된다면 내과 질병에 걸리는 일은 결코 없을 것입니다. 어떠한 병균이나 바이러스도 몸속에 침투하지 못할 것입니다. 그리고 아무리 머리를 많이 써도 두통이 나거나 머리에 열이 나는 일은 없을 것입니다. 지금 진행되고 있는 수련은 바로 이런 상태를 만들기 위한 작업입니다.

내가 보기에는 모든 과정은 정상입니다. 차주영 씨는 여느 수련생보다는 신명(神明)들의 각별한 돌봄을 받고 있습니다. 이 점 항상 고마워해야 할 것입니다. 외국에 나가 혼자 수련을 하고 있는 차주영 씨를 위한 섭리의 특별한 배려라고 봅니다. 어떤 사태가 오더라도 흔들림 없이 내가 늘 강조하고 있는 세 가지 수련을 꾸준히 밀고 나가다 보면 반드시 좋은 소식이 있을 것입니다.

수승화강(水昇火降)에 대하여

삼공 선생님 전 상서

보내 주신 답장은 고맙게 읽었습니다. 저의 수승화강에 대하여 말씀 드리겠습니다.

상단전에 대하여는 인당에 선생님께서 말씀하신 것처럼 마치 무엇이 붙어 있는 것을 늘 느끼며, 마치 인도의 힌두교 여인들이 이마에 점을 찍고 다니는 그런 형상입니다. 그리고 머리는 맑으며 암기력이 좋아졌음을 감지할 수 있습니다. 즉 한 번 본 것은 일부러 외우려고 하지 않았는데도 기억이 된 것을 느낍니다.

중단전에 대하여는, 그저께의 메일에 제가 열린 것 같다고 하였는데 그 후에는 밤에 잠에서 깨어 수련을 하지 않고 있으며, 그리 크게는 느끼지 않으나 시원한 감을 느낍니다. 즉 현재로서는 시원한 감보다는 막혀 있지 않구나 하는 느낌입니다. 그리고 따뜻함보다는 차지 않음을 느낍니다.

그리고 하단전에 대하여는, 한참 수련이 진행될 시기에 단전이 달아올라 마치 뜨거운 감마저 들던 때와는 다르나 미지근함보다는 조금 강하고 은근함을 늘 느끼고 있습니다. 이를 표현하자면, 참나무 장작이 훨훨 불꽃을 낸 뒤에 약간의 재에 묻혀 은근히 열을 내는 그런 형상인 것 같습니다.

이런 것들을 종합해 보면, 수승화강의 기본 기틀은 잡힌 것 같습니다.

앞으로는 선생님께서 일러 주신 대로 3가지 공부를 충실히 하면서 느껴지는 변화에 대하여 관하여 볼 생각입니다. 그리고 본업에도 시간을 할애해서 수련과의 균형이 깨어지지 않도록 하는 것도 중요하리라 생각합니다.

앞으로도 일어나는 변화에 대한 많은 가르침을 부탁드리겠습니다. 그럼 새해에도 선생님과 사모님 두 분 모두의 건강과 만복이 함께 하시기를 기원합니다. 새해에 복 많이 받으십시오!

라라미에서 제자 차주영 올림

【필자의 회답】

머리가 맑고 기억이 잘되는 것도 좋습니다. 그러나 더 중요한 것은 머리는 항상 시원해야 하고 하체와 손발은 늘 따뜻하고 가슴은 차지도 덥지도 않아야 수승화강이 제대로 가동되고 있다고 말할 수 있습니다.

다시 말해서 비위, 간담, 신·방광, 손발은 언제나 따뜻하고, 심장과 폐는 덥지도 차지도 않은 중간이어야 하고, 두뇌는 언제나 시원하고 명석해야 합니다. 그래야 건강한 상태를 늘 유지할 수 있습니다. 이런 때는 병균이나 바이러스가 우리 몸에 침입해도 절대로 둥지를 틀지 못하고 쫓겨나게 되어 있습니다. 우리 조상들이 늘 말하던 두한족열(頭寒足熱)이 바로 그것입니다.

이런 상태를 유지하려면 마음이 늘 편안해야 합니다. 마음이 편안하려면 이기심과 사욕에서 벗어나야 합니다. 사욕이 없는 사람은 좀처럼 화를 내는 일도 없고 역경에 처하여도 스트레스를 받지 않습니다.

화를 내거나 근심걱정에 휩싸이거나 심한 스트레스를 받았을 때는 누구나 머리가 후끈 달아오르고 안구가 충혈되면서 하체와 손발이 싸늘하게 식어버립니다. 두한족열(頭寒足熱)이 아니라 두열족한(頭熱足寒)이 됩니다. 우리가 의식적으로 기공부인 단전호흡을 하고 마음공부를 하고 몸공부를 하는 것은 어떠한 일을 당해서 두열족한(頭熱足寒) 상태가 되지 않기 위해서입니다.

머리가 뜨겁고 하체와 손발이 차가운 사람은 이미 환자입니다. 이때는 각종 질병들이 앞을 다투어 침입하게 되어 있습니다. 병이 계속 악화되면 온몸이 싸늘하게 식어 버려 마침내 죽음을 맞게 됩니다. 따뜻한 것은 살아 있는 것이고 살아 있는 것은 부드러운 겁니다. 그러나 차가운 것은 죽은 것이고 죽은 것은 굳은 겁니다.

기공부를 꾸준히 하는 사람으로서 사욕에서 벗어나 드디어 오욕칠정(五慾七情)에서 해방이 되면 수승화강은 자동적으로 이루어질 것입니다. 우리 몸은 우리 마음이 겉으로 표현된 외형물(外形物)에 지나지 않습니다. 따라서 마음이 불안하여 오욕칠정에 시달리면 수승화강도 안 되고 병이 들게 되어 있습니다. 우리는 수시로 수승화강은 잘되고 있는지 스스로 알아봄으로써 자신의 심신의 상태를 점검해 볼 수 있습니다.

요즘 모국에서는 『따뜻하면 살고 차가워지면 죽는다』라는 책이 잘 팔리고 있는데, 이 책 내용의 줄거리도 수승화강을 강조한 것입니다. 선도 수행자는 기공부를 통하여 의식적으로 수승화강을 이루고 있습니다.

그러나 아무리 기공부를 한다고 하지만 냉장고를 애용하는 현대인은

찬 음식, 찬 음료를 별생각 없이 자주 먹게 됩니다. 이것이 온갖 현대병의 주범이기도 합니다. 더운 음식과 더운 차와 커피와 음료를 잊지 않고 마시고 몸을 항상 따뜻한 상태로 유지하는 것으로도 수승화강을 이루는 데 큰 도움이 될 것입니다. 이 점 특별히 유의하시기 바랍니다.

수승화강을 이해했습니다

삼공 선생님 전 상서

보내 주신 답장은 잘 고맙게 받아 보았습니다. 선생님께서 알려 주신 수승화강에 대하여는 잘 이해를 하였습니다. 그리고 주의점에 대하여도 염두에 두고 지키도록 노력해 보겠습니다. 대단히 감사합니다.

어제 저녁의 호흡 때에는 저의 백회로 사신(使神)이 몸에 있는 오물들을 열심히 끄집어내는 것을 느꼈습니다. 아마도 중단전에 있는 것들인 것 같기도 하고 마음에 쌓인 여러 가지의 욕심 덩어리인 것 같기도 했습니다. 그리고 멀리 어디선가에서는 선녀들과 사신들이 큰 잔치 준비를 하는 것이 어렴풋이 감지되었습니다.

그리고 오늘 새벽에는 도중에 잠이 깨어, 선잠이 들었는데 이상한 것들을 경험하였습니다. 글로 쓰기는 좀 겸연쩍은 일이나 이루어진 일이니 적어 보겠습니다. 저의 잠자리 옆에 중학교 때 짝사랑했던 여학생이 누워 있는 것입니다. 깜짝 놀라 꿈이겠거니 하였는데 눈을 뜨고 의식이 있는데도 여전히 제 옆에 누워 있는 푸근함을 감지하였습니다. 하도 이상하기도 하고, 또한 꿈이 아니라면 나를 시험하려는 것인가 하는 생각이 들기도 했습니다.

　그런데 다른 여자들 즉 옛날의 황진이를 부르면 황진이가 오고, 지금 모국에서 유명한 이○○를 부르면 이○○가 오고, 미국의 유명한 가수인 머라이어 캐리를 부르면 머라이어 캐리가 오고, 하여튼 마음만 먹으면 척척 옆에 오는 것이었습니다. 그리고 백두산을 부르면 백두산이 초목들과 같이 산 전체가 제 단전으로 확 빨려 들어오고, 한라산을 부르면 한라산이 빨려 들어오는 것이었습니다.

　이러한 것들을 하다가 보니 시간이 늦어져 조깅을 8시나 되어서야 시작을 하였습니다. 조깅을 하면서 이러한 것들은 무엇을 의미하는 것일까 하고 생각을 하면서 뛰었습니다. 혹시 일전에 선생님께서 일러 주신 마음공부를 시키느라고 보여 주는 신통력인가 하는 생각이 들었습니다.

　오늘은 청소도 할 겸 집에서 잔일을 하면서 보냈으나, 그러면서 계속해서 실험해 보기로 하였습니다. 돈을 부르면 돈이 방안에 가득, 금은보화를 부르면 금은보화가 가득, 내가 미국 대통령이 되어라 하면 백악관에서 제가 대통령 노릇을 하는 등 제가 원하는 대로 이루어지는 것입니다. 한마디로 더이상 바랄 것이 없음을 느꼈습니다. 이상들을 종합해 보면, 이러한 경험들을 해 보게 함으로써 저의 마음속에 있는 오욕칠정을 없애려는 하나의 방편이라는 결론을 얻었습니다(?).

　그리고 오늘 호흡 시에는 백두산의 기(파랑?), 태백산의 기(녹색?), 한라산의 기(빨강?), 그리고 지리산의 기(노랑?)를 취해 보기도 하였습니다. 그리고 제가 마치 속리산에 있는 큰 미륵불이 되었으며, 자비스러운 마음을 가지고 있는 것이 감지되었습니다. 그러나 백회에서는 여전히 사신께서 오물을 끄집어내고 계십니다. 그리고 평상시에도 제가 높은 곳에서

로키산맥이며 천하를 내려다보고 있는 듯한 느낌을 받습니다. 아무튼 어제 오늘은 기이한 일들을 겪었습니다. 마음공부를 시키고 있는 것인지요?

늘 가르쳐 주심에 다시 한 번 깊은 감사를 드리며, 그만 새해 인사를 드릴까 합니다. 선생님과 사모님 새해에 복 많이 받으십시오! 그럼 신년에도 계속해서 메일을 올리도록 하겠습니다. 안녕히 계십시오.

라라미에서 제자 차주영 올림

【필자의 회답】

우리들 각자는 우주의 미세한 한 부분이면서도 알고 보면 그 미세한 부분 속에 대우주의 모든 요소를 다 갖추고 있습니다. 그래서 일찍부터 인간을 소우주라고 불러오고 있습니다. 바로 이 때문에 예부터 서양 철학자들은 너 자신을 알라고 했습니다. 그러나 이 말은 깊은 통찰력과 깨달음이 없으면 쉽사리 누구에게나 수긍이 가지 않는 말입니다.

더구나 수행자는 자신이 소우주라는 확신이 없으면 수련이 계속 진전해 나갈 수 없습니다. 내 존재의 실상은 우주의식 또는 하느님 그 자체라는 확신이 서야만이 그 어떤 여건에도 구속받지 않고 자유자재할 수 있습니다. 무엇에든지 구속당하면 수련은 정체될 것입니다.

그것을 입증하기 위해서는 소우주인 내가 대우주 안에 있는 무엇이든지 내 것으로 활용할 수 있어야 합니다. 그러기 위해서는 나 자신이 우주 내의 모든 것을 다스릴 수 있는 통제함(control box)이 되어야 합니다.

차주영 씨가 황진이를 부르니까 황진이가 오고 이○○를 부르니까 이○○가 온 것은 황진이나 이○○의 몸뚱이라는 실물이 온 것이 아니고 그 기운이거나 그것이 농축된 정(精)이 온 것입니다. 백두산, 태백산, 한라산, 지리산의 기가 온 것도 마찬가지입니다. 물질이 아닌 기와 정입니다. 이 대우주 안의 그 무엇도 나 자신 속에 기와 정의 형태로 농축되어 있다는 것을 생생하게 교육시키기 위한 섭리의 작용으로 그러한 현상이 일어난 것입니다.

지식으로만 알아보았자 소용이 없습니다. 자신의 마음과 몸과 기로 그 진리를 체감(體感)해야 합니다. 머리로만 깨닫는 것을 혜해탈(慧解脫)이라고 하고 심기신(心氣身)으로 전체로 체감하는 것을 구해탈(俱解脫)이라고 합니다. 구해탈이 이루어질 때까지 그러한 화면은 반복적으로 나타날 것입니다.

심기혈정(心氣血精)입니다. 마음이 가는 곳에 기도 따라가고 기가 가는 곳에 피도 가고 피가 가는 곳에 정도 갑니다. 이 말은 우리의 의식이 우주를 품을 만큼 무한히 커져야 기도 그만큼 크게 받을 수 있고 기가 무한히 커져야 우리의 덕성과 지혜와 능력도 무한히 커질 수 있음을 말해주고 있습니다.

무언가 조금 알 것 같습니다

삼공 선생님 전 상서
새해에 복 많이 받으십시오!

보내 주신 답장은 고맙게 받아 보았습니다. 이곳은 오늘이 새해 첫날입니다. 어제는 선생님의 메일을 여러 번 정독을 하며, 그동안의 것들을 정리하였습니다. 무언가 조금 알 것 같은 생각이 듭니다.

오늘 조깅 시에는 저의 지도령께서 저와 한 몸이 되는 것을 감지하였습니다. 이틀 전부터 백회 위에 계시는 지도령의 흰 옷자락이(마치 기의 회오리 같음) 저의 몸 전체를 감싸고 있는 것을 느껴왔습니다. 그러던 것이 오늘은 저의 몸 가까이로 내려오더니 저를 감싸는 것이 아니라 저와 겹쳐지는 것입니다. 그 순간 그리 큰 현기증은 아니었으나 잠시 달리고 있는 제가 없어진 듯한 느낌이었습니다.

지금도 지도령이 저이고 제가 지도령인 것이 느껴집니다. 그리고 지금까지 아래로 내려다보이던 주위의 건물이며 산들이 높이 보였으며, 제가 마치 작아진 듯하기도 하고, 이제 정상적인 눈높이에서 사물이 보이는 듯하였습니다. 이것은 이제부터는 제 자신을 낮추고 이타행을 하라는 신호인 것 같기도 합니다.

그러면서 선생님께서 일러 주신 나의 실상이며 삶의 실상에 대하여 생각해 보았습니다. 내가 소우주이며 하느님이라는 실상과 우리가 태어난 이유는 이러한 자기의 실상을 깨닫고 하화중생을 하기 위함이라는 것을 느꼈습니다.

그리고 인과응보는 존재하는 것이며, 이를 통해 중생에게 고통을 느끼게 하고 이를 통하여 자신의 실상을 깨닫는 공부를 하게 함이라는 생각이 들었습니다. 그리하여 많은 중생들에게 하화중생을 하게 함으로 해서 이화세계를 만들려는 우주의 섭리인 듯한 생각을 하였습니다.

그리고 현재의 직업은 인과응보에 의하여 만들어진 하나의 그릇이며,

그릇에 맞게끔 담겨질 내용물과 양 등도 정해진 것이 아닌가 하는 생각입니다. 그러니 현재에 맡겨진 일을 거짓 없이 수행하면서 하화중생하라는 것이 아닌지요?

이렇게 생각하니 우리가 어떻게 살아야 하고, 종교 문제, 자녀 문제 등에 대한 실마리들이 술술 풀리는 것 같습니다. 그동안 생각해 왔던 숙제들에 대하여는 아직 정리가 되지는 않았으나 무언가 풀 수 있는 끄나풀을 잡은 것 같습니다. 아직 가야 할 길은 멀다는 생각이 듭니다만 금년에도 수련과 주어진 일에 최선을 다해 볼 생각입니다.

그리고 이것은 여담입니다만, 어제는 108배를 하였는데 그러는 동안 어느 고위 공직자가 자리에서 일찍 물러나고, 들판에 곡식이 누렇게 익는 시기에 삼팔선 부근에서 국민들이 태극기를 흔들고 있는 느낌이 왔습니다. 그리하여 가을쯤에 혹시 통일이 되는 게 아닌가 하는 생각도 듭니다만, 수련에는 부질없는 것들이니 흘려보내겠습니다.

그럼 새해에도 선생님과 사모님 두 분 모두의 안녕을 빌겠습니다. 안녕히 계십시오.

라라미에서 제자 차주영 올림

【필자의 회답】

동서고금을 막론하고 모든 구도자의 변함없는 사명은 상구보리 하화중생하는 겁니다. 구체적으로 앞으로 어떤 사명이 맡겨질지는 그때그때의 수련 수준에 따라 때가 되면 자연히 알게 될 것입니다. 지금은 그저 맡겨진 일에 충실하고 수련을 열심히 하기만 하면 될 것입니다.

차주영 씨에게는 혹 예시능력(豫示能力)이 있는지도 모릅니다. 그것을 확인하는 길은 예시 능력이 발휘될 때마다 일일이 기록을 해 놓았다가 때가 되면 맞는지 대조해 보면 될 것입니다. 그러나 주위 사람들에게 함부로 발설을 하면 안 됩니다.

맞으면 다행이지만 맞지 않으면 실없는 사람이 될 것이기 때문입니다. 설사 예언했던 것이 맞는다 해도 남에게 알리는 것은 득보다 실이 많습니다. 일단 유명해지면 수련에 장애가 될 뿐만 아니라 귀찮은 일이 더 많아질 것이기 때문입니다.

역시 누진통(漏盡通) 이외의 모든 초능력을 말변지사(末邊之事)로서 하찮은 짓거리입니다. 그러나 이 다음에 일가를 이루었을 때 자신의 예언 능력을 공익을 위해 쓰는 것은 누구도 말리지 않을 것입니다.

마음공부

삼공 선생님 전 상서

오늘은 조깅을 하는데 백회를 중심으로 머리의 윗부분이 시릴 정도로 기운이 들어오는 것을 느꼈습니다. 그리고 특이한 것은 이전까지만 해도 지도령께서 저의 백회 윗부분에서 지켜보고 계시던 자리에서 제 자신이 두 눈을 똑바로 뜨고 조깅하고 있는 저의 모습을 지켜보는 것이었습니다. 지금은 연구실에 있습니다만 이 형상은 변함이 없으며, 제 자신의 일거수일투족을 체크하는 것 같습니다.

그리고 늘 조깅이 거의 끝나는 지점의 멀리에서 보이시던 단군 할아버지며 예수님이며 부처님의 모습이 보이지가 않았습니다. 그리고 저의 가슴 부분이 없어진 느낌이 듭니다. 즉 저의 가슴 부분이 밖으로 나와 저를 지켜보는 저 자신이 되는 듯했습니다.

그리고 전체적으로, 늘 조깅 시에는 지도령이며 단군 할아버지며 하는 성인들의 축복을 받았던 장면들이 없어지니 마치 적막하다고 할까, 다시 표현하자면 태풍의 폭풍우가 지나간 뒤의 고요함이라고나 할까요? 처음 느끼는 기분입니다. 마음은 서운할 것 같은데 그런 느낌도 어떤 기쁨도 없으며, 마음의 동요도 없으며 불안감도 들지 않는 덤덤하다고나 할까요? 표현이 좀 어려운 것 같습니다.

그리고 가슴 부분이 밖으로 빠져나가서인지 호흡이 자동적으로 단전에서 이루어지고 있습니다. 아마도 본격적인 마음공부에 들어가려는 것 같기도 합니다. 지금 제가 10가지의 단계에서 어디까지 와 있는지요? 그리 중요한 것은 아닙니다만 현재의 위치를 아는 것도 공부에 도움이 될 것 같아 여쭙습니다.

그리고 앞으로도 끊임없는 지도와 편달을 부탁드립니다. 앞으로도 메일을 올리도록 하겠습니다. 그럼 선생님과 사모님 두 분 모두 안녕히 계십시오.

라라미에서 제자 차주영 올림

【필자의 회답】

지금까지 수련 상황을 진두지휘하든가 감독하던 지도령, 단군, 부처, 예수의 모습이 사라진 것은 이제 그분들이 해야 할 일들이 없어졌기 때문입니다. 석가모니가 입적할 때 낙심천만한 제자들이 이제 우리는 누구를 의지해야 합니까? 하고 묻자, 이제부터는 자등명(自燈明), 법등명(法燈明)하라고 했습니다. 즉 각자 자신의 자성(自性)과 법을 등불 삼아 공부하라는 얘기입니다.

그와 마찬가지로 이제부터 차주영 씨도 그럴 만한 토대가 잡혔으니까 자기 자신의 자성과 법에 의지하여 스스로 공부해 나가야 합니다. 다시 말해서 그분들이 다시 나타나는 일이 없도록 항상 지극정성(至極精誠)으로 열심히 공부해야 할 것입니다. 지성(至誠)이면 반드시 감천(感天)하게 될 것이고 수련은 계속 일취월장(日就月將)하게 될 것입니다.

또한 마음이 넓어지면 넓어진 만큼 큰 기운을 받게 될 것입니다. 마음공부가 그만큼 중요하다는 얘기입니다. 마음공부는 주변 사람들에게 작은 것부터라도 유익한 일을 실천을 하는 것이 중요합니다.

그분들이 다시는 나타나는 일이 없도록 빈틈없이 공부해야 합니다. 만약에 그분들이 다시 나타난다면 수련이 제대로 진전되지 않아서 꾸중하기 위해서일 것입니다. 그런 일이 결코 있어서는 안 될 것입니다.

가슴이 없어진 느낌이 드는 것은 일단은 중단이 열렸기 때문입니다. 백회로 들어온 천기(天氣)가 지름 5 내지 10센티 정도의 도관(導管)을 통해 중단을 거치지 않고 맞바로 하단전 밑 회음까지 도달하는 것을 삼합진공(三合眞空)이라고 합니다. 지금의 수련의 단계입니다.

시행착오 극복책

삼공 선생님 전 상서

보내 주신 생식 꾸러미가 어제 도착되었습니다. 그리고 『선도체험기』 1권도 고맙습니다.

지난 일주일은 수련에 소홀히 하였습니다. 술도 좀 하고, 조깅도 소홀히 하였습니다. 그런 탓일까 수승화강이 안 되기도 하였습니다. 그런 중에서도 호흡 중에 손발이 식어 오면서 기가 단전에 뭉치더니 그 기의 덩어리가 신(지도령과 같은 하얀 복장을 한 도인)이 되어 단전에서 빠져나가는 것이었습니다.

그리고 그 다음날도 단전호흡을 하는데 전날과 같이 손발이 시리면서,

제 몸이 작아져 단전으로 가더니, 그때의 단전은 마치 동그란 구체로 변했으며, 작아진 제가 그 구체 안으로 빨려 들어가는 것이었습니다.

그 후로는 제 자신의 몸이 느껴지질 않고 있습니다. 즉 제가 지구와 한 몸이 된 상태에서 존재하고 있으니, 특히 제 마음에서 나오는 의지 아니면 무엇을 하려는 생각 등에 집중되지 않는 것을 느끼고 있습니다. 그리고 그 다음날에는 역시 손과 발이 시릴 정도로 차지면서도 삼합진공이 되었습니다.

호흡 시 손발이 차지는 이유는 역시 수련에 소홀했던 탓일까요? 현재로서는 단전에서 그리 따듯하지도 않고 또한 그리 차지도 않으며, 어제부터는 수승화강이 다시 되는 것을 감지하고 있습니다.

늘 평상심을 가지고 수련에 임해야 하는데 아직도 굴곡이 교차를 하고 있으니 가야할 길이 먼 것 같습니다. 어제부터는 『선도체험기』 1권을 읽기 시작하였습니다. 앞으로도 많은 지도와 편달을 부탁드리겠습니다. 그럼 선생님과 사모님 모두 안녕히 계십시오.

라라미에서 제자 차주영 올림

【필자의 회답】

수련이 부진한 것은 삼합진공(三合眞空) 같은 중요한 수련 행사가 끝난 지 며칠 되지도 않아서 긴장을 풀고 술을 들거나 일상적인 수행을 소홀히 했기 때문입니다. 수련으로 한 번 얻은 변화된 몸의 상태가 어느 정도 정착하려면 최소한 21일은 되어야 합니다.

그래서 우리 조상들은 옛날부터 아이가 태어나서 삼칠일(21일)이 되기 전에는 부정 탄다고 외부 사람들이 일체 접근하지 못하게 했습니다. 삼칠일(三七日)이 지나서도 백일이 되어야 태아에서 비로소 유아로 정착된다고 해서 한시름 놓고 백일잔치를 치르고 크게 한고비 넘긴 것을 축하해 주곤 했습니다. 그리고 돌이 되면 비로소 안심을 했습니다. 이것은 순전히 경험으로 얻은 우리 선조들의 삶의 지혜입니다.

그런데 요즘은 이러한 것이 현대의 행동심리학자들의 실험에서도 입증이 되고 있습니다. 삼합진공 수련도 최소한 백일은 되어야 다소 안심이 될 수 있을 정도로 정착이 될 것입니다. 음양식도 역시 백일은 해야 어느 정도 정착이 될 것입니다.

이번 수련 직후와 같은 좋은 컨디션을 회복하려면 다소 시일이 걸릴 것입니다. 이번 일을 교훈 삼아 과음을 하거나 수련을 소홀히 하는 일이 있어서는 안 될 것입니다. 대책은 삼합진공 이전부터 하여 오던 세 가지 공부 즉 마음공부, 기공부, 몸공부를 한 치도 소홀히 함이 없이 꾸준히 밀고 나가야 합니다. 지극정성(至極精誠)으로 그렇게 해야 합니다. 그 정도 여하에 따라 회복의 속도가 달라질 것입니다.

『선도체험기』를 1권서부터 다시 읽어 보면 차주영 씨와 비슷한 경험을 한 선배가 어떻게 시행착오를 극복하여 왔는지 좋은 참고가 될 것입니다. 선도수련은 일단 착수하면 이 세상을 하직하는 순간까지 잠시도 쉬지 않고 꾸준히 밀고 나가야 한다는 각오로 임해야 할 것입니다. 그 대가(代價)는 차주영 씨도 체험했으리라고 봅니다. 행여 좌절하지 말고 심기일전(心機一轉)하여 전보다 한층 더 분발하기 바랍니다.

부작용인지요?

삼공 선생님 전 상서

보내 주신 답신은 고맙게 읽었습니다. 지금까지 몸에서 부작용이 일고 있는 것 같습니다. 밤이면 불면증에 시달리고 조깅 시에는 힘이 없어 주저앉을 것 같은 날들이 이어지고 있습니다. 마치 수행하기 전보다 몸과 마음 상태가 더 나빠진 것 같기도 합니다.

할일은 태산같이 밀려 있는데 일에 대한 의욕이 일지 않고 있으며, 그전 같으면 걱정이라도 했을 터인데 그런 마음도 없어졌으니 한심스럽기까지 합니다. 오늘도 결국 불면증에 시달리다가 아침에 일어나려 해도 몸이 말을 듣지 않아 조깅도 못한 채 출근을 하였습니다. 지금은 책상에 앉아 앞으로 어떻게 해야 하나 등에 대한 마음을 정리하고 있습니다.

지난 2개월간 겪은 것들을 돌이켜보니, 수박 겉 핥기식으로 체험을 한 것이 틀림이 없는 것 같습니다. 즉 소주천이니 대주천 등이 완전히 정착된 것도 아니고 마치 여행 가서 한 번씩 보고 온 것 같은 생각이 듭니다. 그래서 그런지 실제로 실감도 나지 않습니다.

이런 생각들을 하면서 저의 지금의 입장이 선도에 전념하기에는 아직 때가 아닌가 하는 생각도 해 봅니다. 좀더 자세히 말씀을 드리자면, 지금까지 밀린 일들이며 앞으로 해야 할 일들을 생각하면 밤잠을 잘 시간도 없는 상황인데 일에 대한 의욕이 일지 않으니 어떻게 된 것인지 모르겠습니다.

당분간은 역지사지와 방하착 등으로 최소한 남에게는 피해를 주지 않으면서 현재의 본업에 충실하는 것이 가장 큰 이타행이 아닌가 하는 생각도 들고, 그러다가 만약 다시 때가 되면 기공부 등에도 전념하는 것이 좋을 듯싶은 생각이 듭니다.

아무튼 본업을 위해서든 수련을 위해서든, 현재로서는 정상적인 몸과 마음을 회복하는 것이 우선임에는 틀림이 없습니다. 앞으로도 많은 지도와 편달을 부탁드리겠습니다. 그럼 선생님과 사모님 두 분 모두의 안녕을 빌어드립니다.

라라미에서 제자 차주영 올림

【필자의 회답】

지금 시급한 것은 지난번 수련이 한창 잘될 때의 컨디션을 회복하여 수승화강이 다시 되게 하는 겁니다. 그러기 위해서는 지난번 수련에서 얻은 수련 성과는 구경만 한 것이나 수박 겉 핥기가 아니고 인신(人神)의 도움으로 확실히 체득한 것이니 잠시도 의심을 해서는 안 됩니다.

그렇다면 그 성과가 왜 갑자기 무너졌는가? 틀림없이 과음을 했거나 일시적 해이(解弛)에 빠졌기 때문입니다. 차주영 씨는 이것을 깊이 반성하고 앞으로 다시는 이런 잘못을 저지르지 않겠다는 진지한 반성부터 해야 합니다.

단전에 주재했던 지도령이 빠져나간 것은 이러한 잘못에 대한 경고입니다. 기공부하는 사람에게 주색(酒色)은 비상(砒霜)이라는 것을 명심해야 할 것입니다. 삼합진공이 정착하려면 삼칠일, 백일, 돌(일주년)이라는 세 단계를 거쳐야 합니다. 그런데 삼칠일도 못 되어 시작된 해이와 방심이 이런 화를 자초한 것입니다.

더구나 차주영 씨는 귀하게 쓰려고 천지신명에 의해 선택된 존재라는 것을 깊이 명심하고 잠시도 수련을 등한히 해서는 안 될 것입니다. 다음 세 가지 사항을 꼭 실천하기 바랍니다.

첫째, 수련 중에 단전이 따뜻하게 달아오를 때까지 '한기운, 한마음, 한누리'를 백 번 이상 진지하게 염송해야 합니다.

둘째, 회복 과정을 좀더 촉진시키기 위해서 『천부경』을 수시로 시간 날 때마다 외워야 합니다.

셋째, 수련 시 단전이 그전처럼 달아오를 때까지는 반드시 서울을 향해 앉아서 전에 삼공재에 와서 수련할 때처럼 자기 앞에 앉아 있던 내 모습을 생생하게 떠올리기 바랍니다.

서서히 회복되고 있습니다

삼공 선생님 전 상서

보내 주신 답신은 정말 고맙게 읽었습니다. 저의 부주의로 선생님께 심려를 끼쳐드린 것 같아 죄송한 마음 금할 길 없습니다.

사실은 신정 연휴 때 3~4일간을 집에서 술을 마시며 쉰 것이 원인이 되었습니다. 모국에 있는 저희 집은 신정을 지내고 있으며, 어머님께 떡국을 먹지도 않고 먹었다고 하기에는 그런 것 같아 손수 만두를 만들어 먹었습니다. 또한 준비한 것이 남기도 하여 생식도 거르는 등 그간의 균형이 깨졌었습니다. 아직도 여러 면에서 시행착오를 일으키고 있습니다.

어제도 일찍이 집에 돌아가서 『선도체험기』를 읽으면서 마음을 추스르는데, 선생님으로부터 메일이 와 있을 것 같은 생각에 밤에 다시 연구실로와 선생님의 답신을 보았습니다. 너무나 고마운 생각에 여러 번 되읽었습니다.

사실 지금 일본에서 월급을 받고 있지만, 꼭 일본을 위한다기보다는 어떤 일이든 받은 만큼의 일은 하려고 늘 생각해 왔습니다. 그를 위해 이곳에서도 좀 번거롭지만 이곳저곳을 옮겨 다니며 보고 배우려고 하고 있습니다.

이것이 본업에 대한 저의 주어진 일이라고 생각하며 앞으로도 이 범위에서 벗어나지 않으리라 생각해 왔습니다만, 수련 쪽에서도 제가 쓸모가 있다고 하시니 좀 생각이 달라지는 것 같습니다.

누구나 어차피 할 만큼 하고 떠나기는 마찬가지이지만, 그런 것들 중에서 누구나 다 할 수 있는 일이 아닌 일이 제게 맡겨질지도 모른다고 생각하니 앞으로는 경솔하게 생각하고 행동해서는 안 될 것 같은 생각이 들었습니다.

오늘은 아침에 조깅을 하였습니다. 어제보다는 훨씬 좋은 상태였으며, 아직 단전이 달아오르지는 않았으나 좋은 상태로 회복이 되는 느낌을 받았습니다. 그리고 다시 하얀 도복을 입으시고 지팡이를 들고 계시는 백발의 지도령께서 백회 위에서 내려다보시고 계시는데 이번에는 얼굴이 명확히 구분이 되어, 자세히 보니 제가 얼굴이 좀 토실토실할 때의 모습과 비슷하다는 생각이 들었습니다. 그리고 나중에는 제 지도령과 선생님의 모습이 중복이 되는 것도 느꼈습니다.

그리고 오늘 아침부터는 심적인 기분도 서서히 바뀌어, 일에 대한 의욕도 일고 있습니다. 앞으로 선생님께서 일러 주신 세 가지를 실천하면서 수련에 정성을 다해 보겠습니다. 좀 이야기가 길어졌습니다만, 다시 한 번 베풀어 주신 가르침에 깊은 감사를 드리며, 이번 일을 교훈 삼아 더욱더 정진하겠습니다. 그럼 선생님과 사모님의 안녕을 빌겠습니다. 또 메일을 올리도록 하겠습니다. 안녕히 계십시오.

라라미에서 제자 차주영 올림

【필자의 회답】

지난번 메일에서 말한 세 가지 수행 방법을 실제로 시행해 본 결과를 좀더 구체적으로 알려 주기 바랍니다. 그 세 가지 방법은 그 기능이 일시 정지된 단전이 따뜻하고 머리가 시원해지는 수승화강을 신속히 회복하기 위해서 고안된 것입니다. 만약에 그 방법이 잘 듣지 않으면 다른 방법을 고안해야 되니까요.

그리고 우리가 선도수련을 하는 것은 반드시 남이 할 수 없는 임무를 부여받기 위해서만은 아닙니다. 그런 것은 우리가 지극정성으로 수행하여 나가는 과정에서 얻어지는 부수적인 효과일 뿐입니다. 가장 중요한 것은 참다운 구도자(求道者)가 되는 것입니다.

구도자란 이 세상이 제아무리 부조리하고 잘못되어 가고 있다고 해도 무소뿔처럼 오로지 바르고 착하고 슬기롭게 살아가는 사람을 말합니다. 그런 사람은 유유상종(類類相從)의 원칙에 따라 반드시 하늘과 사람의 도움을 받게 될 것입니다.

지난 2개월 동안 그 많은 신명들이 차주영 씨의 수련을 도와준 것도 차주영 씨가 그만큼 바르고 착하고 슬기롭게 이 세상을 살아왔기 때문입니다. 우리가 항상 정선혜(正善慧)의 생활에 투철할 때 건강도 확보되고 지금 하고 있는 연구에도 좋은 성과를 올리게 될 것입니다.

적당히 살아온 것 같습니다

삼공 선생님 전 상서

보내 주신 메일은 정말로 고맙게 읽었습니다. 다시 한 번 깊은 감사를 드립니다. 그간의 경과에 대해 말씀을 드리겠습니다.

조깅 시에 한기운, 한마음, 한누리를 염송하면서 달리면 백회와 장심으로부터 시원한 기가 들어오면서 단전이 따듯해지는 것을 느끼고 있습니다. 그리고 이틀 전에는 밤에 잠자리에 들기 전서부터 용천으로 따뜻한 기운이 들어오는 것을 느꼈으며, 깜빡 잠에서 깨어났는데도 여전히 들어옴을 감지하였습니다.

그러나 그 다음날 기가 너무 많이 들어온 탓일까 아침에 무력함을 느꼈습니다. 그러나 좌공 수련 시에는 그전과 같이 단전이 달아오르거나 아직 수승화강은 되지 않고 있으며, 어제는 하루 종일 머리가 띵하고 특히 단전호흡 시에는 백회 부위가 상당히 뻐근함을 느꼈습니다. 그리고 저녁에 백회를 만져 보니 한가운데 자그마한 부스럼이 나 있었습니다. 아마도 열 때문인 것 같기도 합니다.

오늘은 머리는 맑아졌으나 아직 단전은 조금 미지근하기는 합니다만 좀 특이한 것은 지난번 백회에서 지도령이 빠져나간 다음날의 수련 시, 제 단전에 지구 궤도가 형성이 되고 그 속으로 제가 빨려 들어갔다고 말씀을 드렸는데, 지금도 호흡 시에는 그 지구 궤도가 가끔씩 느껴집니다. 즉 단전이 차가운 것이 아니라 단전에 기가 넓게 흩어져 있어 뭉쳐지지 않은 상태인 것 같기도 합니다. 그러나 전체적으로는 회복이 되고 있는 것으로 생각합니다.

이번 일을 겪으면서 다음과 같은 것들을 생각해 보았습니다. 지금까지 40여 년간 몸에 배어 온 습성을 이겨내지 못하여 빚어진 결과인 것만은 사실입니다. 그리고 지금까지 어떻게 살아왔는가에 대한 반문을 하면, 모든 면에서 그저 적당히 살아온 것밖에는 없는 것 같습니다. 그리고 수련에도 이러한 범주에서 벗어나지 않음을 느꼈습니다. 즉 적당히 먹고 자고, 적당히 공부하고, 그리고 현재도 적당히 하루하루를 보내는 저 자신이 발견되었습니다.

선생님께서 지난 2개월 동안 인신(人神)의 도움은 저의 정선혜(正善慧)의 생활의 결과라고 하셨습니다만, 제가 자신의 삶을 돌이켜보면 정직보다는 저의 편한 쪽으로 타협하면서 살아왔다는 것을 느낍니다.

한 가지 예를 들면, 열심히 논문을 쓰다가도 보통 밤 12시가 넘으면 잠을 자야지 하는 고정관념 때문에 일이 멈춰지고, 그리고 현재 생식을 하면서도 가끔씩 가다가 김치며 밥 등이 먹고 싶으면 아무 생각 없이 먹는 등 우유부단한 상태라는 것이 느껴집니다. 과연 일에나 여러 가지 삶에 있어서 진심으로 열심히 몸과 마음을 아끼지 않고 살아왔는가 하고 반문하면 아니오라고 금방 답이 나옵니다.

그리고 구도의 목적은 이타행을 이루는 것으로 알고 있고, 꼭 구도자의 길이 아닐지라도 과연 자기의 몸과 마음을 아끼면서 이타행이 가능할까? 하는 것과 열심히 최선을 다한다고 할 수 있을까? 하는 것이 문제인 것 같습니다.

옛날 경허 스님께서는 전생의 습성을 버리지 못하여 술을 즐기셨다는 이야기도 있습니다만, 전생의 습성이니 때가 되면 밥을 먹고 하루에 몇 시간 이상은 잠을 자야 한다는 이러한 고정관념들을 극복하지 못하고서는 자연스런 이타행이 가능할까? 하는 것입니다.

　어제 오늘은 이러한 생각에 매여 있으며, 적어도 지금까지 살아온 삶이 참으로 진실한 삶이었던가?에 대한 대답이 긍정적이지 못한 것을 깨달은 이상 다시는 되풀이하지 말아야겠다는 생각입니다. 즉 배가 고플 때 식사를 하고 졸릴 때 잠을 자면서도 공익을 위해 제 몸을 희생시킬 수 있는지에 대한 검증이 필요한 것 같습니다.

　두서없이 여러 가지를 생각하고 있습니다만, 오늘 내일로는 정리가 될 것 같습니다. 그리고 수련에 대하여는 선생님께서 알려 주신 방법을 좀 더 꾸준히 실행해 본 뒤 논의를 드리도록 하겠습니다. 그럼 선생님과 사모님 두 분 모두 안녕히 계십시오.

라라미에서 제자 차주영 올림

【필자의 회답】

　제아무리 견성 해탈한 석가모니나 예수 그리스도 같은 성인(聖人)이라도 해도 배고플 때 먹고 졸릴 때 자고 피곤할 때 쉬는 인간의 기본 속성에서는 벗어날 수 없습니다. 그러므로 시급한 논문이 아니라면 밤 12시 너머까지 졸음과 피곤을 무릅쓰고 무리를 하여 건강을 해치는 것은 어리석은 일이 될 것입니다.

그럴 때는 차라리 잠을 자고 아침에 일찍 일어나 일을 계속하면 더 많은 능률을 올릴 수 있을 것입니다. 왜냐하면 아침 시간에 하는 일은 저녁이나 밤 시간에 하는 일보다도 두 배 내지 세 배의 능률을 올릴 수 있기 때문입니다.

아침에 일찍 일어나는 아침형 인간 중에 성공한 사례가 많은 것은 이것을 입증해 주고 있습니다. 누구에게나 똑같이 부여된 24시간을 어떻게 이용하는 것이 효율적인지 심사숙고하여 현명한 선택을 해야 할 것입니다.

그리고 이보다 더 중요한 것은 인간이면 누구나 하는 일상생활을 똑같이 하면서도 그의 생활에 일관되게 흐르는 생명의 축(軸)이 무엇인가 하는 것입니다. 그 생명의 축이 본능적인 이기심이라면 그 사람은 일개 하찮은 무명중생(無明衆生)에 지나지 않을 것입니다. 그러나 자기 개인의 이익보다는 공익(公益)을 위한 이타심(利他心)이 그의 생명의 축이 될 수 있다면 그는 바로 무명중생을 이끌어 가는 의미 있는 존재가 될 수 있을 것입니다.

차주영 씨에게서는 수련만 열심히 한다면 자기 존재의 실상을 깨달을 수 있고 무명중생을 위해 유익한 존재가 될 수 있으리라는 확신이 있었기 때문에 그동안 그렇게 많은 신명(神明)들이 애써서 수련을 도와준 것입니다.

지금 차주영 씨에게 가장 중요한 것은 지난번 수련 직후와 같이 머리는 시원하고 하단전은 따뜻한 좋은 컨디션을 한시바삐 회복하는 것입니다. 그 컨디션이 회복되어야 수련에 대한 자신감을 되찾을 수 있고 연구하는 일에도 좋은 성과를 올릴 수 있을 것입니다.

그렇게 되기 위해서 내가 가르쳐 준 세 가지 수련법을 교차로 실천하시기 바랍니다. 그런데 첫 번째 수행법만은 실천해 보았지만 나머지 두 가지 수행법을 실천해 보았다는 말은 아무리 찾아보아도 눈에 띄지 않습니다.

그 결과를 알아야 다음 조치를 취할 수 있을 터인데 엉뚱한 얘기들만 하고 있습니다. 도대체 수련을 어떻게 하고 있는지 모르겠습니다. 이왕에 내 가르침을 따르기로 했으면 철저히 실천해 보고 그 결과를 제때에 알려 주어야 하지 않겠습니까?

회복이 되고 있습니다

삼공 선생님 전 상서
선생님으로부터의 답신은 정말로 고맙게 읽어 보았습니다.

우선 수련 상황을 정확히 말씀을 못 드린 점에 대하여 용서를 빌겠습니다. 그간 2번째 수련법의 천부경 염송(念誦)은 책상 앞에 써 붙여 놓고 시간이 있을 때마다 한 번씩 읽고 있습니다.

그리고 3번째 수련법도 실천해 보았습니다. 서쪽 방향으로 앉아 선생님을 떠올리며 호흡을 하였습니다. 처음에는 선생님의 반가부좌한 모습은 보였으나 선생님으로부터 기를 받지 못하는 등 저의 단전에는 변화가 없었습니다. 이것이 어제까지의 진행 결과입니다.

오늘 아침의 조깅 시에는 단전이 조금 따뜻해 옴을 느꼈습니다. 달리기 시작한 지 조금 후에는 그전에 자주 보이던 화면인, 선녀들이 춤을 추고 있는 형상이 어렴풋이 보이더니 거의 끝날 무렵에는 선녀들의 춤사위 사이로 어렴풋이 보이는 것이 제 지도령이 제를 올리는 모습이었습니다.

제단 앞에는 한인, 한웅, 단군 할아버지의 삼황천제(三皇天帝)께서 앉아 계시는 것이었습니다. 그리고 그 화면과 동시에 저의 백회로 기운이 들어와 그전보다는 미약하지만 단전에 모여 따뜻해짐을 느꼈습니다.

그리고 연구실에 와서는 선생님께서 가르쳐 주신 3번째 수행법을 좀더 정성을 다하여 실천하기로 하고 서쪽을 향하여 반가부좌를 하고 선생님을 떠올리며 호흡을 하기 시작하였습니다. 이번에는 단전이 달아오를 때까지는 가부좌를 풀지 않을 작정으로 시작한 지 얼마 후에 수많은 선생님의 형상이 저의 단전을 향해 앉아 계시는 모습들이 보였습니다.

그리고 어느덧 제가 선릉 근처에서 삼공재(三功齋)를 향해 앉아 있었으며 조금 후에는 황금색의 도복을 입으신 도사님께서 제 앞에 나타나시더니 저의 단전에 주먹만한 황금알을 넣어 주시는 것입니다.

그리고 그와 동시에 황금빛 줄기가 도사님으로부터 제 단전으로 들어오기 시작하였습니다. 그런데 전체적인 형상을 보니 황금빛 줄기가 삼공재로부터 뻗쳐 나와 도사님을 거쳐 저의 단전에 연결되는 형상이었습니다. 그리고 계속해서 황금빛 줄기를 통하여 황금알이 삼공재 쪽에서 도사님을 거쳐 제 단전에 들어오는 것이었습니다.

그런데 제 단전에서는 계속 들어오는 황금알들이 일부는 여러 개가 하나로 뭉쳐지고 있으며, 일부는 용이 황금알을 물고 중단전이며 상단전으로 나르는 것이었습니다. 그러자 상단전에서는 불도저가 보이고 신명(神明)이 삽을 들고 평지 작업을 하는 등 그전의 상단전이 열릴 때의 형상들이 보이고 있었습니다.

　이러한 형상들이 진행되면서 제 단전은 달아오르기 시작하였습니다. 얼마 후에는 그간 허전했던 단전에 다시 기(氣)의 방(房)이 자리가 잡혀졌고 따뜻하게 가동이 되고 있으며 끝나고 보니 무려 한 시간이 흘렀습니다. 호흡이 끝난 현재에도 제 단전과 도사님 그리고 삼공재(三功齋)가 기의 줄기로 연결된 상태이며, 계속해서 축기가 되고 있습니다.

　선생님의 도움을 받아 다시 정상 궤도에 돌입하려는 듯싶습니다. 기분도 가라앉고 마치 몸에서는 세포 하나하나가 다시 활기를 찾는 듯한 느낌을 받습니다. 선생님에 대한 고마움을 어떻게 표현해야 할지 모르겠습니다. 진심으로 감사를 드립니다.

　어제의 메일에서 말씀을 드린 바와 같이 제가 진정으로 열심히 살고 있는가에 대하여는 늘 되새기며, 선생님께서 일러 주신 지혜로운 삶을 살아가도록 한시도 해이(解弛)해서는 안 되겠다는 생각이 듭니다.

　계속 정진하여 하루빨리 완전히 회복되도록 정진하는 길이 선생님에 대한 보답이라는 생각이 듭니다. 바쁘신데도 불구하고 늘 가르쳐 주심에 다시 한 번 깊은 감사의 말씀을 드립니다. 앞으로도 끊임없는 지도와 편달을 부탁드립니다.

　그럼 선생님과 사모님 두 분 모두의 안녕을 빌며, 아울러 새해에 복 많이 받으시기를 기원합니다. 안녕히 계십시오. 또 메일을 올리도록 하겠습니다.

라라미에서 제자 차주영 올림

【필자의 회답】

내가 기대했던 일이 어느 정도 성과를 거두고 있으니 다행입니다. 이로써 차주영 씨는 구도자로서 매 순간을 진지하게 최선을 다하여 살아가야 한다는 것을 충분히 터득했을 것이라 생각됩니다. 그리고 방심(放心)과 해이(解弛)는 파멸을 가져온다는 것도 실감했으리라고 봅니다.

과거에 골백번을 잘해 왔다고 해도 그것이 단 한 번의 잘못을 상쇄해 주지 않는다는 것을 늘 명심해야 할 것입니다. 언제나 초심(初心)의 열의로 돌아가 수행에 정성을 다하고 매 순간을 생의 최후를 산다는 자세로 임해야 할 것입니다.

머리는 항상 시원하고 하단전은 늘 따뜻한 수승화강(水昇火降)의 상태가 유지되어야 수련은 계속 일취월장(日就月將)하게 될 것입니다. 수승화강이 유지되는 한 건강에는 늘 이상이 없을 것이며 연구도 수련도 잘될 것입니다. 이로써 지난 2개월 동안의 수행 결과가 꿈이 아니라 엄연한 현실이라는 것을 명심하고 자신감을 갖고 계속 앞으로 전진해야 할 것입니다.

초심(初心)으로 돌아가

삼공 선생님 전 상서
보내 주신 답신은 고맙게 마음에 새기겠습니다.
오늘은 조깅 시에 예전과 같이 단전이 달아오르고, 몸도 마음도 가벼운 기분으로 달렸습니다. 그리고 지도령이며 단군 할아버지, 예수님과 부처님들이 그전과 같이 멀리서 지켜보고 계십니다. 아마도 마음이 안 놓이신 것 같습니다. 그러나 지도령께서는 제 백회 위에 계시며, 제 몸 전체를 기의 막으로 감싸고 계십니다. 아마도 단시일 내로 제 단전으로 들어오실 것 같습니다.

단전은 평상시에도 그전처럼 늘 따뜻합니다만, 정상적인 수승화강까지는 회복되지 않았습니다. 그러나 전체적으로 기분이 좋으며, 마음도 편안해지고 있습니다.

지금까지는 일상생활과 구도생활이 별개라는 생각에 따로따로 생각했었습니다만, 선생님의 가르침을 읽고 가만히 생각하니 일상생활이 구도생활이요 구도생활이 일상생활이 되어야 한다는 것을 알았습니다. 그리고 "매 순간을 생의 최후를 산다"는 각오로 임해야 한다는 가르침을 늘 가슴에 새기며 생활하겠습니다.

이번 일을 겪으면서 수련에 대한 신념이 확고해졌으며, 여러 가지로 많은 것을 깨우친 것 같습니다. 좀 외람된 말씀인지는 모르겠으나 캠퍼스를 거닐고 있는데 괜히 기분이 좋으며, 참 좋은 것을 하고 있구나 하는 생각이 들었습니다.

그리고 이제는 먹는 문제며 자는 문제며 수련하는 문제며 등을 어떻게 조화를 시키며 생활해야 하는지도 조금은 감을 잡은 것 같습니다. 다시 한 번 더 선생님의 가르치심에 깊은 감사를 드리며, 귀중한 가르치심이 헛된 일이 되지 않도록, 또한 보답하는 마음으로 초심으로 돌아가 더욱더 정진하겠습니다.

그럼 선생님과 사모님 두 분 모두의 안녕을 빌겠습니다. 또 메일을 올리겠습니다. 안녕히 계십시오.

라라미에서 제자 차주영 올림

【필자의 회답】

빠른 회복을 축하합니다. 일상생활이 바로 수련 그 자체라는 발견은 매우 소중한 깨달음입니다. 그렇습니다. 우리가 일상생활을 해 나가면서 매 순간마다 부딪히는 문제 하나하나가 모두 다 해결해 나가야 할 수련의 과제들입니다. 그것이 비록 생계에 관한 것이라도 말입니다.

그리고 그 문제들은 어느 하나도 적당히 대강대강 넘겨야 할 것은 하나도 없습니다. 그 문제들 하나하나는 우리가 험한 암벽을 오를 때 잡고 올라가야 할 자일(로프)의 매듭들과 같은 것이기 때문입니다. 그 어느 하나의 매듭도 소홀히 할 경우 그것이 자일에 매달린 사람을 추락하게 할 원인이 될 수 있기 때문입니다.

그리고 명심해야 할 것은 지금까지의 수련은 다행히도 신명들의 도움을 받아 왔지만 언제까지나 그런 도움을 받을 것이라고는 기대하지 말아야 할 것입니다. 때가 되면 신명들의 도움 없이도 모든 일을 스스로 해결해 나가겠다는 자립심을 지금부터 키워야 할 것입니다. 지금까지 신명들의 도움으로 얻은 수승화강 체질을 완전히 자기 자신의 것으로 체질화해야 합니다. 그리하여 다시는 지난번과 같은 실수가 되풀이되지 않도록 해야 할 것입니다.

그러기 위해서 무엇보다도 중요한 것은 자신감 회복입니다. 이 자신감을 토대로 지금까지의 의존심에서 벗어날 때 참다운 홀로서기를 성취할 수 있을 것입니다. 그리하여 자가발전(自家發電)하고 자가정화(自家淨化)하는 체질로 전환해야 합니다. 지금부터는 그것을 목표로 수련이 한 단계 업그레이드할 준비를 하여야 할 것입니다.

천부경 수련

삼공 선생님 전 상서

보내 주신 메일은 고맙게 읽었습니다. 저 또한 선생님의 가르침 덕분에 회복의 궤도에 들어선 것을 기쁘게 생각하고 있습니다. 이번 일을 겪으면서 제 자신이 모든 일에 진심으로 정성을 다하는지에 대하여는 타인은 모를지라도 하늘은 정확히 늘 지켜보고 있으며, 그것에 맞는 결과를 보내 주고 있구나 하는 생각이 들었습니다.

그리고 매사에 정성을 다한다고 말로는 얼마든지 이야기할 수 있고 글로 남길 수가 있지만, 그것을 실행하기란 그리 쉬운 것이 아니라는 것은 늘 숙제로만 생각하고 있었습니다만, 이를 실행해야겠다고 다짐하는 자체가 이미 의미가 없는 듯합니다. 다시 반복이 됩니다만 어제 일러 주신, 매 순간을 생의 최후라고 생각하고 살아갈 작정입니다.

오늘은 수련 중에 백두산의 기운도 불러 보고 제 고향인 원주의 치악산의 기운도 불러 보니 잘 들어왔습니다. 그리고 백두산의 기운을 부를 때에는 하얀 도복 차림의 산신령인 듯한 분이 서 있는 장면도 뚜렷이 보였습니다.

그리고 처음에는 한기운, 한마음, 한누리를 외면서 수련을 하였습니다만, 도중에 천부경을 외니 기운이 더 잘 들어왔으며, 비록 전보다는 약하지만, 백회로 기운이 쐐하고 들어오면서 삼합진공도 가동되었습니다. 이렇게 수련을 끝내고 나니 한결 마음이 편안해졌으며, 단시일 내로 정상적인 수승화강도 이루어지리라 생각합니다. 앞으로는 천부경을 늘 암송하면서, 일상생활이 구도생활이라는 것을 몸에 익숙하도록 늘 머리에 염두에 두고 정진하겠습니다.

바쁘신데도 불구하시고 늘 성심껏 가르쳐 주심에 다시 한 번 더 깊은 감사를 드리며, 앞으로도 끊임없는 지도와 편달을 부탁드리겠습니다. 그럼 선생님과 사모님 두 분 모두의 안녕을 빌겠습니다. 또 메일을 올리도록 하겠습니다.

라라미에서 제자 차주영 올림

【필자의 회답】

한기운 수련과 천부경 수련이 잘되고 있다니 다행입니다. 지금까지는 여러 신명(神明)들의 도움을 받아 왔지만 앞으로는 일일이 신명들의 도움 없이도 혼자서 자기 힘만으로도 얼마든지 수행을 할 수 있다는 자신감을 하루속히 체득하기 바랍니다.

남의 힘에 의존하는 것이 습관화되어 버리면 의존형(依存型)이 되어 수련에 장애를 초래할 수도 있습니다. 까딱하면 지도령이나 보호령에게 빙의되는 수도 있으니 조심해야 합니다. 그러므로 지도령이 꼭 단전에 들어와야 한다는 생각은 갖지 않는 것이 좋습니다.

앞으로 수행할 과제는 그전과 같은 삼합진공 수련 상태를 자력으로 완벽하게 회복하는 겁니다. 그 후에 자등명(自燈明) 법등명(法燈明)의 자세로 계속 전진할 태세를 갖추어야 할 것입니다.

머리가 묵직한 증세

삼공 선생님 전 상서
보내 주신 답신은 고맙게 읽었습니다. 깊은 감사를 드립니다.
회복한 후로 전체적으로는 기분도 좋아지고 안정이 되어갑니다. 그러나 아직 삼합진공이 이루어질 듯하면서도 축기 부족 탓으로 도중에 멈추곤 합니다. 그리고 수승화강도 오후가 되면 머리가 묵직한 증세가 가시지 않고 있습니다.
단전호흡 시에는 임맥은 원활하게 유통이 되어, 하반신은 시원하며 좋은 기분을 느낍니다. 그러나 요즘은 지도령 등에 의존하지 않고 한기운과 천부경을 암송하며 수련을 하고 있습니다. 비록 완전한 회복은 아닙니다만, 마음의 여유를 가지고 축기부터 차근차근 쌓아가기로 하였습니다.
그리고 『선도체험기』도 틈틈이 읽고 있습니다. 그런데 책의 내용과 저의 상태를 비교하면, 선생님께서는 백회가 열리고 곧이어 한없는 기운이 들어오신다고 하셨는데, 지금까지의 저의 상태는 소주천, 대주천이 되어 수승화강이 되었건만, 선생님과 같이 기운이 쏟아져 들어온 일이 별로 없습니다. 물론 수련 시에 선정에 들면 느낍니다만... 근본적으로는 개인차라는 생각이 들기도 하고, 수련의 목적이 견성하는 것이지 기를 즐기기 위함이 아니라는 생각도 같이 해 봅니다.
이제는 조급증을 버리고 여유를 가지고 제 자신을 지켜보면서 수련에 임할 생각입니다. 당장은 청탁받은 원고를 집필을 해야 합니다만, 실험도 순조롭고 6월부터 대학을 옮기는 문제도 긍정적인 답을 받은 상태이니 전체적으로 안정적인 상태입니다.

그러나 지금 저의 상황이 나태에 빠지기 쉬운 상태이니 저의 마음속에 적이 숨어 있다고나 할까요? 그러나 수련 덕분에 제 자신을 관할 수 있어 무엇보다 다행이라고 생각하며, 수련과 인연을 맺은 것을 늘 고맙게 생각하고 있습니다. 앞으로도 변화에 대하여 늘 메일을 올리도록 하겠습니다. 그럼 선생님과 사모님의 두 분 모두의 안녕을 빌겠습니다.

라라미에서 제자 차주영 올림

【필자의 회답】

머리가 묵직한 증세가 일 때마다 운기조식(運氣調息)에 더욱 정성을 기울여야 합니다. 행주좌와어묵동정(行住坐臥語黙動靜) 염념불망의수단전(念念不忘意守丹田)을 실천해야 할 것입니다. 수련에서 한 번 깨어진 리듬이 원상회복하려면 적지 않는 시간이 걸립니다. 다른 수련자들의 비슷한 실례와 비교해 보면 그래도 차주영 씨는 성적이 좋은 편입니다.

대책은 마음, 기, 몸 세 가지 공부를 한결같이 꾸준히 밀고 나가는 수밖에 없습니다. 수련에는 개인차가 심하니 『선도체험기』 내용은 벤치마킹이나 참고하는 데 이용하기 바랍니다. 어디까지나 자기 나름의 스타일을 개발하여야 할 것입니다.

계속 분발하기 바랍니다. 그리하여 이번 일이 반드시 전화위복의 계기가 되어야 할 것입니다. 지성(至誠)이면 감천(感天)이라는 『참전계경(參佺戒經)』의 말을 꼭 믿고 실천해야 할 것입니다.

정진(精進)

삼공 선생님 전 상서

보내 주신 답신은 고맙게 읽었습니다. 선생님께서 가르쳐 주시는 대로 정진하겠습니다. 그런데 오늘은 선생님께서 밤색보다 조금 짙은 색의 생활한복을 입으신 모습으로 제 백회 주위에서 저를 지켜보시는 장면이 보였습니다. 걸어가는 도중이었고 일부러 의식도 하지 않은 상태에서의 일이며 그 후부터 지금도 제 백회 위에 계십니다.

그리고 오늘 아침에 일어나니 백회가 뻑적지근함을 느껴 다시 백회가 크게 열리려는 증상인가하고 생각했었는데 낮에 선생님의 모습이 나타나시는 것을 보니 그의 예비 징조임에는 틀림없는 것 같습니다.

그 후 연구실에서 호흡을 하니 아직 확실한 삼합진공은 아니나 백회도 전보다 많이 가벼워졌고 곧 백회에서 시원한 기운을 느낄 것 같은 예감을 받았습니다. 그리고 선생님께서 나타나신 것은 일부러 저를 위해 많은 가르침을 쏟으시는구나 하는 생각이 드니 대단한 고마움과 동시에 송구스러운 생각이 들었습니다.

그런데 요즘은 주위에서 일어나는 일들, 예를 들자면 요즘 미국에서는 민주당의 대선 후보들이 지지를 호소하는 장면을 텔레비전에서는 시끌

벅적하게 떠벌입니다만, 결국은 시대의 흐름에 종속된다는 생각이 들며, 이런 일련의 일상적인 것들이 하찮게 여겨진다고 할까요? 아니면 보다 큰 그림이 보이는 듯합니다.

즉 제가 하늘 높은 곳에서 내려다보고 있으며, 마치 중생들이 우물과 같이 정해진 테두리 안에서 서로 살기 위해 발버둥치고 있는 모습이 제 눈에 그려집니다. 그러니 저의 마음은 중생들의 일상적인 삶에 별 관심이 없어지는 것을 느끼고 있으며, 지금 제가 해야 될 연구에 대하여 마치 저에게 맡겨진 일인 것 같은 생각이 듭니다.

아무튼 마음은 점점 더 여유를 찾은 것 같습니다. 그리고 이제부터는 수련이 느리지만 서서히 확실하게 진행될 것 같은 예감도 들고 있습니다. 다음주부터는 학교에서 벽면타기(climbing wall)를 하려고 합니다. 시간은 그리 넉넉하지만은 않지만 한번 바삐 지내보려고 합니다.

모든 것이 변함없는 선생님의 가르침 덕분으로 생각하고 있습니다. 선생님에 대한 은혜에 어긋남이 없도록 정진해 볼 생각입니다. 그럼 또 메일을 올리도록 하겠습니다. 선생님과 사모님 두 분 모두의 안녕을 빌겠습니다.

라라미에서 제자 차주영 올림

【필자의 회답】

수련 중에 도움을 주는 존재가 화면에 자주 뜨는 것은 차주영 씨가 아직은 지주목(支柱木)을 필요로 하는 여린 나무와 같기 때문입니다. 이제 수련이 꾸준히 진전이 되어 자기중심이 확립되어 지주목 없이도 스스로 성장해 나갈 수 있을 정도로 중심이 잡히면 지금 나타나는 것과 같은 화면은 다시 뜨지 않게 될 것입니다.

얼마나 마음을 크게 여느냐 그리고 수련에 얼마나 집중을 할 수 있느냐에 수련의 성패는 좌우될 것입니다. 이 우주 안 도처에 진기(眞氣)는 충만해 있건만 받아들일 준비가 되어 있는 구도자들에게만 찾아 들어오게 되어 있습니다.

마음을 크게 여는 방법은 사심(私心)을 비우는 것입니다. 사심을 비우는 정도에 따라 우주의 진기는 그 비워낸 공간을 그때그때 지체 없이 채우게 될 것입니다. 도와주는 존재들이 아무리 차주영 씨의 백회를 열어주어도 속에 받아들일 공간이 없으면 진기는 들어가지 못할 것입니다. 마음을 크게 여는 방법은 주변 사람들을 배려하는 데서 시작해야 합니다.

지금 차주영 씨와 늘 호흡을 같이하는 사람들의 호감을 사지 못하는 한 마음이 열렸다고 말할 수 없을 것입니다. 그러니 가장 가까운 주변 사람들과 화기애애한 분위기부터 만들어야 할 것입니다.

역지사지(易地思之)하고 애인여기(愛人如己)하고 여인방편자기방편(與人方便自己方便)의 생활이 체질화될 수 있게 하면 자연히 마음은 점점 더 넓어지게 될 것이고 그럴수록 우주에 편만(遍滿)한 진기로부터 더욱 큰 기운을 받을 수 있을 것입니다.

수행에는 하나에서 열까지 우연과 요행은 하나도 없습니다. 모두가 각고의 노력의 산물임을 잊지 말기 바랍니다. 그다음이 집중입니다. 집중은 지극정성을 말합니다. 지성은 반드시 하늘을 감동시키게 되어 있습니다. 이 방면에서는 이미 한 가닥을 잡았으니 더욱더 심화시켜야 할 것입니다.

마음 비우기

삼공 선생님 전 상서

보내 주신 답신은 고맙게 잘 읽었습니다.

지주목이 필요하다는 대목은 무슨 뜻인지 이해가 됩니다. 제 나름대로의 방법을 터득하는 데 주력해 보겠습니다. 그리고 마음을 비우는 문제에 대하여는 제가 선도와 인연을 맺은 것과 일치되는 것이라고 생각합니다.

그러나 현재까지 제 나름대로 이렇다 할 답을 내놓고 있지 못한 것만은 사실입니다. 미국에 온 이후로는 그전과는 달리 만나는 사람이 적어 서로 부딪치는 일이 별로 없습니다. 그래서 제 마음이 얼마나 열렸는가에 대하여는 아직 평가할 수 있는 단계와는 거리가 멀다는 생각을 하고 있습니다.

다시 말씀을 드리자면, 이곳에서는 주위 사람과 말다툼할 일도 없으며 또한 제가 적극적으로 도와야 할 일도 없는 그저 하루하루를 제 방식대로 살아가고 있습니다. 그러나 늘 만나는 사람에게는 미소로서 대하고 있는 모습은 제 자신도 느끼고 있습니다.

보다 정진을 위해 역지사지, 방하착, 애인여기와 여인방편자기방편을 화두 삼아 꾸준히 밀고 나가는 수밖에는 방법이 없는 듯합니다. 그리고 현재의 저로서는 영어를 자유자재로 구사할 수 있으면 주위 사람과의 사귐에도 그리고 마음공부에도 상당히 보탬이 되리라는 생각을 늘 하고 있습니다.

물론 3~4개월 전보다야 제 스스로도 제법 나아졌다는 생각은 듭니다만, 외국어에 대한 장벽은 두터운 것 같습니다. 다음 주부터는 돈을 들여 5월 말까지 영어 과정의 수업을 듣습니다만 얼마나 변할지는 의문입니다. 그러나 전체적인 몸공부, 마음공부 그리고 기공부에 대한 그림이 그려지는 것 같으며, 서두르지 않고 그날그날 하고 있는 일에 정성을 쏟을 생각입니다.

어제는 아직도 환골탈태(換骨奪胎)가 이어지고 있어 허벅지며 팔의 상박에는 마치 뱀 비늘과 같이 피부가 일고 있어 목욕을 하고 103배를 하였습니다. 그 후 수련을 하는데 제 전생이라고 생각되는 화면들이 이어졌습니다.

처음에 양쪽에 기암절벽을 사이에 두고 바닷가의 백사장에 게가 기어가는 장면, 그 후에 백사장과 연결된 울창한 숲에 나타난 공룡의 모습, 그 후에 구석기 시대의 돌창을 들고 뛰어가고 있는 사람의 모습, 그리고 유럽 쪽의 백작의 모습이 이어졌습니다.

그래서 계속하여 저는 어떻게 하여 한국이나 일본과 인연을 맺고 있는가에 대하여 진행을 시켰더니 제가 유럽 아마도 스웨덴인으로 탐험가였으며, 여러 곳을 탐험하면서 식물 채집을 하였으며, 그때 한국이며 일본과 미국 등과 인연을 맺은 듯하다는 생각이 뇌리를 스쳤습니다.

그리고 왜 스웨덴인이었나에 대하여는 제가 10여 년 전에 학회에 참석한 일이 있는데, 그때의 모임의 장소는 오래된 성이었습니다. 영어도 제대로 못 하면서 사람들 앞에서 구두 발표를 하는데 제가 전혀 주눅들지 않고 끝냈다는 기억은 아직도 생생합니다.

지금 생각하여도 막상 미국에 와서 9개월이 흘렀건만 현재보다는 상당히 자신감에 차 있었던 것은 사실입니다. 그리고 틈을 이용하여 식물학자인 린네의 생가도 둘러보면서 아담하고 초라하지만 정감이 들었던 기억이 있습니다. 그리고 수련 중에 그전의 성의 모습이 보였습니다. 아마도 린네와도 인연이 있지 않았나 하는 생각도 들었습니다. 아무튼 공상이라면 공상일지도 모를 화면들을 보았습니다.

백회는 아직 묵직하면서도 뻑적지근합니다만, 선생님께서 가르쳐 주신 대로 아마도 마음이 열리기를 기다리는 것 같습니다. 그리고 어제 수련을 하면서 백회를 너무 의식하지 않기로 하였으며, 늘 처음 한다는 자세로 단전에 집중하여야겠다는 생각이 들었습니다.

바쁘신 것을 뻔히 알면서 늘 부탁을 드려 송구스러운 마음이 듭니다만, 앞으로도 끊임없는 지도와 편달을 부탁드리겠습니다. 그럼 선생님과 사모님 두 분 모두의 안녕을 빌겠습니다.

라라미에서 제자 차주영 올림

【필자의 회답】

모든 학문과 생활 또는 수련의 방편들은 지극한 경지에 이를 때 진리와 통하게 되어 있습니다. 그리고 금생은 억겁의 과거 생의 윤회의 총결산입니다. 그래서 금생의 자기 자신을 면밀하게 관찰해 보면 과거 생이 보입니다.

과거 생의 한 장면 한 장면들을 무의미하게 흘려보낼 것이 아니라 그 속에서 의미를 찾아내어 현재에 유익하게 이용해야 할 것입니다. 이것은 당사자만이 할 수 있는 일입니다. 현재 상태로 보아 수련은 잘되고 있습니다. 세 가지 공부를 꾸준히 밀고 나가시기 바랍니다.

1일 2식

삼공 선생님 전 상서

　보내 주신 메일은 고맙게 읽었습니다. 그러나 답신이 늦어져 죄송합니다.

　최근의 수련에 대하여는 큰 진전은 없으나 늘 마음이나 몸이 안정됨을 느낍니다. 3~4일 전에 제 단전에서부터 중단전까지 형성된 큰 송유관이 어제는 좀 직경이 가늘며 얇은 관으로 늘어나 백회의 바로 밑 부분까지 진행된 것 같은 느낌을 받았습니다. 그러나 아직 백회의 막이 열리지 않아 시원한 기운의 유통은 못 느끼고 있습니다. 하지만 전체적으로 백회며 상단전이 가벼워졌으며, 물론 단전에서는 늘 따뜻한 기운을 느끼고 있습니다.

　또한 조깅 시에도 몸이 가벼워 그전의 수련이 잘될 때의 상황과 같으며, 얼굴에서도 늘 생기가 느껴집니다. 하지만 가능한 한 삼합진공을 하고 싶은데 아직은 정성이 부족한 탓인지 이루어질 것 같으면서도 조금 못 미치는 것 같습니다.

　그리고 1일 2식은 계속 잘하고 있습니다. 기본적으로는 아침(생식 3봉, 꿀, 생강차, 죽염, 사과 1개, 김치나 청어식초 통조림 조금)과 저녁(생식 3봉과 죽염 몇 알을 같이 씹어 먹고 사과 1개) 식사를 하고 있습니다.

　그러나 만약 점심에 외식이 있는 경우는 아침을 거르고 점심과 저녁 또한 저녁에 외식이 있는 경우에도 아침 생식과 저녁에 생식을 한두 봉 먹은 후에 외식을 하기로 하였습니다. 아무튼 1일 2식은 꼭 지키려고 하고 있습니다.

현재로서는 공복감 때문에 그리 큰 어려움은 느끼지 않고 있습니다. 단지 이틀 전과 같이 저녁때가 되자 머리가 몽롱해져서 일찍 쉬는 일은 있습니다. 그러나 좋은 점은 음양식으로 하루 세끼를 할 당시에는 식사 전후 두 시간을 제외한 시간에 커피며 두유 등을 들어야 하기 때문에 일을 하다 보면 시간이 지나가 결국은 못 마시는 일이 발생했었습니다만, 2식을 하니 낮에는 언제든지 물이나 음료 등을 마실 수 있어 편한 점은 있습니다. 그리고 몸무게는 4일 지난 지금 생식 전보다 2킬로(매일 체크를 하며 60킬로를 오르락내리락함) 정도 빠진 상태에서 안정이 되는 것 같습니다.

또한 오늘부터는 조깅을 아침 5시에 하던 것을 이보다 일찍 일어나 하고 연구실에 일찍 출근하여 오전 중에 집중하여 논문 등을 쓰기로 하였습니다. 물론 그 대신 저녁 10시경에는 취침에 들어 저녁형을 아침형으로 바꾸기로 하였습니다.

오늘 저녁에는 이곳 유학생들이 모여 신년 떡국을 먹는다고 하니 가기로 하였습니다. 저의 경우에는 복장(생활한복)도 다르고 가족관계도 보통 사람과 다르니 그렇지 않아도 이상하게 생각할 것 같기도 해서 가능한 한 모임에는 참석하려고 합니다.

그러나 아직 몬태나에서나 이곳에서나 주위 사람들에게는 제가 지금 선도수련을 하고 있다는 것을 밝히지 않았으나, 스스로 수련에 대한 이야기들을 해야 할지 망설이고 있습니다. 다만 만약 누가 물어보면 그때

가서 해도 되지 않을까 하는 생각을 하고 있습니다만, 선도 보급의 차원에서는 제가 좀 소극적이라는 생각이 뇌리를 스칩니다. 선생님께서는 어떻게 생각하고 계시는지요? 만약 주위에서 관심이 있다면 제가 지도를 할 수 있는 능력은 되지 않을망정, 책 정도는 돌려 가며 볼 수가 있다는 생각은 가지고는 있습니다만...

오늘은 이만 줄이겠습니다만, 또 메일을 올리도록 하겠습니다. 그럼 선생님과 사모님 두 분 모두의 안녕을 빌겠습니다. 안녕히 계십시오.

라라미에서 제자 차주영 올림

【필자의 회답】

상대가 선도수련에 대해서 아무런 관심도 없는데 이쪽에서 우정 선도 얘기를 꺼낼 필요는 없습니다. 그러나 혹시 선도에 대하여 유난히 관심이 있거나 인생 문제로 고민하는 사람에게 조언을 해 주면 순순히 받아들이는 사람을 만나는 경우가 있을 것입니다.

그런 때는『선도체험기』를 읽어 보라고 권하는 것이 좋습니다.『선도체험기』는 미국에서도 수입하여 판매하는 서점이 있다고 합니다. 만약에 이 책을 스스로 구입하여 읽어 보고 몰입할 수 있는 사람이라면 가히 더불어 얘기를 나누어 볼 수 있을 것입니다.

그러나 상대가 관심이 없는데 이쪽에서 자진하여 전도사처럼 보급하려고 애쓸 필요는 없습니다. 차주영 씨의 수련이 계속 업그레이드되면 가만히 앉아 있어도 우정 먼 곳에서 찾아오는 사람들이 있을 것입니다.

예수님의 형상

삼공 선생님 전 상서
보내 주신 답신은 고맙게 읽었습니다. 무슨 말씀인지 깊이 새겼습니다.
어제 저녁에는 말씀드린 바와 같이 유학생의 모임에 참석하여 주로 사람들의 이야기를 듣는 쪽에 있다가 왔습니다. 그러나 우리 배달민족은 예로부터 흥겨운 민족임을 새삼 느끼는 기회였습니다. 술을 한 잔씩들 하더니 돌아가면서 노래를 부르는 것이었습니다. 저로서는 10여 년 만에 보는 광경이었으며, 제 차례가 되니 할 수 없이 한 곡조 불렀습니다.
그리고 대부분이 가족들 단위로 어울리다 보니 대화의 주제가 주로 집에서 아이들이며 공부하는 남편 뒷바라지에 스트레스가 쌓여 있는 주부들의 독무대인 듯했으며, 서로 불만들을 털어놓는 통에 웃기도 하였습니다.
그런데 어린 학부생들도 있었습니다만 반 이상이 삼사십 대의 중년들이었으며, 이들 대부부분이 공부를 마쳤거나 마친 후에는 미국 땅에서 정착을 할 생각들을 하고 있었습니다. 우선은 모국의 고학력 실업과 고액의 사교육비 등의 절실함을 느꼈습니다만, 한편으로는 본인들은 좀 고생이 되겠지만 먼 장래를 내다볼 때는 모국에 보탬이 될 수 있는 큰 자원이 아닌가 하는 생각도 들었습니다.
오늘은 토요일이고 해서 자동차로 1시간 남짓한 거리에 있는 온천을 다녀왔습니다. 노천 온천이며 요금은 무료이나 양심에 따라 기부(주로 25센트의 동전)할 수 있는 모금함이 있었습니다. 이렇게 모인 돈은 1주일에 한 번씩 청소를 하는 분의 수고비라고 합니다. 온천은 탈의장밖에 없는 아주 소박한 곳이었습니다.

마침 제가 할 때는 노인들 몇 분밖에 없어 조용히 단전호흡 등을 하며 좀 오래도록 있었습니다. 그런데 단전이 따뜻해지며 온천의 수증기와 함께 예수님이 나타나시더니 제 몸과 일체가 되었으며, 그 후에 제 백회 주위에 오라가 형성되는 것을 감지하였습니다. 그런데 제 직감으로는 아마도 예수님과 같은 마음을 가지라 하는 무언가의 암시가 아닌가 하는 생각을 했습니다. 그리고 기독교가 우세한 미국 땅이니 예수님의 형상이 나타난 것이 아닌가 하고 생각했습니다.

그리고 온천 중에 무릎에서 밑 부분 전체가 이상하게도 계속 가려웠습니다. 아마도 막혔던 경혈이 열리는 것이 아닌가 하는 생각이 들었습니다. 그리고 저번 주 목욕 후에는 잠시 주춤했던 몸의 비듬이며 머리가 빠지는 현상이 다시 가속되는 것 같습니다. 아마도 1일 2식의 영향인 듯싶습니다.

또한 집에 돌아와 지금은 연구실에 있습니다만, 호흡을 하니 최근에는 못 느꼈던, 단전이 뜨겁게 달아올랐으며, 제 몸과 일체가 되었던 예수님은 조그마하게 축소가 되어 제 중단전에 서 계셨습니다. 그리고 상단전에는 반가부좌를 한 제 모습들로 차 있었습니다. 또한 단전 앞에도 저의 모습이 줄을 서 있었으며, 마치 열차모양으로 이어져 꼬리에서 꼬리를 물고 지구를 감싸고 있는 형상이 보였습니다.

전체적으로 수련이 향상된 것을 제 자신도 느끼고 있으나, 아직 삼합진공은 이루어지지 않았습니다. 아무튼 또다시 무언가 꿈틀거리며 다시 시작되려는가 봅니다. 오늘은 이만 줄이겠습니다. 또 메일을 올리도록 하겠습니다. 그럼 선생님과 사모님 두 분 모두 안녕히 계십시오.

라라미에서 제자 차주영 올림

【필자의 회답】

수련 중에 한인, 한웅, 단군의 삼황천제, 예수, 석가 그리고 여러 신명들이 나타나는 것은 차주영 씨가 아직도 그들의 도움을 받아야 할 처지에 있기 때문입니다. 어떤 수련자는 성인들이 자기를 도와주고 있다고 하여 겸손해지는커녕 도리어 우쭐해져서 자기가 성인들과 같은 반열에 올라섰다고 교만해지는 수가 있습니다. 그렇게 되면 백발백중 사도(邪道)에 빠지게 되어 있습니다.

그런데 차주영 씨는 그럴 때마다 나에게 보고해 오는 것을 보니 그 겸손한 태도가 앞으로 대성할 징후로 보여서 흐뭇한 생각이 듭니다. 그럴수록 세 가지 공부를 꾸준히 밀고 나가는 동안 자기중심이 확립되어 그런 형상들이 더이상 나타나지 않아도 되는 자립적인 경지에 도달하기를 기원합니다.

어려울 때 어려운 줄 알고 대처하기

삼공 선생님께.

선생님, 안녕하셨습니까? 상주 이미숙 이제서야 새해 인사 올립니다. 수련이 그런 대로 잘될 때는 한 달에 한 번 이상 메일을 썼는데, 최근엔 컴퓨터도 고장이 났고 또 기복이 좀 있어서 메일이 이렇게 늦었습니다. 죄송합니다.

선생님께서 수련이 잘될 때 오히려 재계하는 마음으로 만사에 자중하라 신신당부하셨는데도 그만 어느새 느슨해진 마음과 현명하지 못함으로 잠시 주춤거렸습니다. 역시 삼공선도 공부는 한순간도 방심해서는 안 됨을 절실히 느낍니다.

지난해 늦가을부터 더이상 계단을 오르지 못하고 층계참에서 헤매고 있습니다. 아무리 학교가 정신없이 돌아간다 해도 한 번쯤 걸음을 딱 멈춰 서서 저 자신을 따끔하게 질책하고 더 퍼지기 전에 추슬러 세웠어야 했는데 역시 매너리즘에 빠져 버렸습니다. 겨우 방학이 되고 나서야 퍼뜩 정신을 차리고 제 자신을 냉정하게 돌아보고 반성해 봅니다.

그것을 몇 가지로 정리해 보면 먼저, 일 년 사이에 몸무게가 무려 3킬로나 늘었다는 것입니다. 워낙 서서히 조금씩 늘기 시작해서 잘 못 느끼다가 이렇게까지 몸이 불고 나서야 아차 하고 정신을 차립니다.

새벽 5km 달리기나 요가 등은 잘 따라했으나 식탐을 했습니다. 1일 2식을 한 일 년 정도는 잘 지켜 왔는데 어느새 스며든 느슨함으로 그만

간식도 하고 조금씩 더 먹기 시작한 반찬으로 이렇게 되고 말았습니다. 경계하고 또 경계했건만 의지가 부족하였습니다.

두 번째로는, 이상하게 정좌를 하면 백회로 기운이 잘 들어오고 단전도 따스하고 몸도 따뜻해지는 건 그대로인데 진동이 잦고 다리가 많이 저립니다. 어떨 땐 어깨도 무거워 통증으로 호흡을 중단할 때도 있습니다. 전에는 한두 시간 정도는 다리 저림이 별로 없이 잘 몰두했었는데 어쩌다 이렇게 되었습니다.

세 번째는 그동안 잘 앓던 실수를 몇 번이나 저지른 것입니다. 평소 남들보다 일처리 하나는 야물딱지게 하는 편이었는데 어이없는 실수를 몇 번이나 저질러서 당황했습니다. 다행히 큰 건 아니었지만 제 자신을 믿을 수가 없게 되었고 또한 한심해 보여 좀 우울했습니다.

물론 누구나 실수는 있는 법이다라고 위로해 보았지만 씁쓸한 기분은 가시지 않습니다. 도대체 귀신이 곡할 노릇이었습니다. 그 정도로 정신없을 나이는 아직 아닌데 무엇이 문제인지 이건 아직 알아내지 못했습니다. 혹시 남들에게 너그럽게 대하려고 애쓰면서 그만 제 자신에게 너무 후하게 되어 그런 건가요?

네 번째는 진짜로 이가 썩어서 아픈 것을 명현반응과 헷갈려서 호미로 막을 일을 가래로 막을 뻔했다는 것입니다. 어디가 아프면 무조건 명현반응이라고 대충 넘길 일이 아닌데도 그만 바보같이 자세하게 관찰하지 않아 낭패를 보았습니다.

세심하게 관찰했더라면 잇몸이 그렇게 벌겋게 붓고 매끌매끌하면서 욱신거릴 땐 한 번쯤 진짜 썩어서 그런 거구나 하고 적절하게 치료를 했었어야 했는데 다 어리석은 제 탓입니다. 이젠 어디가 아플 땐 정성을 가지고 세심하게 챙겨 보기로 했습니다.

다섯째는 제가 맡고 있는 학급의 아이들뿐만 아니라 수업만 하는 아이들 중에서도 유난히 따르는 아이들이 많아 한편 행복하기도 했지만 그것보다는 마음고생이 많았습니다. 어디까지는 챙겨 주고 또 어디까지는 냉정하게 선을 그어야 할지 판단이 잘 안되는 경우가 많아 조금 헤맸습니다.

더구나 전 요즘 꼭 부모 같은 심정이 되어(아이들은 절 그래서 엄마라고 부릅니다) 아이들 하나하나가 모두 소중하고 그들 나름대로의 아픔과 슬픔이 그대로 전달되어 마음을 더 쏟게 되는 경우가 잦습니다. 너무 가까이 감으로 해서 진을 빼지 않기로는 했지만 힘들어서 방황하는 아이들을 그냥 못 본 척하기가 잘 안됩니다. 분명 제가 다할 수 없는 일인 줄 알면서도 아직 이 일만은...

지난 늦가을부터 서서히 나타난 현상들을 이렇게 돌이켜 반성해 봅니다. 곰곰이 생각해 보면 모두가 전체를 보지 못하고 부분에 얽매여서 생긴 일이며 또한 제 자신에게 엄격하고 혹독하지 못함에서 비롯된 일임을 알게 됩니다.

다시 딛고 일어서겠습니다. 어려울 땐 또 어려운 대로 대처하면서 묵묵히 제 할일 잊지 않고 해야겠지요. 번번이 비슷한 일로 심려를 끼쳐 죄송합니다. 그릇이 작다 보니 아직 버겁습니다. 작으면 작은 대로 같은 실수 안 하도록 애쓰면서 오늘 하루 마무리할까 합니다. 내일 찾아뵙도록 하겠습니다. 그럼 안녕히 계십시오.

2004년 1월 17일 토요일
상주에서 이미숙 올립니다.

【필자의 회답】

체중 조절은 항상 1킬로그램과의 전쟁이라 생각하고 매일 저울로 달아 보아야 합니다. 1킬로그램을 줄이는 것은 쉽지만 2, 3, 4킬로그램으로 늘어나기 시작하면 걷잡을 수 없게 됩니다. 그래서 나는 나이 많은 사람으로서 젊을 때의 체중을 유지하는 사람을 보면 속으로 은근히 존경심이 우러납니다. 그가 얼마나 건강관리를 위해 피나는 노력을 기울이고 있는가를 환히 알 수 있기 때문입니다.

뭐니 뭐니 해도 체중 조절은 식사와 운동 조절 외에는 달리 확실한 방법이 없습니다. 음양식을 철저히 이행하면 자연 식사량이 줄어들 것입니다. 간식과 야식을 하지 말고 세끼 식사로 해결이 안 되면 두 끼 식사로 할 것이고 두 끼 식사로도 해결이 안 되면 식량을 줄여야 할 것입니다. 운동 후 샤워한 뒤에는 반드시 저울로 몸무게를 달아 보는 습관을 들이기 바랍니다. 건강과 젊음을 유지하는 방법은 이것밖에 없습니다.

그리고 이미숙 씨는 지금 심하게 빙의가 되어 있습니다. 그런데도 스스로 아직 깨닫고 있지 못하고 있는 것 같습니다. 자신이 빙의가 되어 있다는 것을 아는 것과 모르고 있는 것 사이에는 큰 차이가 있습니다.

빙의가 되어 있는 것을 알고 있으면 어떻게 해서든지 거기서 벗어나려고 노력을 기울였을 것입니다. 자기 힘으로 안 되면 고수에게 찾아가 도움을 청할 수도 있었을 것입니다. 그러나 모르고 있으면 그것 때문에 뜻하지 않는 실수를 저질러 당황하게 될 것입니다.

빙의령에 대처하는 근본적인 대책은 수련을 향상시켜 자력으로 천도시키는 능력을 기르는 길밖에는 없습니다. 보내 주신 메일을 읽어 보아도 느닷없이 진동이 일어난다든가 어깨가 무겁고 통증이 생기고 전에 없이 성격이 느슨해졌다든가 하는 빙의의 징후들이 있었는데도 적절한 대책을 세우지 못했습니다.

심기일전하여 수련을 더욱 가속화시키기 바랍니다. 만약에 운기가 활발하여 몸 전체에 기운이 골고루 순환이 되었다면 자정 능력(自淨能力)을 발휘하여 충치가 생기는 일은 없었을 것입니다. 단전은 항상 따뜻하고 머리는 늘 시원한 수승화강(水昇火降) 상태가 유지되도록 수련에 박차를 가해야 할 것입니다.

꾸지람에 감사드리면서

삼공 선생님께

선생님, 저 그제 삼공재를 다녀온 이미숙입니다. 그날 못나고 어리석은 저를 따스하게 맞아 주시어 황송하기 그지없었습니다. 보통 예정 시간보다 그날은 일찍 도착하여 시간 여유가 있길래 선생님 보내 주신 메일을 미리 읽어 보고 삼공재로 갔는데 부끄러워 고개를 들 수 없었습니다.

내색은 않으시지만 늘 관심 가져 주시고 바쁘신 중에도 아낌없는 조언도 많이 해 주셨는데 정말 염치가 없었습니다. 사람이 마음의 긴장을 풀면 생각이 없어지고 정신이 죽는다더니 제가 딱 그 꼴이었습니다. 선생님의 조용하고도 따끔한 질책 감사히 받아들이며 이렇게 몇 자 올립니다.

어제는 눈 덮인 산엘 오르면서 제 자신에 대해 한 번 더 골똘히 생각해 보았습니다. 참으로 불쌍한 존재이더군요. 까딱하면 접신까지 될 뻔

한 빙의령을 왜 그토록 모를 수가 있었는지, 도대체 어디에 정신을 팔고 다녀서 그에 그 지경까지 가도록 몰랐는지.

그때 어이없는 실수를 했을 때 이게 빙의령의 장난이구나 생각을 했으면서도 왜 더 주의 깊게 살피지 못했으며, 또 마음이 지나치게 느긋해지는 것 또한 경계하지 못했는지에 대해 저 자신에게 준엄하게 묻고 또 물었습니다. 앞으로는 방심하지 않도록 경계 또 경계하여 이런 일이 되풀이되지 않도록 적절한 대책 세우겠습니다.

그리고 선생님, 오늘 부정확하던 체중계 밀쳐두고 대신 디지털 체중계를 하나 샀습니다. 정신일도하사불성(精神一到何事不成)이라고 했습니다. 처음처럼, 그때 처음 시작하던 그 순수했던 마음과 의지로 다시 해 보겠습니다. 식탐조차 다스리지 못하고 제 정신 상태 하나 제대로 챙겨보지 못하면서 어찌 다른 고초들을 이겨 나가겠습니까?

선생님께서 상세하게 일러 주신 방법 잘 새겨서 피나는 노력을 해 보겠습니다. 쉽지 않을 거라 각오를 단단히 합니다. 못나게도 벌써 몸에 배여 버린 듯 어제오늘 그렇게 자신을 준엄하게 질책하는 도중에도 식탐과 게으름의 유혹이 있었습니다.

잘못된 습관의 무서움을 느낍니다. 그러나 알면 고칠 수도 있으리라 믿고 의지를 다져 봅니다. 긴가민가해서 미루어 두었던 음양식을 철저하게 이행해 보렵니다. 작은 것들부터 소홀함이 없도록 챙겨 보며 자주자주 매일 드리도록 하겠습니다. 부족한 저에게 더 많은 꾸지람과 질책 부탁드리면서 그만 물러갑니다. 그럼 안녕히 계십시오. 감사합니다.

이미숙 올림

【필자의 회답】

수련은 숨쉬는 것과 같다고 생각하시기 바랍니다. 보통 사람은 3분만 숨을 쉬지 않아도 뇌에 산소가 공급되지 않아 뇌사 상태에 빠질 수 있습니다. 수련도 그와 마찬가지로 잠시도 방심을 하거나 중단을 해 버리면 10년 공부가 하루아침에 물거품이 되는 수가 있습니다.

수련은 부부나 친구 관계와 같다고도 말할 수 있습니다. 천 번을 잘 하다가도 단 한 번 잘못하면 과거에 천 번 잘해 온 것이 물거품이 되어 버립니다. 그러므로 천 번과 한 번이 다 같이 그지없이 소중한 것입니다.

일주일에 한 번씩 20년, 30년 등산을 해 오던 사람도 피치 못할 사정으로 몇 번 등산을 걸렸다가 다시 시작해 보면 새로 시작하는 것처럼 생소하고 힘겨웠던 일을 누구나 경험해 보았을 것입니다. 그래서 수련은 먹고 자고 배설하는 생리작용처럼 어느 하나도 빼먹고는 생존이 불가능할 정도로 일상생활화 해야 합니다. 수련을 생활의 일부 아니 생명의 일부로 만들어야 하는 이유가 바로 여기에 있습니다.

과거의 공적을 내세워 자만하거나 앞으로 닥쳐올 소털같이 많은 날들을 믿고 순간이라도 방심하면 그 사이에도 영락없이 마군(魔軍)이 침입하게 되어 있다는 것을 항상 명심해야 합니다. 아무리 영광스러웠다고 해도 과거는 이미 지나가 버렸으므로 오늘 다시 되살려낼 수는 없습니다.

그리고 아무리 찬란한 미래가 우리를 기다리고 있다고 해도 그것은 여전히 미래의 일이지 오늘, 지금의 일은 아닙니다. 바로 이 때문에 평생을 착한 일을 해 오던 사람도 목숨이 다하는 마지막 순간에 남을 원망하거나 누구에게 적개심을 품게 되면 바로 그러한 마음의 상태가 그대로 다음 생으로 이어지는 것입니다.

그러므로 중요한 것은 항상 지금 여기입니다. 지금을 헛되이 지내 버리면 늘 후회를 하게 됩니다. 언제나 지금 이 시간에 최선을 다해야 합니다. 한 번 흘러가 버린 강물은 다시금 되돌이킬 수 없는 것처럼 지금의 이 시간은 한 번 지나가 버리면 영원히 되돌이킬 수 없습니다.

지금의 한순간 한순간은 생의 처음이자 마지막 순간을 보내듯 최선을 다한다면 방심하는 일은 없을 것이며 시간을 헛되이 낭비하는 일도 없어지게 될 것입니다.

약편 선도체험기 16권

〈75권〉

다음은 단기 4337(2004)년 2월 10일부터 같은 해 6월 30일 사이에 있었던 필자의 수련 과정과, 필자와 수련생들 간에 오고간 수련과 인생에 대한 대화 그리고 이메일 문답을 수록한 것이다.

신불(神佛)에 대한 참회가 수련에 도움이 될까?

삼공재에 새로 나오기 시작한 하공진이라는 30대 중반의 수련생이 말했다.

"선생님, 저는 매일 새벽에 일찍 일어나 하느님과 부처님에게 108배를 하면서 그때까지 지은 죄를 참회하고 있습니다. 이러한 참회가 수련에 도움이 될까요?"

"하공진 씨는 혹시 종교를 믿습니까?"

"그렇지는 않습니다."

"그렇다면 구태여 하느님과 부처님에게 참회를 할 필요가 있을까요?"

"그럴 필요가 없다는 말씀이시군요."

"그렇습니다."

"그럼 저 같은 경우 참회를 하고 싶을 때는 어떻게 하면 될까요?"

"종교인이 아닌 하공진 씨와 같은 구도자는 신불(神佛)에게 참회를 할 필요는 없습니다. 어떤 신앙의 대상에게 참회를 하거나 복을 비는 것은 타력 신앙인(他力信仰人)들이나 하는 일이지 자력 구도자(自力求道者)가 할 일이 아닙니다."

"그럼 참회할 일이 있으면 어떻게 하죠?"

"자기 자신에게 참회하면 됩니다."

"어떻게 말입니까?"

"가령 하공진 씨가 누구에게 사기를 쳐서 손해를 입힌 일을 뉘우쳤다면 사기를 당한 사람에게 찾아가서 잘못을 사과하고 손해를 배상해 줌과 동시에, 마음속으로 앞으로 다시는 그런 나쁜 짓은 하지 않겠다고 자기 자신에게 굳게 다짐하고 실제로 두 번 다시 그런 짓을 되풀이하지 않으면 됩니다. 이것이 바로 남의 힘 빌리지 않고 제힘만으로 수련하는 구도자들이 참회하는 구체적인 방법입니다."

"그렇게 하면 될 텐데 왜 신앙인(信仰人)들은 신불(神佛)을 찾아 교회나 절에 가서 연보나 시주를 하고 참회를 해야 하는지 모르겠습니다." 하고 하공진 씨는 방금 전에 자기가 한 질문은 어느새 잊어버린 듯이 말했다.

"그건 신불이 바로 자기 자신 속에 있다는 것을 모르는 무지몽매 때문입니다. 구도(求道)란 신불이 남이 아니고 바로 자기 자신임을 깨달아 가는 과정입니다. 그래서 구도자는 하느님과 부처님을 교회나 절이 아니고 자기 자신 속에서 찾아냅니다.

그렇게 하는 것이 구도자가 볼 때는 정도(正道)인데 그렇게 하지 못하는 것은 사람들이 무슨 일이든지 자기 힘으로 할 생각을 하지 않고 남의 힘을 빌리려는 의타심(依他心)에 길들여져 있기 때문입니다.

사람은 어릴 때는 혼자서 살아갈 능력이 없으므로 부모에게 의지하게 됩니다. 그러나 성년이 되면 자립을 하여 부모 슬하를 떠납니다. 그런데 신앙인은 성인이 되어서도 어릴 때 부모를 의지하던 습관을 떨쳐 버리지 못하고 계속 신불에게 정신적으로 의지하려고 합니다. 신앙인이 신불을 구하여 교회나 절을 찾는 것은 바로 이 때문입니다."

"신불에게 참회를 하는 대신에 『천부경』이나 『삼일신고』, 『반야심경』이나 『금강경』 같은 것을 외는 것은 어떻습니까?"

"그런 경전을 외워서 수련에 도움이 된다면 외워도 좋습니다. 그러나 수련 초보 수준일 때의 일이지 수련이 높아지면 그런 것을 외우지 않아도 유유자적(悠悠自適)할 수 있을 때가 반드시 오게 될 것입니다. 그때에는 그런 경전을 외울 필요가 없어지게 될 것입니다."

"주기도문(主祈禱文)을 외우는 것은 어떻습니까?"

"그것은 글자 그대로 하나님에게 기도하는 문장입니다. 자력으로 수련을 해야 하는 구도자에게는 어울리지 않는 일입니다."

"그리고 불상(佛像)이나 예수의 십자가상이나 한웅이나 단군의 초상을 모셔 놓은 것은 어떻습니까?"

"석가, 예수, 한웅, 단군의 조각상이나 초상을 수련의 선배나 스승으로 존경하는 의미에서 모시는 것은 구도자가 할 수 있는 일이지만 그들을 신으로 받들거나 숭배의 대상으로 삼는 것은 신앙인이 할 일이지 구도자가 할 일은 못 됩니다."

묘혈(墓穴)에 흐르는 기의 상응 작용

풍수지리에 관심이 있는 오철웅이라는 30대 후반의 수련생이 말했다.
"선생님, 시골에 사는 저는 풍수 공부를 좀 했습니다. 이것이 이웃에 알려지면서 이장(移葬)을 하려는 사람들이 묫자리를 봐 달라는 청을 받게 됩니다. 조상의 묘를 이장해 달라는 사람 중에 이런 방문객이 있었습니다.

그는 선친의 묘를 쓴 지 10년쯤 되었다고 합니다. 그런데 최근에 와서 꿈에 아버님이 나타나서 오른팔 관절이 아파서 못 견디겠다고 호소하더랍니다. 공교롭게도 그때부터 그의 오른팔 관절 역시 심하게 아프기 시작했다고 합니다. 무속인(巫俗人)에게 물어봤더니 묫자리를 옮겨야 한다고 하더랍니다. 그래서 새 묫자리를 정하고 이장을 하려고 옛 묘를 파보니 나무뿌리가 바로 선친 유골의 오른팔 관절 부위를 휘감고 있었습니다.

어떤 사람은 고관절이 잘려 나가는 것처럼 아프다고 하면서 이장을 해야겠다고 했습니다. 그 묘를 파보니 이번에는 나무뿌리가 유골의 고관절을 휘감고 있었습니다. 그런데 신기한 것은 이장을 하고 나서 두 사람 다 팔 관절통과 고관절통이 씻은 듯이 사라졌다는 겁니다.

어느 지관이 그러는데 매장된 조상의 유골과 망인의 살아 있는 자손 사이에는 눈에 보이지 않는 기운이 흐르고 있으면서 상응 작용을 일으키고 있다고 합니다. 매장된 조상의 유골이 보통 때는 아무 일 없다가도 나무뿌리가 뻗어 내려와서 특정 부위를 휘감을 때는 그 뿌리가 유골의 기운을 흡수하므로 손기(損氣)가 된다고 합니다. 유골에 흐르는 기의 상응 작용으로 살아 있는 자손에게도 영향을 끼친다고 합니다. 그게 사실입니까?"

"우리처럼 체계적으로 기 수련을 하지 않은 보통 사람들에게는 조상의 유골이 나무뿌리의 침해를 받았을 때 손기가 되어 특정 부위에 고통을 당할 수도 있습니다. 그러나 선도수련을 일상화하여 운기가 활발하고 수승화강(水昇火降)이 정착된 수행자들에게는 그런 일이 일어나지 않습니다."

"그건 무엇 때문입니까?"

"수련으로 몸에 항상 강한 기운이 흐르는 사람은 비록 나무뿌리의 침해로 조상의 유골과 살아 있는 자손 사이에 기의 상응작용이 일어난다고 해도 영향을 받지 않습니다. 몸이 강건한 사람은 병균이나 기생충의 침해를 받아도 능히 자력으로 물리칠 수 있는 능력이 있는 것과 같습니다.

일단 단전에 축기가 되고 운기가 활발해져서 소주천, 대주천 수련이 정착되면 그 정도의 사기(邪氣)는 능히 막아낼 수 있기 때문입니다. 지하에 흐르는 수맥(水脈) 위에 집을 짓고 사는 사람은 수맥의 작용으로 건강을 해치는 경우가 있는데 이때도 기 수련을 하는 사람은 그런 수맥의 영향을 받지 않습니다. 수련으로 단련된 기운이 그러한 외부의 사기를 항상 막아주기 때문입니다."

"기공부를 일상화하고 있는 사람은 그렇다 치고 그렇지 못한 사람은 그런 경우 어떻게 해야 합니까?"

"두 가지 방법이 있습니다. 하나는 나무뿌리나 다른 사기(邪氣)의 영향을 받지 않는 명당으로 이장(移葬)을 하면 될 것입니다. 다른 하나의 방법은 처음부터 아예 화장을 하는 겁니다. 화장을 하면 조상의 유골 자체가 없어지므로 사기의 영향을 전연 받을 원인이 없어지게 될 것입니다."

"결국은 기공부를 하여 애당초 사기의 영향권에서 벗어나는 것이 최선책이고 기 수련을 하지 못하겠으면 처음부터 화장을 하는 것이 차선책이 되겠군요."

"그렇습니다. 그러니까 가장 하책(下策)은 매장입니다."

"명당을 잡기만 하면 되지 않겠습니까?"

"그러나 명당으로 알려진 혈자리는 이미 장구한 세월에 걸쳐서 모두 다 선점(先占)이 된 상태입니다. 좁은 국토에서 수요는 무한한데 묘지에는 한도가 있으니 시간이 흐를수록 묘지난은 가중될 것입니다. 그리고 일단 명당이라 하여 매장을 해도 5년 후, 10년 후에 나무뿌리나 뱀의 침해나 지각 변동으로 인한 지하수의 침해를 받지 않는다고 어떻게 장담할 수 있겠습니까?"

"그럼 결국은 기공부를 하든가 그렇게 하지 못할 바에는 아예 처음부터 화장을 하면 되겠군요."

"그렇습니다."

인과응보 부정하는 유명 인사

우창석 씨가 말했다.

"선생님, 며칠 전에 한 TV 강연을 보니까 ○○ ○○○이라는 연사가 청중들에게 인과응보는 카스트라는 엄격한 신분제도가 지배하는 인도 사회에서 그 사회의 지배층이 하층민들을 다스리기 위해서 고안해 낸 일종의 통치 수단에 지나지 않는다고 단언하는 것을 들었습니다.

카스트 제도하의 인도에서는 수천 년 전부터 지금까지 내려오는 가혹한 신분 차별로 특히 최하층민인 불가촉천민(不可觸賤民)은 사람이라기보다는 짐승에 가까운 천대를 받아 오고 있습니다. 같은 인간의 탈을 쓴 지배 계급이 천민들의 비참한 실상을 합리화할 수 있는 가장 효과적인 수단은 그들 천민들의 이승에서의 불행을 전생의 업보로 돌림으로써 상전에 대한 현실적인 불만을 무마할 수 있다는 것입니다.

다시 말해서 그들이 같은 인간이면서도 인간으로서의 대접을 못 받는 것은 순전히 그들의 전생의 잘못에 대한 업보 때문이니 군소리하지 하지 말고 상전의 말에 잘 따라야 한다는 것입니다. ○○이 이렇게 단정적으로 말하자 많은 청중들이 이에 열렬히 호응하는 것이었습니다. 과연 그의 주장이 옳을까요?"

"옳지 않습니다."

"왜 그렇게 생각하십니까?"

"○○은 인과응보를 크게 잘못 알고 있는 것이 틀림없습니다. 그는 인과응보를 특정 종교에서 말하는 원죄의식(原罪意識)과 동등한 것으로 착각한 것 같습니다. 인간은 태어나면서부터 인류의 조상이 지은 원죄를 그대로 타고났으므로 현실 세계에서도 그 원죄 때문에 고통을 받아야 한다고 강조함으로써 피지배 계급의 불만을 회피해 보려는 것이 중세의 서구 기독교 국가의 지배 계급의 의도였습니다. 이러한 의도가 인과응보에도 그대로 적용되었다고 ○○은 생각한 것 같습니다. 그러나 원죄의식과 인과응보는 근본적으로 차원이 다릅니다."

"어떻게 다른데요?"

"원죄의식은 특정 종교에서만 통용되는 일종의 독단(獨斷)이요 도그마지만, 인과응보란 우주를 움직이는 보편타당(普遍妥當)한 진리입니다. 그러므로 수많은 구도자들의 수행의 결과로 발견해 낸 진리입니다. 따라서 지구상의 어느 특정 지역에서 발생한 특정 지배 계급의 통치 수단으로 고안된 것이 아닙니다."

"아니 그렇다면 그렇게 말 잘하는 유식한 학자로 널리 알려진 유명인사가 그런 실수를 저지를 리가 있을까요?"

"유명인사라고 해서 반드시 옳은 소리만 하는 것은 아닙니다. 때로는 그렇게 터무니없는 망발을 터뜨리는 수도 있습니다. 만약에 인과의 이치를 부정한다면 현상계인 이 세상은 그 순간부터 엉망진창 뒤죽박죽이 되어 버리고 말 것입니다.

○○이 말하듯 만약에 인과의 이치를 부정한다면 그 자신의 존재를 부정하는 자기모순에 빠져버리고 말 것입니다. 어제 없는 오늘이 있을 수 없는 것과 같이 ○○이라는 존재의 전생이 없는 금생은 있을 수 없기 때문입니다. 이유 없는 결과는 있을 수 없다는 것이 이 현상계의 변함없

는 진리입니다. 그가 금생에 존재하는 것은 바로 전생의 업보가 있기 때문입니다. 그것이 없다면 그는 이 세상에 나타날 이유가 없습니다.

업보야말로 구도자가 극복하고 해소해 나가야 할 숙제입니다. 그러므로 업보를 압제의 수단으로 이용하려는 권력자가 나쁜 것이지 업보 자체가 잘못된 것은 아니라는 말입니다. 업보 즉 인과응보를 억압의 수단으로 이용하려는 자는 새로운 업보를 쌓는 것이고 이것 앞에서 좌절하지 않고 이를 발판으로 삼아 도약하려는 사람에게는 생명의 진화가 있게 될 것입니다.

현상계에서는 콩 심은 데 콩 나고 팥 심은 데 팥 나지, 콩 심은 데 팥 나고 팥 심은 데 콩 나는 일은 있을 수 없습니다. 이처럼 엄연한 인과관계를 부정한다면 모든 학문과 과학은 존재할 수조차 없을 것입니다."

"금생에 천민(賤民)으로 태어난 것은 전생에 남에게 박절하게 대하여 온 업보(業報)때문이라는 말은 진리입니까?"

"그렇습니다. 선복악화(善福惡禍)요, 청수탁요(淸壽濁夭)요, 후귀박천(厚貴薄賤) 즉 착한 사람은 복을 받고, 악한 사람은 화를 당하고, 기가 맑은 사람은 장수하고 기가 탁한 사람은 일찍 요절하며, 후덕(厚德)한 사람은 귀한 자리에 오르고 박덕(薄德)한 사람은 천박해진다는 것 역시 변함없는 진리입니다."

"그렇다면 바로 그러한 인과응보 사상은 지배 계급이 피지배 계급을 효과적으로 통치하기 위한 수단으로 이용될 수도 있지 않을까요?"

"물론 그럴 수도 있습니다. 그러나 그렇다고 해서 인과응보 사상이 반드시 지배 계급에게만 이용될 수 있는 것은 아닙니다."

"그게 무슨 뜻입니까?"

"그러한 인과응보 사상은 아무리 금생에는 미천한 피지배 계급이라고 해도 마음먹기에 따라서는 남에게 후덕하고 착한 일을 많이 하면 얼마든지 내세에는 훌륭한 사람으로 태어날 수도 있다는 희망을 갖게 할 수도 있다는 말입니다. 이 말은 금생의 지배 계급은 피지배 계급을 부당하게 착취하거나 억압하는 인생을 살 경우 내세에는 얼마든지 불가촉천민(不可觸賤民)으로 태어날 수도 있다는 것을 말해 줍니다."

"그러니까 인과응보 사상은 반드시 지배 계급이 피지배 계급을 억압하는 수단으로만 이용되는 것이 아니고, 지배 계급에 속한 사람도 바르고 착하지 않은 인생을 살 경우 다음 생에는 얼마든지 불가촉천민으로 태어날 수 있다는 경고가 될 수 있다는 말씀이군요."

"그렇습니다. 그러니까 인과응보 사상이 지배 계급이 피지배 계급을 억압하는 수단으로만 이용된다는 단정은 사물의 한 면만을 보고 내린 경솔한 판단이라고 할 수밖에 없습니다."

"우리나라에서는 그래도 동양학의 대스타로 크게 이름이 알려진 사람이 그러한 경솔한 실수를 저지를 수 있다는 것이 아무래도 잘 납득이 가지 않습니다."

"적어도 인과응보나 업보를 당당하게 대중 앞에서 말할 수 있을 정도가 되려면 학문도 깊어야 되지만 그에 못지않게 수련도 깊어야 하는데 그 사람은 아직 학문도 수행도 별로 깊지 못하기 때문에 그런 잘못이 부지중에 노출된 것으로밖에는 볼 수 없습니다."

"그렇게 단정적으로 말할 수 있을까요?"

"그럼요. 그분의 강의 내용을 유심히 들어보면 마음공부는 물론이고 기공부도 거의 되어 있지 않다는 것을 알 수 있습니다. 그는 기문(氣門)

조차도 열려 있지 않습니다. 그러기 때문에 그는 아직 기(氣)를 느끼지 못하고 몸속에 운기(運氣)가 되지 않으므로 수승화강(水昇火降)이 이루어지지 않고 있습니다."

"그걸 어떻게 알 수 있습니까?"

"강의 도중에 물을 마시거나 가끔 얼굴을 찡그리고 두통을 호소하는 것을 보면 알 수 있습니다. 운기가 되고 수승화강이 정상적으로 이루어지는 수행인(修行人)이라면 목이 마르거나 두통이 일어날 리가 없습니다. 바로 이 때문에 영적(靈的)인 능력도 평범한 사람의 수준을 넘지 못합니다.

지천명(知天命)의 나이에 든 그가 아직도 인과응보의 이치를 깨닫지 못했다면 그의 수행의 정도가 아직은 초보의 수준을 넘지 못하고 있음을 알 수 있습니다. 만약에 그가 숙명통(宿命通)이 열려 전생의 자신의 모습을 투시(透視)할 수 있었다면 인과응보와 업보를 그렇게 간단하게 부정해 버리는 어리석음은 범하지 않았을 것입니다."

"이번 기회에 ○○에게 유익한 충고를 한마디해 주시겠습니까?"

"지금부터라도 심기일전하여 마음공부와 기공부를 새롭게 시작해야 합니다. 그렇게 함으로써 그야말로 환골탈태의 자기 혁신을 단행하지 않는 한 새로운 고차원의 세계로 비약하기는 어려울 것입니다. 기존의 성과와 명예에 안주하는 한 그러한 기회는 영영 찾아오지 않을 것입니다."

【이메일 문답】

삼합진공 회복

삼공 선생님 전 상서

늘 가르쳐 주심에 깊은 감사를 드립니다. 선생님과 사모님께서는 늘 편안하시리라 생각합니다. 보내 주신 메일은 고맙게 읽었으며, 무슨 말씀인지 깊이 새기겠습니다. 그런데 언젠가 선생님께서 신명들이 나타나는 것은 수련을 소홀히 할 때 경고를 하기 위해서라고 말씀하신 것을 기억하고 있습니다. 그것이 바로 저의 경우에 있어서 그렇다는 생각이 듭니다.

그간 특히 최근의 과정을 돌이켜보면, 술을 마신 다음날에는 선생님이나 신명들의 모습이 느껴집니다. 아마도 저 자신의 죄책감 같은 것도 작용하지 않았나 하고 생각해 왔습니다. 그러나 제가 전혀 체질적으로 술을 못 마신다면 별문제가 없습니다만, 원래 술을 마실 줄 알고 또한 직장에서도 가끔씩 같이 마시는 친구들도 있으니 아주 끊기보다는 술과 잘 조화를 이루는 편이 현재로서는 필요하다는 생각이 듭니다.

그래서 제 경우에 있어서 나름대로 터득한 방법은 술을 마실 기회가 있으면 양주와 같은 독한 술은 마시지 않고 알콜 도수가 약한 맥주를 마시며, 중요한 것은 취할 때까지 마시지 않는 것과 이어서 자주 마시지 않는 것입니다. 사실 지난번 실수 때는 꼬냑을 이틀에 걸쳐 한 병을 마시고 3일간을 이어서 마신 후의 결과였었습니다.

아무튼 과음만을 피해 가며 잘 적응하는 것이 중요하다는 생각이 듭니다. 그리고 1일 2식은 오늘로서 일주일을 잘 넘겼습니다. 그러므로 술과 음식은 과음 과식을 하지 않으며 자기의 생활에 잘 조화를 시키는 것이 저로서는 최선의 방책인 듯싶습니다.

어제부터 호흡 시에 단전에 축기가 되고 뭉게뭉게 기가 피어오르더니, 오늘 아침의 수련 시에 삼합진공이 되었습니다. 아주 깊은 황홀감이 들 정도까지는 이루어지지 않았으나 그전과는 달리 어렴풋이 단전에서 백회의 밖까지 실린더 모양의 원통이 형성되었으며, 비록 약하기는 하나 기가 들어온다는 느낌을 받았습니다.

아주 오랜만에 찾아온 것이라 기분이 좋아 다리를 풀고 싶지 않았으나, 글쓰기에 중요한 아침 시간을 너무 허비하는 것 같아 도중에 멈췄습니다만, 그 후에는 머리도 한결 가벼워진 듯하며 단전은 폭 넓게 따뜻함을 늘 느끼고 있습니다. 그리고 제 중단에는 아직 예수님이 계시며, 한 번 더 중단전이 열려야 나가실 것 같은 생각이 듭니다.

앞으로도 1일 2식이며 세 가지 공부를 꾸준히 하면서 영어 공부며 일에도 정성을 다해 볼 생각입니다. 모든 것이 큰 어려움 없이 순조롭게 이어지고 있는 것은 늘 가르쳐 주시는 선생님의 은혜로 생각하고 있습니다. 앞으로도 끊임없는 지도와 편달을 부탁드리며 이만 줄이겠습니다. 그럼 선생님과 사모님 두 분 모두의 안녕을 빌겠습니다. 또 메일을 올리겠습니다.

라라미에서 제자 차주영 올림

【필자의 회답】

 삼합진공이 회복된 것을 축하합니다. 백회로부터 회음(會陰)에 이르기까지 직경 반 뼘 크기의 원통형 도관(導管)이 심어져서 이를 통해 12정경(正經)과 기경팔맥(奇經八脈)을 거쳐 온몸의 720개 경혈(經穴)에 기운이 골고루 자유롭게 유통됨으로써 잠시도 쉬지 않고 수승화강이 이루어져야 합니다.

 그러나 지난번 실수는 평생을 두고 다시 되풀이되지 않도록 단단히 명심해야 할 것입니다. 무릇 모든 수행자에게 있어서 과음(過飮), 과색(過色), 탐식(貪食), 마약(痲藥), 도박(賭博)은 독약과 같은 것이고 심하면 파멸을 가져온다는 것을 뼛속 깊이 새겨야 할 것입니다.

 특히 음주에는 세 단계가 있습니다. 사람이 술을 먹고 술이 술을 먹고 술이 사람을 먹는 것이 그것입니다. 어떠한 일이 있어도 사람이 술을 먹는 초기 첫 단계 이상을 넘어서는 일이 있어서는 아니 될 것입니다.

 어찌 술뿐이겠습니까? 무슨 일이든지 자기 자신이 스스로 다스리고 관리하고 조정할 수 있는 범위를 넘어서는 일이 있어서는 안 될 것입니다. 구도(求道)의 목적 자체가 자기 자신을 스스로 다스리고 관리하는 능력을 키우자는 것입니다. 그것을 잘 알고 있으면서 이성을 잃을 정도로 과음을 한다면 구도의 목적을 스스로 짓밟는 것이 될 것입니다.

 대체로 사람들이 실수를 저지를 때도 그것이 잘못인 줄 알면서 저지르는 것과 잘못인 줄 모르고 저지르는 것 사이에서는 처벌 수위가 다릅니다. 똑같은 절도 사건을 다룰 때도 범법자가 대졸자일 때와 중졸자일 때는 그 처벌 수위가 다릅니다. 그와 마찬가지로 구도자가 과음했을 때는 무명중생(無明衆生)이 과음한 것과는 비교할 수 없이 엄청난 부작용을 겪게 됩니다. 차주영 씨는 지난 사건으로 그것을 이미 깊이 깨달았을 것이라고 생각합니다.

만약에 앞으로 같은 실수가 되풀이되면 그때에는 이번처럼 단기간에 회복하기는 어려울 것입니다. 처음과는 달리 인신(人神)의 도움을 받기도 어려울 것입니다. 그래서 1년 또는 3년 이상이나 혼자서 과음 전의 상태로 되돌아가려고 무진 해를 쓰다가 안 되니까 실망 끝에 수련을 아예 포기하는 사람도 여럿 보았습니다. 타산지석(他山之石)으로 삼아야 할 것입니다.

머리가 맑아지고 피곤하지 않습니다

삼공 선생님 전 상서

보내 주신 메일은 고맙게 읽었으며, 가슴 깊이 새기겠습니다. 삼합진공에 대하여는 아직 확고하게 기경팔맥으로 기가 흐르는 것을 느끼지는 못합니다만, 어제 그것이 이루어진 후로는 머리가 맑아졌음을 느끼며 오랫동안 일을 하여도 지루함이 느껴지지 않고 늘 마음도 느긋해짐을 느낍니다.

그리고 아침형으로 서서히 바꾸기 위해 밤 9시 정도면 집에 돌아가 10시 전후에는 취침에 들려고 하고 있습니다. 어제는 11시경에 눈을 붙이고 4시에 자명종을 맞추어 놓았는데 2시 40분경에 잠이 깨어, 더 자고 싶은 생각이 들지 않아 3시에 조깅을 나갔습니다. 그리고 아침을 들고,

5시 30분에는 연구실에서 일을 시작하였습니다.

아마도 수승화강도 서서히 시작이 되고 그 때문에 피로도 덜 느끼는 것 같습니다. 또한 요즘 신기한 것은 2식을 하는데도 무기력함을 별로 느끼지 않고 있으니 아마도 제가 기감이 무디어서 잘은 못 느끼지만 늘 기가 들어오고 있다는 생각이 듭니다.

오늘도 어제와 같은 단순 작업을 새벽부터 지금까지 줄곧 하여도 피곤하지 않으며, 백회에서 기가 들어오는 것이 아닌가 착각이 들기도 하였습니다. 그리고 수승화강이 확실하게 정착이 되도록 3가지 공부를 충실히 이행해 볼 것입니다. 늘 변하지 않는 마음으로 하루를 솔직하게 살아가리라는 생각이 점점 더 확고해지는 듯합니다.

이러한 모든 것이 선생님의 끊임없는 가르침의 덕분이며, 기대에 어긋남이 없도록 앞으로도 정성을 다하겠습니다. 그럼 선생님과 사모님 두 분 모두 안녕히 계십시오. 또 메일을 올리도록 하겠습니다.

라라미에서 제자 차주영 올림

【필자의 회답】

내 경험에 의하면 하루 2식을 하면 수면 시간이 줄어듭니다. 나는 밤 12시에 잠이 들면 아침 4시 전후에 자동적으로 깨어납니다. 만약에 밤 10시에 잠이 들면 2시 전후에 반드시 깨어나게 되어 있습니다. 평소보다 식량이 줄어들면 수면 시간도 그에 비례해서 줄어든다는 것을 명심해야 할 것입니다.

그리고 삼공 수련을 하면서 음양식을 하는 사람은 1일 3식을 하다가 1일 2식으로 들어가도 허기를 느끼거나 무기력함을 느끼지 않게 되어 있습니다. 왜냐하면 운기(運氣)의 탓도 있지만 음양식을 하면 똑같은 양의 식사를 해도 더 많은 영양분을 섭취하기 때문입니다.

흔히들 우리가 보는 대변에서 심한 악취가 나는 것은 위장에 들어간 음식이 완전 소화가 되지 않았기 때문입니다. 그 이유는 음양식을 안 하는 사람은 식사 중에 국이나 찌개나 물김치를 먹든가 식후에 금방 차나 커피나 과일을 들어 수분을 많이 섭취하기 때문에 위액(胃液)이 희석되어 그만큼 완전 소화가 안 되기 때문입니다.

그러나 음양식을 하는 사람은 식사 도중에 물을 들지 않으므로 위액이 희석되는 일이 없어서 위장에 들어간 음식을 완전 소화합니다. 바로 이 때문에 음양식을 철저히 하는 사람은 대변을 보아도 냄새가 거의 나지 않습니다. 직접 한번 점검해 보기 바랍니다. 그래서 음양식을 하는 사람의 대변은 영양분이 없으므로 똥개도 먹지 않습니다.

그리고 지난번 있었던 위기 때 내가 가르쳐 준 세 가지 수행법은 비상시에만 이용하는 것이므로 보통 때는 이용하지 말아야 합니다. 수행자는 언제나 홀로서기 즉 자립(自立)을 염두에 두어야 합니다. 그 세 가지 수행법은 위급할 때만 사용하는 심폐소생술이나 전기충격 요법과도 같은 것입니다. 그러니까 위기나 비상시에만 사용하는 응급 구원 요청과 같은 것이므로 계속 이용하면 의뢰심만 키우게 되어 정상적인 수련에 도리어 장애가 될 것입니다.

두유(豆乳)

삼공 선생님 전 상서

보내 주신 메일은 고맙게 읽었습니다. 선생님께서 일러 주신 대로 오늘이 3일째입니다만, 새벽 3시에 전혀 거부감이 없이 일어나 조깅을 나갔습니다.

실제로 식사량이 줄어든 데 대한 후유증이 올 것을 미리 생각하고 있었습니다만, 조깅을 하는데도 그전과 다름없이 가벼운 마음으로 달리고 있으니 일반적인 상식을 깨는 것임에는 틀림이 없다는 생각을 하게 되었습니다.

어제는 점심때가 지나자 졸음이 오고 조바심이 드는 등 영양의 금단 증상이 느껴졌습니다. 그러나 5시가 되어 생식을 했더니 금방 기분이 가라앉고 정상으로 돌아왔습니다. 또한 밤에는 체육관에 시설이 된 인공 암벽에서 등반 강습을 받았습니다.

5불을 내고 초심자에게 가르쳐 주는, 자일 매는 방법과 사용하는 방법 등을 듣고 실기를 해 보았습니다. 실제로 암벽을 오른 것은 잠시였습니다만, 끝내고 연구실로 돌아오면서 느낀 것은 아주 정신이 맑아졌다는 것입니다. 아마도 오르는 동안 모든 것을 잊고 암벽에만 집중한 결과가 아닌가 하고 생각했습니다. 앞으로는 1주일에 2, 3번은 짧은 시간일지라도 시간을 내서 암벽을 타 볼까 합니다.

그리고 배설물에 대하여는, 그전 음양식으로 하루 3끼를 할 때부터 3, 4일 만에 숙변이 나왔고, 모양은 마치 염소똥 모양 동글동글하며 변기에 뜨는 것을 직접 확인한 적이 있습니다. 그리고 물론 냄새도 나지 않는 것을 확인하였습니다.

　또한 1일 2식을 시작한 지 오늘로서 10일이 지났습니다만, 생활 패턴이 아침형으로 정착이 되는 것 같고 호흡 시에 자주는 못 느끼나 삼합진공도 되며, 머리도 그전과 같은 집중력도 회복이 된 것 같습니다.

　그러나 마음은 그전과 다름없이 별로 변한 것 같지는 않지만 하루의 생활이라든가 앞으로의 해야 할 일들 그리고 사람들과의 관계 등이 조금도 가식이 없이 눈앞에 그려지는 것을 느낄 수 있으며, 마치 제가 멀찌감치 떨어져 제3자의 입장에서 저의 하는 모습들을 지켜보는 듯한 느낌이 듭니다. 그러니 기본적으로 당황하거나 조급해하는 일이 없어진 것 같습니다. 그러나 아직 문제가 되는 것은 수승화강이 정착되지 않았다는 것입니다.

　그리고 수련 시에 선생님께서 알려 주신 비상수단으로 천부경을 수시로 암송하고, 조깅 시에는 한기운 한마음 한누리를 외우면서 달렸습니다만, 다음부터는 그전처럼 행주좌와 어묵동정 염염불망 의수단전으로 바꾸겠습니다.

　그리고 한 가지 여쭙고 싶은 것은, 어제 오후에 영양의 금단증상 같은 것을 느껴 일을 하는데 장애가 오기에, 오늘은 물이나 차 대신에 두유를 마셨습니다. 그런 탓인지 어제보다 한결 나아졌음을 느꼈습니다. 그러나 한 가지 염려되는 것은 이것이 2식 효과에 악영향을 끼치지나 않을까 하는 생각입니다. 물이나 차 대신에 우유나 두유는 괜찮은지요?

　어제는 올 들어 가장 추운 영하 25도를 기록했습니다. 그러나 볼은 차게 느껴집니다만, 별로 춥다는 느낌을 받지 않고 지내고 있습니다. 그리고 이곳의 겨울은 5월까지 이어집니다. 끝으로 바쁘신데도 불구하시고 늘 가르쳐 주심에 다시 한 번 깊은 감사를 드립니다. 그럼 또 메일을 올리도록 하겠습니다. 선생님과 사모님 두 분 모두 안녕히 계십시오.

라라미에서 제자 차주영 올림

【필자의 회답】

실내 인공 암벽 등반은 좋은 운동입니다. 앞으로 있을 실제 암벽 등반에도 유익한 예비 운동이 될 수 있을 것입니다.

음료수 대신에 두유를 드는 것은 괜찮습니다. 1일 2식이 정착되기 전에는 식사 중간에 허기를 느끼는 수가 있습니다. 그럴 때는 운기조식(運氣調息)을 해야 합니다. 그리고 지금 하는 하루 두 끼씩 하는 식사량을 늘려야 합니다. 1일 3식 할 때 식사량을 둘로 나눈 분량을 한 끼에 들도록 해야 할 것입니다. 허기가 완전히 사라지려면 적어도 백일 정도는 걸릴 것입니다. 무리라고 생각되면 일시 중단했다가 다시 시작해도 됩니다.

수승화강(水昇火降)이 완전히 정착하려면 아직도 많은 시간이 걸릴 것입니다. 수련 시작한 지 3년 만에 하단전이 항상 따뜻하고 머리는 늘 시원한 상태가 일상생활화 된다면 아주 빠른 편이 될 것입니다. 그러니까 느긋하게 기다려야 할 것입니다.

중단전(中丹田)

삼공 선생님 전 상서

오늘은 조깅 시에 단전이 그리 달아오르지는 않았으나, 거의 끝날 무렵에 하늘 즉 우주 안이 단군 할아버지로 꽉 차 있는 것을 느꼈으며, 조금 시간이 지나자 그 우주가 제 중단전에 절반 정도 걸쳐진 상태로 변하다가 결국은 작아져서 제 중단전에 안착을 하였습니다. 그러면서 조금 마음이 열리는 듯한 기분이 들었습니다.

오늘도 낮에는 한 모금도 음료 등을 마시지 않고 지냈습니다. 그러면서 우리가 먹는 것이건 마시는 것이건 간에 몸이 요구를 하여 먹는다기보다는 때가 되면 먹어야지 하는 고정관념에 사로잡힌 결과가 아닌가 하는 생각이 들었습니다. 오늘도 어제보다는 조금 미약하지만은 단전이 따뜻하게 느껴졌습니다.

지금까지는 아침 식사 후 2시간 후부터 물을 마시지 않았으나, 무언가 마셔야 한다는 생각에 별로 마시고 싶지 않을 때도 마신 것을 제 자신도 느꼈습니다. 이것이 결국은 낮에 발동하는 양기를 꺼 버리는 결과로 단전이 식어졌다는 생각이 들었습니다.

그리고 어제와 오늘 암벽 등반을 30분 정도 하였건만, 지금까지 쓰지 않은 근육을 사용하였기에 어깨 부근의 근육통이 일지 않을까 하는 생각을 했습니다만, 전혀 못 느끼고 있어 매일 조깅의 결과인가 하는 생각도 해 보았습니다.

현재까지 선생님의 꾸준한 가르침 덕분에, 수련이건 개인 생활이건 간에 느리지만 착실하게 진전이 있는 것만은 제 자신도 느끼고 있습니다. 그러나 아직 낮에 졸음이 오는 문제며, 수승화강이 이루어지지 않아 머리가 맑지 않은 것이 흠이라면 흠이라고 생각합니다.

아마도 식사 방법의 변화 등에 적응하느라고 그러는가 싶으며, 일을 하는 데 지장을 초래할 정도는 아니어서 현재의 방법을 꾸준히 진행시켜 볼 예정입니다. 앞으로도 끊임없는 지도 편달을 부탁드리면서 오늘은 이만 줄이겠습니다. 그럼 선생님과 사모님 두 분 모두의 안녕을 빌겠습니다.

라라미에서 제자 차주영 올림

【필자의 회답】

자력수행(自力修行)을 하다가 보면 우리가 얼마나 많은 고정관념 속에서 아무런 반성도 없이 그저 습관적으로 살아가고 있는가 하는 것을 느낄 수 있을 것입니다. 어찌 보면 수련이란 이 숱한 습관과 고정관념이라는 장벽을 깨어나가는 과정이라고 해도 틀리지 않을 것입니다.

앞으로 일일이식(一日二食)을 백일 이상 한 뒤에 일일일식(一日一食)을 한 일주일 동안만 해 보면 아마도 더 많은 것을 깨닫게 될 것입니다. 그리고 이담에 장기 휴가를 얻어 21일쯤 단식을 해 보면 더 많은 진실을 체감(體感)하게 될 것입니다. 이렇게 스스로 체험하여 진실을 체득하여 나가는 것이 참된 공부입니다.

지난번 메일에서는 『선도체험기』를 이제 겨우 4권을 읽었다고 했는데 그런 속도로 지금 나온 73권까지 다 읽으려면 몇 년이 걸릴지 않을까 합니다. 지금 차주영 씨는 그렇게 한가하게 수련을 할 때가 아닙니다. 어떻게 하든지 읽는 속도를 높여서 73권까지 다 읽어야 합니다. 그래야 수련도 계속 신속히 진행되고 나와의 이메일 교신도 원활해질 수 있을 것입니다.

수승화강(水昇火降)

삼공 선생님 전 상서

늘 가르쳐 주심에 깊은 감사를 드립니다. 보내 주신 메일은 뜻을 깊이 새겼습니다. 대단히 감사합니다.

1일 2식은 그저께가 고비였던 것 같습니다. 낮에 갈증도 나고 앉아 있는 것보다는 누워 있는 것이 나을 것 같아 집에 돌아가 2시간 정도의 숙면을 취했습니다. 그랬더니 몸에서 생기가 살아나기 시작하고 어제와 오늘까지 이어지고 있습니다. 머리는 많이 맑아졌으며, 마치 수승화강이 서서히 이루어지는 듯한 느낌이 들었습니다.

그리고 어제는 그전 한창 수련이 진행될 때 체험했던 일, 즉 제가 필요한 것을 부르면 척척 옆에 오며, 백두산이며 한라산 기운들을 끌어들인다고 생각만 해도 이루어지는 것이었습니다. 그러나 그전보다는 좀 힘이 희미하였으나 이번에는 제 자신의 힘으로 할 수 있다는 무엇인가가 느껴져서 자신감이 마음 한구석에서 일고 있는 것이 느껴졌습니다. 또한 가만히 앉아 있어도 단전이 달아오르는 등 드디어 제 길을 찾은 것 같은 착각마저 들었습니다.

오늘은 새벽 3시에 일어나 조깅을 할까 아니면 두 시간 일을 한 다음 5시에 할까 궁리를 하다가, 선생님으로부터의 충고도 있으시고 해서 103배를 한 다음 『선도체험기』를 읽었습니다. 앞으로는 이런 패턴으로 수련에 좀더 박차를 가할까 합니다.

사실 생각해 보면 사는 목적이 인내천(人乃天)을 깨닫고 홍익인간 하자는 것이니, 현재의 저로서는 연구도 중요하지만 수련 또한 이에 못지않게 중요하다는 생각을 하였습니다. 결국은 제 주위에서 이루어지는 모든 일이 중요하지 않은 것이 하나도 없다는 것을 깨달았습니다.

앞서 말씀을 드린 바와 같이 1일 2식도 어느 정도 정착이 된 것 같고 (낮에 아무것도 마시지 않는 때문인지 침이 자동적으로 나와 목을 축여 주는 것을 느낍니다), 오늘 조깅 시에는 백회와 상단전으로 시원하게 기가 들어오고 단전이 달아올랐습니다.

선생님의 가르침으로 정상적인 회복이 되는 것 같으며, 고삐를 늦추지 않고 계속 정진할 생각입니다. 다시 한 번 더 깊은 감사를 드리며 다시 메일을 올리도록 하겠습니다. 그럼 선생님과 사모님 두 분 모두의 안녕을 빌겠습니다.

라라미에서 제자 차주영 올림

【필자의 회답】

 수련이 예상했던 대로 잘 진행되어 다행입니다. 그러나 내가 바라는 것은 지금까지 나온 『선도체험기』를 어떻게 하든지 빨리 독파(讀破)하는 것입니다. 물론 그전에 한 번 읽은 것은 알고 있지만 수련이 본격화되기 전이어서 읽는 의미가 다를 것입니다.
 73권까지 수련이 상당히 진행된 수행자의 새로운 눈으로 통독을 해야 내가 겪었던 시행착오를 되풀이하지 않게 될 것입니다. 읽다가 8, 9, 10권과 같이 수련과는 직접 관련이 없는 오행생식에 관련된 부분이나 40권 이후의 고전(古典)을 번역한 것은 건너뛰어도 됩니다. 그런 것은 시간이 날 때 후에 읽어도 되니까요. 『선도체험기』 독자들 중에는 직장에 다니면서도 하루에 한 권씩 읽었다는 사람도 있었습니다. 하루에 한 권씩 읽어도 두 달 이상을 읽어야 할 것입니다.

신통력(神通力)

삼공 선생님 전 상서

보내 주신 메일은 고맙게 읽었습니다. 그리고 말씀하신 대로『선도체험기』를 가능한 한 빨리 끝내도록 하겠습니다. 현재로서는 6권을 읽고 있습니다.

오늘 아침도 3시에 일어나 103배를 하고 5시까지『선도체험기』를 읽다가 조깅에 나갔습니다. 달리면서『선도체험기』를 읽는 시간이며 영어 공부 시간 등의 배합에 대하여 생각을 하면서 달리는데 갑자기 늘 보고 있는 영영사전 한 권 전체가 제 상단전에 들어와 있는 것입니다.

그래서 무슨 단어를 찾아보아라 하면 상단전 안에 또 다른 제가(참나?) 가부좌를 틀고 앉아 앉은뱅이책상 위에 놓인 그 사전을 펼쳐 저에게 알려 주는 것이었습니다. 물론 글자는 제가 알아볼 수가 없었습니다.

그런데 사전의 처음 A와 끝의 Z 그리고 페이지 수는 선명하게 보였습니다. 그리고 상단전의 제가 저에게 발음을 알려 주는 것이었습니다. 예를 들면 ph는 f로 발음한다든가 등입니다. 그리고『팔만대장경』을 보고 싶구나 하면 해인사의 대장경 목판이 전부 다 들어와 있고, 읽지는 못하지만 한자들이 나열되어 있는 것까지는 보였습니다.

또한 무엇이든지 예를 들어 음악 악보 등등 제가 알고 싶은 것은 전부 다 들어오며, 이들이 각각 제 뇌세포 하나하나에 저장이 되어 예를 들면 영영사전은 이 세포, 대장경은 그다음 세포처럼 마치 도서관에 장서를 하여 놓는 것 같았습니다. 현재도 제 상단전에는 또 다른 제가 앉아 있으며, 지금이라도 무엇을 알아보려고 하면 즉시 알려 주려는 듯이 대기하고 있습니다.

이것을 느끼면서 성철 스님께서는 여러 개의 외국어를 구사하셨다는 것, 그리고 흔히 천재며 미술가며 음악가며 작가며 등 남다른 재주가 있는 사람들은 그 사람들이 능력이 있어서라기보다는 현생이건 전생이던 간에 어떤 인연으로 인해 그들의 재능을 단지 하늘로부터 잠시 부여받은 것이 아닌가 하는 생각이 듭니다. 그러니 그 사람들은 늘 하늘에 고마워해야 하고 주위에 겸손해야 하고, 또한 그로 인해 재물이 생겼으면 나누어야 한다는 것이 생활의 기본이며 도리가 아닌가 하는 생각을 해 봅니다.

그러나 대부분의 사람들은 그것이 자기 개인 능력이란 착각 속에서 살고 있으며, 그러다 보니 이름이나 속된 말로 출세를 하게 되면 거만을 떨고 권력과 재력을 총동원하여 자신의 이익만을 위해 세월을 보내는 것이 아닌가 합니다. 그러다 보니 주위에서도 자주 보이는, 말년에 망신으로 끝내는 경우가 있는 게 아닌가 합니다.

오늘의 체험을 하면서 성급한 생각일지는 모르겠으나, 흔히 말하는 영안이 트이기 시작 한다고나 할까? 하늘로부터 조그마한 능력을 부여받는 느낌도 듭니다. 아마 새벽의 103배를 하여서인지는 저로서는 알 수 없으나, 앞으로도 지금의 패턴으로 정성을 들여 볼 생각입니다.

그리고 지금은 연구실에 앉아 있으나, 옆에 놓여 있는 책을 보면 그것들이 척척 상단전에 들어와 총천연색 그대로의 모습으로 보입니다. 그래서 제 생각으로는 현재 제가 급한 것은 영어 공부인데 한 줄 한 줄 정독을 하면 전부 상단전에 정리가 되었다가 필요시에 쓸 수 있을 것 같은 생각이 들어 한번 실험해 볼 생각입니다.

아무튼 오늘 일은 저에게는 큰 사건이 아닌가 하는 생각이 들며, 아직 미약하나마 세상이 어떻게 구성되었으며 또한 구성 요소들이 전부 다 파악이 되는 듯이 느껴집니다. 결국은 상단전이 한 번 더 트이는 것이 아닌가 하는 생각이 듭니다.

바쁘신데도 불구하시고 늘 이끌어 주심에 다시 한 번 깊은 감사를 드리며, 계속해서 정진해 보겠습니다. 그리고 『선도체험기』 73권을 보내 주실 수가 있으신지요? 대금은 전의 잉여분에서 모자라시면 제가 즉시 송금하여 드리겠습니다. 그럼 선생님과 사모님 두 분 모두의 안녕을 빌겠습니다. 또 메일을 올리겠습니다.

라라미에서 제자 차주영 올림

【필자의 회답】

상단전에 책이 들어오는 일은 좀 더 추이를 지켜보아야 할 것입니다. 상단전에 영영사전이 들어왔다면 필요한 단어를 알아보려고 할 때 그 해설까지도 선명하게 보여야 할 것입니다.

어떤 사람이 음악에 천재적인 재능이 있다면 그 재능은 하늘이 그에게만 특별히 부여한 것이라고는 말할 수 없습니다. 왜냐하면 모든 결과는 반드시 합당한 원인이 있기 때문입니다. 다시 말해서 이 우주 안에서 일어나는 어떠한 현상이든지 우연히 그렇게 되는 일은 없기 때문입니다.

어떠한 결과든지 인과응보 아닌 것은 없습니다. 만약에 어떤 한국 사람이 한국에서 태어나면서부터 누가 가르친 일도 없는데 영어를 특별히 잘했다면 그는 전생에 영국인이나 미국인이었을지도 모릅니다.

거듭 말하지만 수련 중에 일어나는 어떠한 초능력 현상이든지 부질없는 일 즉 말변지사(末邊之事)로 취급하기 바랍니다. 초능력에 특별한 의미를 부여하든가 집착하는 그 순간부터 그 사람은 이미 사도(邪道)로 빠질 경향이 있다고 말해도 과언이 아닙니다.

그러므로 구도자가 초능력 현상에 일희일비(一喜一悲)하는 것처럼 경솔한 일도 없습니다. 왜냐하면 초능력은 언제 나타났다가 언제 사라질지 아무도 모르는 일이기 때문입니다. 초능력 즉 신통력(神通力)은 수행자의 성심과 인내력, 자만심 따위를 시험해 보기 위한 섭리의 작용일 수도 있다는 것을 늘 명심해야 할 것입니다.

『선도체험기』 73권은 우송하겠습니다. 대금은 잔여분으로도 충분합니다.

축기에만 전력을 다할 작정입니다

삼공 선생님 전 상서

보내 주신 메일은 고맙게 읽어 보았습니다. 그리고 가르쳐 주신 뜻은 가슴에 새기겠습니다.

저도 그 일이 있고 나서 여러 가지로 생각해 보았으나, 일시적인 현상일 수도 있고 아니면 수련에 자극을 주기 위한 하나의 이벤트였을지 모른다는 결론을 내렸습니다. 물론 저에게는 그러한 능력이 주어진다면 앞으로의 연구 활동 등에 획기적인 사건이 될지는 모르지만 아직 때가 아닌 것만은 사실입니다.

우선 목표가 성통공완하는 것이니, 그러한 것들은 그다음에 제 나름대로 개발하여도 늦지 않을 것이라는 생각을 하게 되었습니다. 또한 어떤 주어진 일에 열중하다 보면 도가 트인다는 말이 있는데 결국은 그러한 경지일 것이라는 생각이 들고, 결국은 한 가지 일이 어느 경지에 달하면 도는 서로 통하듯이 만물을 보는 눈에도 도가 트이는 것이 아닌가 하는 생각도 해 봅니다.

요즘은 조용한 나날을 보내고 있습니다. 수승화강이며 삼합진공(三合眞空) 등에 의식을 두지 않기로 하였습니다. 늘 단전에 의식을 두고 축기에만 전력을 다할 작정입니다. 그리고 1일 2식을 한 지가 오늘로서 23일이 지나서인지 전혀 생활에 지장이 없으며 아주 좋은 상태로 하루하루를 보내고 있습니다.

물론 아침에도 3시면 일어나 103배를 하고 책을 보다가 운동을 하고 출근을 하는 것이 생활 패턴이 되어 가는 것 같습니다. 아무튼 언제 수련에 대한 소기의 목적을 달성할 수 있을지는 누구도 알 수 없는 일이라고는 생각합니다만, 현재 제가 할 수 있는 일은 세 가지 공부뿐이라고 생각됩니다.

또한 지금의 제 상태에서는 『선도체험기』를 빠른 시일 내에 숙독(熟讀)을 하는 것이 급선무라고 생각됩니다. 이는 또한 선생님께서도 지적을 하여 주셨듯이 마음공부며 기공부에 큰 도움이 되리라는 생각이 듭니다만, 주어진 일과 잘 조화를 이루는 선에서 서두르지 않기로 하였습니다.

요 며칠은 햇살도 포근하고 고산지대이기는 합니다만, 서서히 봄이 다가오는 것을 느끼고 있습니다. 벌써 미국 생활이 앞으로 2개월이면 1년이라는 생각에, 참 잠깐이라는 생각과 처음 일본을 떠나면서 다졌던 각오들을 되뇌곤 합니다. 아무튼 하루하루를 생의 최후의 날이라 생각을 하고 살아가도록 노력하고 있습니다.

그리고 보내 주신 73권은 도착되는 대로 읽어 보도록 하겠습니다. 여러 가지로 감사를 드리며, 앞으로도 끊임없는 지도와 편달을 부탁드리며 이만 인사로 끝을 맺을까 합니다. 그럼 선생님과 사모님 두 분 모두의 안녕을 빌겠습니다.

라라미에서 제자 차주영 올림

【필자의 회답】

구도자는 누구에게도 의존하지 않습니다. 그러므로 누구의 특별한 은총이나 기적이나 요행이나 횡재 따위를 애초부터 바라지 않습니다. 믿는 것이란 오직 바르게 사는 일과 자기 자신의 노력과 능력과 성심밖에 없습니다. 구도자는 등산가가 한 걸음 한 걸음 정상을 향해 올라가는 심정으로 수행을 합니다.

오직 실사구시(實事求是)만을 따르기 때문에 번뇌와 망상에 빠지는 일도 없습니다. 자기 노력의 정당한 평가 외에는 바라는 것이 없으므로 허황된 꿈이나 기대에 부푸는 일도 없습니다. 따라서 초능력이나 신통력 따위에 현혹당하는 일도 있을 수 없습니다.

경전을 읽다가도 기적이나 이적을 전면에 내세우는 기사가 나오면 그 진실성을 일단 의심해 보아야 합니다. 성경에도 불경에도 이적(異蹟)과 기적(奇蹟)에 대한 기사가 등장할 때는 그 당시의 수준 낮은 중생들의 관심을 끌어들이기 위한 포교의 방편이었다는 것을 알아야 할 것입니다.

설사 어떤 성인이 수시로 이적을 행했다고 해도 그것은 진리를 깨닫는 문제와는 하등의 관련이 없다는 것을 알아야 할 것입니다. 그것은 요행수를 바라는 범인(凡人)들의 호기심을 종교 선전에 교묘하게 이용한 것밖에는 안 되는 것입니다.

결론적으로 말해서 이적과 기적이 많이 들어간 경전일수록 그 질이 떨어진다는 것을 알아야 할 것입니다. 약장사가 약을 팔기 위해서 많은 사람들의 시선을 끌려고 요술을 부리는 것과 다르지 않습니다. 부디 수련 중에 나타나는 이상한 화면에 현혹당하는 일이 없어야 할 것입니다. 구도자는 오직 무소뿔처럼 혼자서 온갖 난관을 헤쳐 가며 당당하게 나아갈 뿐입니다.

소강상태(小康狀態)

삼공 선생님 전 상서

늘 가르쳐 주심에 깊은 감사를 드립니다. 선생님과 사모님께서도 늘 안녕하시리라 생각합니다. 그리고 보내 주신 메일은 감사한 마음으로 읽었습니다.

선생님의 가르치심 중에 바르게 사는 것이란 무엇인가에 대하여 생각해 보았습니다. 즉 사물을 보고 판단하고 행동할 때에 사심이 전혀 내재되어 있지 않은 있는 그대로의 모습을 볼 수 있느냐에 해답이 있는 듯합니다.

특히 저와 같이 자연과학을 연구하고 있는 입장에서 보면 바르게 본 것을 바르게 기록으로 남기는 하나의 작업에 불과한 것이 아닌가 하는 자각도 해 봅니다. 한편 교육자로서의 선생과 학생과의 관계에 대하여도, 일반적으로는 먼저 공부한 기득권을 가지고 학생들을 좌지우지하는 문제며 특히 논문을 지도할 때 그것이 본업이면서 그리고 그를 위해 보수를 받으면서, 흔히들 학생을 위해 봉사를 한다는 생각을 하는 경우도 적지 않다고 생각합니다. 그러다 보니 서로간의 불신이 생겨 갈등을 빚는 경우도 비일비재하다고 생각합니다.

지금까지 6년여 동안 이런 직업에 종사해 오면서 아직 뚜렷한 주관도 없이 지내 왔느냐고 반문하기보다는, 과연 욕심을 버리고 연구에 그리고 교육에 종사하여 왔는가에 대하여 돌이켜보면 아니오라는 답이 서슴없이 나오는 것을 느끼고 있습니다.

그러나 이번의 신통력 같은 것을 겪으면서 또한 선생님께서 가르쳐 주신, 자기가 노력한 정당한 대가 이외에는 모두가 부질없다는 진리를 조금이나 생각할 수 있고, 또한 저의 앞으로 연구자와 교육자로서의 방향이 잡힌 것 같아 마음이 푸근함을 느낍니다.

한편, 현재 『선도체험기』를 12권까지 읽었습니다만, 사이비 교주 문제, 선생님께서의 검찰 신문 과정에서의 생긴 일들 그리고 찾아오는 수련생들의 백회를 열어 주는 문제 등을 읽으며 제 마음이 편치 않음을 느끼곤 합니다.

결과적으로 현실 사회에는 바르게 살려는 사람보다는 편히 살려는 그리고 노력의 대가보다는 그 이상의 요행을 바라는 집단이 월등히 많구나 하는 생각이 들며, 이런 원인으로 악순환은 계속되지 않나 하는 생각을 해 봅니다. 물론 각자가 제 밥그릇대로 살아갈 뿐이라고 생각하면 별 문제될 것은 없을 수도 있으나, 바르지 않다고 느낀 이상 외면만 할 수 있는 일은 아닌 듯합니다.

요즘은 수련에 큰 진전은 일지 않고 있습니다. 물론 단전은 따듯하게 가동이 되고 있으며 머리도 무겁거나 하는 것은 아니니 일시적인 소강상태가 아닌가 합니다. 언젠가 선생님께서 일러 주셨듯이 마음이 열린 만큼 기운을 받아들일 수 있는 것처럼, 마음이 아직 닫혀 있기 때문으로 생각합니다.

요번 일주일은 집중해서 써야 될 것도 있고 해서 그것을 끝내 놓고는 『선도체험기』를 숙독하면서 좀더 수련에 정진할 생각을 가지고 있습니다. 또한 현재 진행 중인 1일 2식도 꾸준히 밀고 나갈 작정이며 그동안 수개월 동안 진행되어 오던, 머리가 빠지고 살비듬이 생기는(환골탈태) 문제는 거의 끝난 것 같습니다. 물론 피부가 보드랍고 고와졌습니다. 몸무게 또한 58~60킬로그램으로 안정된 상태입니다.

요사이 봄이 오는가 싶더니 어제부터 눈이 내리고 있습니다. 이곳은 고산지대라 일기가 변화무상하다는 표현이 옳은 듯합니다. 선생님의 끊임없는 가르치심에 다시 한 번 더 깊은 감사를 드리며 또 메일을 올리도록 하겠습니다. 그럼 선생님과 사모님 두 분 모두의 안녕을 기원합니다. 안녕히 계십시오.

라라미에서 제자 차주영 올림

【필자의 회답】

세상사가 다 그렇듯이 수련에도 반드시 굴곡이 있습니다. 오르막이 있으면 내리막이 있고 힘든 일이 있으면 쉬운 일도 있게 마련입니다. 고진감래(苦盡甘來)라는 말도 있습니다. 그러나 지내 놓고 보면 오르막이나 내리막이나 평지나 다 목표 지점에 도달하는 데 꼭 필요한 과정이라는 것을 알 수 있게 됩니다.

그러므로 평시에는 난시에 대비하여 힘을 비축하고 난시에는 평시를 내다보고 희망을 가져야 할 것입니다. 그리고 바르게 사는 문제를 너무 어렵게 생각할 필요는 없다고 생각합니다. 바르게 산다는 것은 자기 양심에 가책을 받지 않는 생활을 말합니다. 그러려면 사익(私益)보다는 공익(公益)을 우선하는 생활을 해야 할 것입니다.

우주 공간에 지구가 떠서 운행할 수 있는 것은 구심력(求心力)과 원심력(遠心力)이 균형을 잡을 수 있기 때문입니다. 남을 위해 자기 자신을 철저히 희생하는 사람은 생존할 수 없습니다. 자기도 살고 남도 살아야 합니다. 내가 살아야 이타행(利他行)도 할 수 있는 것이 아니겠습니까?

엄동설한에 남을 위한다고 자기 옷을 홀딱 다 벗어서 남에게 주어 버린다면 그는 당장 얼어 죽어 버리고 말 것입니다. 그처럼 어리석은 사람은 없을 것입니다. 자기가 죽어 버린다면 어떻게 이타행인들 할 수 있겠습니까? 그래서 자기도 살고 남도 살아야 합니다. 그것이 진정한 이타행이 될 것입니다.

이것을 일컬어 자리이타(自利利他)라고 합니다. 상부상조(相扶相助), 공존공생(共存共生)에 항상 주안점을 둔다면 마음은 점차 넓어질 것이며 중용(中庸)과 중도(中道)의 지혜를 터득할 수 있게 될 것입니다. 이 지혜에 도달할 때 생사일여(生死一如)의 경지를 실감할 수 있을 것입니다.

가벼운 부상

삼공 선생님 전 상서
늘 가르쳐 주심에 깊은 감사를 드립니다.
선생님과 사모님께서는 그동안 안녕히 지내셨는지요? 선생님으로부터의 메일은 감사하는 마음으로 읽었습니다. 그러나 선생님으로부터 메일을 받은 지 10여 일이 흐른 것 같아 송구스러운 생각이 앞섭니다.
그리고 보내 주신 73권은 고맙게 받아 보았습니다. 모든 일에는 굴곡이 있듯이 요즘에도 수련에는 큰 진전이 없는 듯합니다. 물론 여기에는 저의 열의가 약해졌다는 것이 주원인으로 생각됩니다만 그간의 일들에 대하여 적어 볼까 합니다.
우선 지난주 월요일에는 뜻하지 않은 가벼운 부상을 입었습니다. 아침에 연구실에서 계단을 내려가다가 그만 미끄러져 머리를 계단의 기둥에 부딪치고 말았습니다. 워낙 무방비 상태로 순식간에 당한 일이라 미처 손쓸 틈도 없이 미끄러지면서 엉덩이가 먼저 떨어지고 뒤이어 머리가 닿았습니다.
그 후 벌떡 일어나 머리를 만져 보니 툭 불어났지만 겉으로는 피는 흐르지 않았습니다. 혹시 내출혈이라도 일어나지 않았나 걱정이 일었습니다. 그러나 정신을 잃었던 것은 아니고 2~3일간 지켜보기로 하였습니다.
의학적인 지식이 해박한 것은 아니나 군대에서 위생병으로 3년간 중환자실에서 근무할 때 주워들은 기억을 되살려 보면, 머리에 충격을 받아 뇌출혈이 일면 뭉친 피가 뇌를 누르는데 그 증상으로는 구토 등의 자각증상을 동반한다(?)는 것이 언뜻 생각이 났습니다. 다행히도 4~5일간 머리는 뻐근할 뿐 염려되었던 일은 벌어지지 않아 안도를 할 수 있었습니다.

미끄러진 원인은 아침 이른 시간에 청소부가 한 물청소가 채 마르지도 않은 상태였으며, 그다음은 제 신발도 거의 7년 정도 신은 것이라 뒤축이 닳고 닳아 늘 눈길을 다닐 때는 주의를 기울였건만 건물 안이고 해서 방심했던 것이 큰 원인으로 생각됩니다.

아무튼 저번 일주일은 그렇게 시작되었으나 집필 등으로 바쁘게 보냈습니다. 그런데 수요일쯤으로 기억이 됩니다만, 아침에 눈을 떴는데 갑자기 제 단전으로 현재의 주위 사람들이 하나둘씩 전부 다 들어오는 것이었습니다.

그러더니 제 마음이 한량없이 편해지면서 그들에게 자비를 베푸는 것이었습니다. 그런데 자비를 베풀면 베풀수록 제 마음이 더욱더 즐거워지고 최고의 경지에 도달함을 느꼈습니다. 이것을 겪고 나서 생각하기를 이제부터는 마음공부에 더욱더 충실하라는 메시지이며 곧 마음의 변화가 올 것 같은 예감이 일었으나, 현재까지는 이렇다 할 변화는 아직 없습니다.

그리고 금요일부터 일요일까지는 집에서 꼼짝 않고 집필에 몰두하였습니다. 그리고 주말에는 늘 입고 있는 생활한복을 세탁도 할 겸해서 청바지 차림으로 보냅니다만, 쓰레기를 버리고 돌아오는데 갑자기 40대인 제가 몸도 마음도 20대인 것 같은 생각이 들면서 제 자신도 젊음을 그대로 간직하고 있는 듯한 느낌을 받았습니다.

그 원인으로는 현재의 제 몸은 군살이 완전히 빠져 허리며 몸 전체가 대학에 입학했을 때의 그 몸 상태로 돌아왔으며, 특히 암기력이 향상이 되었다는 것입니다. 그러면서 자신감도 솟구치는 것을 감지하였습니다. 그런데 왜 이런 것들이 느껴질까 곰곰이 생각을 해 보니, 물론 몸도 마음도 젊어진 것은 부정할 수 없으나 미래를 준비하라는 메시지인 듯한 생각이 들었습니다.

요즘의 평균 수명이 80세 정도인데, 제가 현 직장에서 퇴직을 한다고 해도 그 후 25년을 보내야 하는 현실이 눈앞에 다가오는 듯합니다. 죽는 날까지 경제적으로든 육체적으로든 남에게 의지하지 않고 이웃에 도움을 주면서 살아가야만 삶에 의미가 있는 것이라는 생각에는 변함이 없습니다. 현재의 직장에서 퇴직을 하게 되면 연금도 받을 수 있어 겉으로 보기에는 별문제될 것 같지 않은 생각도 듭니다.

그러나 현재 일본에서도 얼마 후에는 연금의 파산이며 그리고 출산율 저하 등으로 연금을 기대하기란 점점 더 어려운 상황에 있는 것만은 사실이며, 특히 이 같은 불확실한 미래를 준비도 없이 막연히 기다리는 것보다는 제 자신이 적극적으로 대비를 하여야 할 것 같은 생각이 듭니다.

즉, 정년 후에 버섯 연구를 계속한다고 하더라도 재료비며 여행비 등이 필요할 것이며 또한 육체노동에는 한계가 있으므로, 정신적인 노동을 하면서 생계비며 여행비 등에 자립을 할 수 있는 무언가를 찾아야 하지 않을까 생각합니다.

물론 저축을 하는 방법도 있습니다만, 가장 확실한 것은 정년이 없는 정신노동으로 늘 수입을 얻을 수 있는 제 나름대로의 일을 서서히 준비해야 되지 않을까 하는 생각이 들었습니다. 예를 들면 일본어나 영어를 가르치는 일이라든가, 전문직종을 위한 자격증 획득이라든가 하는 것을 좀더 구체적으로 계획적으로 준비를 해야겠다는 생각입니다. 어찌 보면 한순간의 공상일수도 있으나, 늘 준비하는 것은 살면서 중요한 것임에는 틀림이 없다는 생각입니다.

그리고 시간을 내어 보내 주신 73권을 읽었습니다. 제 자신이 체험한 것들을 다시 한 번 되새기게 되어 불과 짧은 기간이었지만 많은 것들을 체험했구나 하는 생각과 우아일체(宇我一體)며 신인일치(神人一致)를 체험한 것을 다시 한 번 확인할 수 있었습니다. 무엇보다도 선생님을 비롯한 인신(人神)께서 공히 저의 수련을 위해 끊임없이 지도를 아끼시지 않으신다고 하니 제 자신의 열의에 비하면 너무 황송하기 그지없음을 느낍니다.

아직도 깨우쳐야 할 것들이 많으며 늘 느끼고 있는 마음의 문을 열어야 하건만, 아직 제 나름대로의 확신이 될 만한 것은 감지되지 않고 있습니다. 그리고 현재 『선도체험기』는 14권까지 읽었습니다만, 특히 14권에 나오는 현묘지도 수련이 가슴에 와닿았습니다.

현재까지 1일 2식은 지키고 있습니다만, 요즘 일주일간의 생활을 돌이켜볼 때 마음도 몸도 방황하는 것을 느끼고 있습니다. 아마도 요번 주까지는 이런 상태가 이어지지 않을까 하는 생각이 듭니다.

그리고 이것은 수련과는 별 관계가 없습니다만, 어제 저녁에 수련을 하는데 청와대 상공에 박정희 대통령의 모습이 보이며, 지긋이 내려다보고 계셨습니다. 그리고 청와대의 주인으로서는 박 대통령의 따님이 분주하게 업무를 보고 있는 장면이 스쳤습니다. 아무튼 이번이 저에게는 또 한 번의 시련인 듯합니다. 마음을 추슬러 정진해 볼 생각입니다.

바쁘신 와중에도 늘 관심을 가져 주시고 가르치심을 아끼지 않으심에 다시 한 번 깊은 감사를 드리며, 앞으로도 끊임없는 지도와 편달을 부탁드립니다. 또 변화에 대하여 메일을 올리도록 하겠습니다. 그럼 선생님과 사모님 두 분 모두의 건강을 빌겠습니다. 안녕히 계십시오.

라라미에서 제자 차주영 올림

【필자의 회답】

순간의 방심으로 큰 부상을 당할 뻔했는데 가벼운 부상으로 끝나게 되어 다행입니다. 일주일에 한 번씩 정기적으로 등산을 해 온 지 25년째 되는 나도 늘 등산 시에 순간의 방심으로 크고 작은 부상을 수없이 당해 왔습니다.

오히려 위험한 곳에서는 누구나 긴장을 하고 주의를 기울이므로 부상을 당할 우려가 없지만 아무런 위험도 없는 평지에서 늘 방심으로 부상을 당하곤 합니다. 그러니까 위험하지 않은 곳에 위험이 도사리고 있다고 생각하고 늘 만사에 주의를 게을리하지 말아야 할 것입니다. 늘 깨어 있어야 한다는 얘기입니다. 이번 부상은 바로 이러한 교훈을 일깨워 주기 위한 섭리의 배려라고 생각해야 할 것입니다.

그리고 아직 40대인 차주영 씨가 미래의 삶에 대해 너무나 민감한 것이 아닌가 하는 생각이 듭니다. 20년 뒤의 일은 그때 가서 생각해도 늦지 않을 것입니다. 미래는 현존(現存)하는 것이 아닙니다. 과거 역시 현존하는 것은 아닙니다. 과거는 이미 흘러간 것이고 미래는 아직 오지 않는 것이기 때문에 그렇습니다.

따라서 곰곰이 생각해 보면 과거도 미래도 현존하는 것은 아닙니다. 현존하는 것은 오직 현재 즉 지금이 있을 뿐입니다. 과거도 미래도 현재 속에 녹아 있을 때 비로소 의미가 있습니다. 그러므로 있는 것은 오직 영원한 현재일 뿐입니다.

영원한 현재만이 우리에게는 의미가 있습니다. 지금 있지도 않는 미래나 과거에 매달리다 보면 귀중한 현재의 삶을 놓쳐 버리게 됩니다. 과거의 화려한 회상 속에서 현재를 잊고 사는 노인이나 미래에 대한 환상으로 현재의 귀중한 시간을 허비하는 청년이나 다 같이 현명한 삶을 산다고 말할 수 없습니다.

내일 일은 내일 걱정해도 늦지 않습니다. 지금은 오직 현재의 생활에 충실해야 할 것입니다. 피카소는 평소처럼 열심히 그림을 그리다가 화필을 든 채 숨을 거두었습니다. 그는 후회 없는 인생을 살다 후회 없이 가버린 것입니다. 학자가 열심히 논문을 쓰느라고 컴퓨터 자판을 두드리다가 숨을 거두었다면 그야말로 후회 없는 인생을 살다가 간 것입니다.

현재 내 앞에 주어진 삶을 충실하게 후회 없이 최선을 다하여 살다 보면 그 사람에게는 미래 따위는 생각하지 않아도 시간은 영원한 현재의 모습으로 끊임없이 다가오게 될 것입니다. 과거니 미래니 하는 것은 인간의 머리가 만들어낸 일종의 관념일 뿐 사실은 시간은 영원한 현재의 한 점에 농축되어 있을 뿐입니다.

순간이 영원이고 영원이 순간입니다. 이러한 시간을 살 수 있는 사람이야말로 후회 없는 인생을 살 수 있을 것입니다. 우리 인생에서 가장 중요한 시간은 언제나 바로 지금 이 순간이고, 가장 중요한 사람은 바로 지금 내가 상대하는 있는 사람입니다. 그리고 가장 중요한 일은 지금 내가 하고 있는 일입니다.

지금 내가 맞고 있는 시간, 사람, 일에 최선을 다하는 것이야말로 가장 지혜로운 삶입니다. 그렇다고 해서 유비무환(有備無患)의 정신을 망각하라는 뜻은 아닙니다. 그것마저 현재에 녹아 있을 때 의미가 있습니다.

영원한 현재만 있을 뿐

삼공 선생님 전 상서

늘 가르쳐 주심에 깊은 감사를 드립니다. 선생님과 사모님께서 늘 건강하신지요? 보내 주신 메일은 고맙게 읽었습니다.

영원한 현재만 있을 뿐, 그래서 오로지 현재에 충실하고 그리고 하루하루를 삶의 최후라고 생각하고 지내라는 가르침을 이전에도 선생님의 메일에서 읽은 생각이 납니다. 한 번 받은 가르침은 잊지 않고 실행하는 데 그 의미가 있는 것으로 생각합니다. 그런데도 그렇게 하지 못하는 제 자신이 송구스럽습니다. 또한 제 주위에서 일어나는 일에 좀 지나치게 반응하는 것이 아닌가 하는 생각도 해 봅니다.

즉 현재의 생활에서도 주위 사람으로부터 저의 영어 공부를 위해 어느 클럽을 소개해 준다든가 하는 특별한 친절 등을 받습니다. 우선 도움을 받으면 갚아야 하는데 하는 생각이 먼저 앞섭니다. 그러면 무엇으로 갚을 것인가에 대하여 적어도 시간을 들여 고민하기도 합니다.

물론 지금과 같이 하던 식으로 기회가 있을 때 갚으면 되련만, 필요 이상으로 주고받는 것에 민감하다는 것을 저도 느끼고 있습니다. 이 또한 시행착오의 한 과정이려니 생각하고 있습니다.

그리고 미끄러짐 문제에 대하여는, 큰일이 일어나지 않아서 저도 정말 다행으로 생각하고 있습니다. 늘 깨어 있어야 하는데 요즘은 마음도 좀 가라앉은 상태며, 수련과 일에도 생각했던 것처럼 진행이 안 되는 등 엎친 데 덮친 격으로 그러한 일이 일어난 것 같습니다. 좀더 인내력을 갖고 수련에 집중하는 것이 좋은 방법임을 알고 있습니다.

오늘은 선생님의 메일을 읽고 수련에 들었습니다. 사실 미끄러짐의 충격으로 머리의 왼쪽 부분이 지끈거리고 무거움이 가시지 않은 상태입니다. 의자에 앉아 가부좌를 하고 1시간 정도 호흡을 하였습니다.

그러자 시간이 지나면서 머리 왼쪽의 통증과 머리 전체의 묵직함이 저의 상단전으로 모여들어 한 점으로 뭉치는 것이 감지되면서 마치 수승화강 시의 딱지를 붙여 놓은 듯했으며, 동시에 머리도 맑아지는 것을 느꼈습니다.

그리고 한 화면이 나타나더니, 드넓은 백사장(사람의 흔적이 없는 아주 깨끗한 바닷가며, 주위에 수려한 산들이 웅장한)에 하얀 도복 차림의 도사가 바다를 향하여 바람에 옷자락을 휘날리며 우뚝 서 있는 모습을 보았습니다. 얼굴의 모습이 저와 비슷하다는 생각이 언뜻 들었습니다.

그리고 화면이 바뀌어, 단전에서 저의 가부좌한 모습이 그전처럼 줄줄이 나가더니 여기저기 흩어져 있는 현상이 보였습니다. 아마도 우아일체 등을 다시 상기시키기 위함이 아닌가 하는 생각과 마음공부 및 수련에 박차를 가하라는 것 같기도 합니다.

늘 변함없는 평상심을 가져야 하는데, 굴곡을 겪고 있으니 그에 따라 마음고생도 하는 듯합니다.『선도체험기』14권 및 15권을 보면, 선생님의 수련의 마지막 단계에서 아상을 깨는 과정이 있는데 일련의 수련의 결과는 갑자기 오는 것인지요? 오직 저로서는 세 가지 공부에만 충실하다 보면 기회가 올 것으로 믿고 있습니다.

오늘부터는 좀 마음이 안정이 됨을 느끼며, 잡념이 들 때에는 호흡 수련을 하기로 하였습니다. 늘 귀중한 가르침을 받으면서도 착실히 실행해 보이지 못하는 자신이 불만스럽다는 생각이 듭니다. 그러나 평생을 수련을 하기로 작정을 한 이상 밀고 나갈 생각입니다.

바쁘신 와중에도 꼬박꼬박 답신을 잊지 않으심에 다시 한 번 깊은 감사를 드리며, 앞으로도 끊임없는 가르침을 부탁드립니다. 그럼 선생님과 사모님 두 분 모두 몸 건강히 안녕히 계십시오.

라라미에서 제자 차주영 올림

【필자의 회답】

수련의 결과는 어떠한 성과도 기대하지 않고 무심으로 수행을 할 때 자기도 모르게 문득 찾아옵니다. 정상을 향하여 무조건 열심히 걸어 올라가다 보면 자기도 모르는 사이에 어느 순간 정상에 도달하는 것과 같습니다.

자꾸만 결과나 성과를 기대하면 수련은 더욱더 지루해지고 조바심만 생겨나게 되어 있습니다. 그것은 보시(布施)를 하면서 은근히 대가를 바라는 것과 같습니다. 보시는 오른손이 하는 일을 왼손이 모르게 해야 합니다. 수련도 그렇게 하시기 바랍니다.

화면(畵面)에 대하여

삼공 선생님 전 상서
늘 가르쳐 주심에 깊은 감사를 드립니다. 선생님과 사모님께서는 늘 건강하시리라 생각합니다.
오늘은 수련 시에 제가 부처님이 되어 보리수나무 밑에서 가부좌를 하고 수련을 하는 모습과 일체가 되었습니다. 황홀감보다는 안정감과 평온함이 조용히 밀려드는 느낌을 받았습니다. 그리고 얼마 후에는 가부좌를 한 제 모습들이 단전에서 나와 어제처럼 저를 중심으로 여기저기에 흩어져 있는 모습이 감지가 되었습니다. 그 후에는 저의 그 모습이 제 중단전에 자리를 잡으면서 호흡을 끝냈습니다.
그리고 전체적으로 머리가 맑아졌음을 느꼈으며, 어제 상단전으로 모인 것이 더욱더 단단하게 뭉쳐지는 것을 느끼며, 통증은 아니나 머리 전체의 잔잔한 뻐근함(사기?)들이 상단전 한 곳으로 강하게 쏠려 옴을 느꼈습니다.
현재로서는 전체적으로 역동적인 수련의 변화는 아닙니다. 정적(靜的)이라는 표현이 맞을지 모르겠으나, 마음도 안정이 되며 조용하게 수련이 진행되는 듯한 기분입니다. 그리고 조금 전에는 가슴이 텅 비어 있는 것을 느끼는 등 아마도 마음공부에 좀더 정성을 쏟으라는 메시지인 것 같습니다.
지금도 상단전에는 한 점이 된 뻐근함을 느끼고 있습니다. 그리고 현재로서는 투시까지는 아니라도 어머니 등 가족이 보고 싶으면 옆에 있는 듯 하며, 같이 대화도 나눌 수 있을 것 같은 느낌이 듭니다. 또한 백두산의 기나 어느 성현의 기를 생각하면 곧 느낄 수도 있습니다. 즉 마음먹은 대로 무엇이든 하려고 하면 할 수 있다는 생각이 듭니다. 이것은 어떤 자신감에서 나오는 것이 아니라 하나의 당연한 일상사인 듯하여 별로 호기심도 들지 않습니다. 그냥 마음은 담담할 뿐입니다.

또한 먹는 문제도 1일 2식을 오늘로서 40일이 되었으며, 낮에 아무것도 마시지 않고 지내는 것도 아무런 불편이 느껴지지 않고 있습니다. 그리고 언젠가는 1일 1식을 해 보려고 하는데 언제 하는 것이 좋은지 조언을 듣고 싶습니다. 또한 단식은 그 후에 천천히 일에 보조를 맞추어 가면서 해 볼 생각입니다.

앞으로도 많은 가르침을 부탁드리며, 오늘은 이만 줄일까 합니다. 그럼 선생님과 사모님 두 분 모두 몸 건강히 안녕히 계십시오.

라라미에서 제자 차주영 올림

【필자의 회답】

1일 1식은 일종의 단식입니다. 적어도 1일 2식을 7년 이상 해 본 뒤에 시도해야 할 것입니다.

『선도체험기』 전체를 하루속히 다 읽기 바랍니다. 60권에서 70권 사이에 1일 1식에 대한 얘기가 자세히 나옵니다. 좌우간 1일 1식은 『선도체험기』 전체를 다 읽은 뒤에 생각하기 바랍니다.

그리고 수련 중에 나타나는 화면들에 너무 민감하지 말아야 할 것입니다. 어디까지나 흐르는 강물을 관조(觀照)하는 심정으로 대하여야 할 것입니다. 화면에 관심을 가지면 가질수록 앞으로 더 많은 화면이 나타나게 될 것입니다.

잠잘 때 꿈이 많으면 숙면을 취할 수 없는 것과 같이 수련 중에 화면이 많이 나타나면 수련에 깊이 몰입하여 삼매지경에 들기가 어려워질 것입니다. 꿈이나 화면이 나타나지 않게 하는 지름길은 마음을 비우는 겁니다. 꿈과 화면은 욕망의 잔해들이기 때문입니다. 마음을 깨끗이 비우면 비울수록 꿈도 화면도 나타나지 않게 될 것입니다.

방하착(放下着) 수련

삼공 선생님 전 상서

늘 가르쳐 주심에 깊은 감사를 드립니다.

선생님과 사모님께서는 그동안 잘 지내셨는지요? 선생님께서 보내 주신 두 통의 메일은 고맙게 받았습니다. 그러나 답장이 늦어져 죄송한 생각이 앞섭니다. 요 일주일간은 부탁받은 원고를 쓰는 데 정신을 쏟다 보니 수련에 소홀하였던 것만은 사실입니다. 부탁받은 원고가 학생들의 교과서의 일부분으로서, 양은 얼마 되지 않으나 일반 논문과는 달리 신경이 쓰였습니다. 어제 일본으로 발송을 하고 나니 홀가분한 마음으로 오늘부터 다시 수련에도 정진할 것 같습니다.

그간 간간이 『선도체험기』 14, 15권을 읽었습니다만, 특히 방하착 부분에 대하여 새롭게 느낀 것 같습니다. 즉 모든 것을 마음에 탁 내려놓는다는 본뜻을 안 것 같습니다. 예를 들자면, 지금 점심을 먹고 싶다든가 술을 한잔하고 싶다든가 하는 생각이 들면 그 자체를 마음에 내려놓고 관을 하게 합니다. 그러면 제 중단전이 마음속에서 제가 국수를 먹고 술을 마시는 장면을 포착하면 하고 싶던 생각들이 없어집니다.

또한 지금의 저의 상태를 알아보려면 역시 마음에 척 내려놓습니다. 그러면 저의 중단전에서 찬란한 광채를 발하는 저의 모습이 보입니다. 그러나 이 광채가 중단전 일부분이 아니라 몸 전체에서 발하여 제 몸 자체가 보이지 않아야 할 텐데 아직 모자라는구나 하는 생각이 듭니다. 이런 일련의 것들이 진정한 방하착인지요?

　그리고 어제는 원고를 발송하고 홀가분한 마음으로 오랜만에 연구실에서 수련에 들었습니다. 그런데 조금 지나자 제 몸이 엄청난 속도로 밑으로 내려가는 것이었습니다. 한참을 내려가서 도착한 곳이 바닷속이었으며, 큰 궁전 앞에 도착하였습니다.

　그러자 제가 도착하기를 기다렸다는 듯이 큰 도사님이 나타나시더니 (얼굴을 알아볼 수 있을 정도로 상이 명확하지 않았음) 저에게 "이제부터 선도를 널리 보급하여라" 하는 지시를 내렸습니다. 그리고 조금 후에는 다시 제가 위로 치솟았으며, 마치 손오공 모양으로 구름을 타고 한량없이 이동을 하였습니다. 그 후 도착한 곳은 제가 백회를 열었던 곳이었으며, 그전과 같이 단상 앞에 앉았습니다.

　그러자 단 위에 앉아 계시던 저의 지도령께서 글자 두 구절을 써 보이시는 것이었습니다. 그중 하나는 두 자로 되어 있었으나 생각을 해 보아도 뜻을 모르겠으며, 지금은 그 글자마저 기억이 나지 않습니다. 그리고 나중의 글자는 없을 無 자였습니다. 그리고 제자리로 돌아왔습니다만, 한참을 잡념이라 할까 여러 가지 화면들이 바뀌어 가며 보이다가 끝을 맺었습니다.

　이러한 과정이 진행되면서 삼합진공이 진행되는 듯이 감지는 되나 기가 활발하게 움직이지 않았습니다. 그리고 저의 경우에 있어서는 삼합진공이 된다고 해도 가끔씩 느끼곤 합니다. 이러한 것들이 아직 때가 되지 않아서 그런 건지요? 아니면, 지도령께서 일러 주신 무(無) 자 화면들은 아무것도 아니니 그냥 흘려버리라는 의미 같기도 합니다만 정확히 감을 잡지는 못하겠습니다.

　이야기가 바뀌어 한 가지 상의를 드리고 싶은 일이 있습니다. 이곳에 살고 있는 한 젊은 주부인데 제가 생식을 하고 있다는 것을 알고는 문의를 하여 왔습니다. 그분은 고혈압인데, 병원에서는 원인을 알 수가 없다고는 하나 약은 먹고 있다고 합니다. 그래서 생식을 하고 싶다고 하기에 일단은 제가 가지고 있던 것 며칠 분을 주어 보았습니다.

그러자 하루 정도가 지나자 온몸이 가려운 명현반응이 일고 있습니다. 그래서 앞으로 2~3일 더 먹어 보고 생식을 하고 싶으면 저에게 말을 해 달라고 하였으며, 선생님의 간단한 소개와 『선도체험기』 등에 대하여도 조금은 언급을 하였습니다. 만약 그분이 생식을 주문하고 싶다고 하면 선생님에게 직접 하도록 알려 주어도 되겠는지요? 참고로 말씀을 드리면, 그분은 금형 체질인 것 같습니다. 조언을 부탁을 드리겠습니다.

위에도 언급을 하였습니다만, 이제부터는 좀 느긋한 마음으로 수련에 임할 것 같습니다. 그동안 미루어왔던 『선도체험기』 읽기에도 시간을 할애하려고 합니다. 무슨 일이 있어도 우직하게 밀고 나가야 하는데 들쭉날쭉한 것 같아 늘 선생님께 송구스러운 생각이 앞섭니다.

염치없지만, 앞으로도 끊임없는 지도와 편달을 부탁을 드리겠습니다. 그럼 선생님과 사모님 두 분 모두 안녕히 계십시오.

라라미에서 제자 차주영 올림

【필자의 회답】

방하착(放下着)이란 글자 그대로 '그만 내려놓아라', '그만 잊어버려라',

'쉬어라'는 뜻입니다. 그러나 이렇게 말하면 정확히 무슨 뜻인지 애매해질 것입니다. 그래서 이것을 다시 해석하면 나에게 불만이나 억울한 일이나 스트레스나 걱정 근심이 생겼을 때 이것을 남의 탓으로 돌리지 말고 처음부터 끝까지 전부 다 내 탓으로 돌리라는 뜻입니다. 어디까지나 수련 차원에서 하는 말입니다. 법적인 책임 소재까지 전부 다 덮어쓰라는 뜻은 물론 아닙니다.

불만의 원인을 남의 탓으로 돌리면 남을 원망하고 미워하게 됩니다. 그러나 내 탓으로 돌리면 남을 원망하거나 미워할 일이 없어지게 됩니다. 그리고 쓸데없는 집착이나 미련 같은 것을 갖지 않게 되어 진정으로 마음을 비울 수 있게 됩니다. 그때 우리는 비로소 마음이 진정으로 편안해질 수 있습니다. 이러한 상태에서 수련을 해야 진정으로 큰 기운을 받을 수 있습니다. 그렇게 방하착하여 편안해진 마음의 상태는 바로 우주의식과도 일치하게 되어 있습니다.

삼합진공(三合眞空)이 완성되면 수승화강(水昇火降)이 정착됩니다. 단전은 항상 따뜻하고 머리는 늘 시원한 것을 말합니다. 그러나 이 상태에 도달하려면 오랜 수련 기간을 필요로 합니다. 인내력과 지구력을 가지고 꾸준히 도를 닦아야 합니다. 지금 수련이 들쭉날쭉한 것은 아직은 초기 단계이기 때문입니다. 계속 일심으로 정진하다가 보면 부지중에 바로 이거구나 할 때가 반드시 올 것입니다.

그리고 고혈압이 있다는 그 부인이 생식을 하고 싶다면 보내 드리겠습니다.

빙의령(憑依靈) 천도(薦度)

삼공 선생님 전 상서

늘 가르쳐 주심에 깊은 감사를 드립니다.

선생님과 사모님께서는 안녕하십니까? 보내 주신 메일은 고마운 마음으로 읽었습니다. 깊이 감사를 드립니다. 선생님의 가르침 덕분에 방하착의 본뜻을 다시 한 번 새기게 되어 기쁜 마음이 듭니다. 아직 여러 가지 면에서 안정을 찾은 것은 아닙니다만, 느린 속도인 것 같으나 하루하루가 진전되는 기분이 듭니다.

특히 방하착에 대하여는 내려놓는다 하는 단계가 감지가 되니 다음은 관(觀)만 하게 되면 되는 것이 아닌가 하는 생각이 듭니다. 그러나 이런 일련의 것들이 습관화되어 무의식중에 일어나야 진정한 평상심에 도달하지 않나 하는 생각도 해 봅니다.

그리고 수승화강에 대하여도, 단전이 그전에 한창 진전이 될 때처럼 달아오르듯 하지는 않지만 그저 식지는 않았구나 하는 정도라고 말씀을 드리는 것이 옳은 표현인 듯합니다. 그리고 손발이 하루에도 찼다가 더웠다가 하는 변화를 느끼고 있으며, 그전에 느꼈던 수승화강에는 아직 멀었다는 생각이 듭니다. 물론 조바심이 일지는 않으나 전체적으로 침체기인 것은 사실인 것 같습니다.

또한 오늘로서 『선도체험기』를 겨우 17권을 읽고 있으나, 책의 내용에 따라 제 마음이 들쭉날쭉 움직이는 것을 느끼고 있으며, 그러한 것들이 잡념이 되어 꿈에도 보이고 수련 시에도 방해가 되고 있습니다.

한 예를 들자면 혼자 사느냐 배우자와 같이 사느냐에 대하여, 생활선도의 측면에서는 정상적인 생활을 하면서 수련을 하는 것이 진정한 홍익인간이요 이타행의 본질인 것 같습니다. 『선도체험기』의 70권 정도에는 꼭 그렇게 해야 할 필요가 있을까? 하는 대목들이 나오는 것으로 기억이 됩니다만, 이러한 일련의 것들이 잡념으로 나타나고 있습니다.

그러나 모든 것들이 수련을 하는 데 대한 시행착오이며, 그를 통해 하나하나 깨달아 가는 것이라고 생각하니 나쁜 것만은 아닌 듯싶습니다. 즉 그러한 잡념들에 집착만 하지 않으면 시간이 해결해 주는 것이 아닌가 하는 생각도 해 봅니다만 안이한 생각이 아닐런지요?

아무튼 이러한 시행착오를 겪기는 하지만, 선도가 제 생활에 어느 정도는 정착이 된 듯합니다. 즉 타인과 같이 어울리거나 저의 충동에 의해 육식이며 화식을 하는 일이 가끔씩 있습니다만, 생식을 하면 마음도 편안해짐을 느끼고 있으며, 1일 2식도 정착이 된 듯합니다.

그리고 건강이 안 좋다 하는 사람들을 보면 빙의령이 보이며, 상대의 보호령이 머리를 조아리며 도와줄 것을 부탁을 하는 것이 보이기도 합니다. 그러나 이러한 사실들을 함부로 상대에게 이야기하면, 아직 선도가 무엇인지 모르는 사람들일 경우에는 이해도 못할 것이며 또한 이상한 사람 취급만 할 것 같기도 해서 제 스스로 결정을 내리지 못하고 있습니다.

즉 모르는 척하자니 이기적인 것 같기도 하고 또 도와주자니 제 자신이 아직 때가 아닌 듯하기도 합니다. 또한 그러한 상대가 아녀자일 경우에는 특히 부부가 같이 공감대가 형성이 되면 좋으련만, 한쪽만일 때에는 추후에 부작용이 일 수도 있다는 생각들이 앞섭니다.

특히 이곳과 같은 객지에서 모국 사람들을 만나면 거의 모두들이 나름대로의 자존심이요 개성들이 강하여 섣불리 대하였다가는 속된 말로 본전도 못 추리는 격이 되기 십상입니다. 그러니 섣불리 남의 일(가정)에 끼어들고 싶은 생각이 일지 않습니다. 또한 현재 저의 입장으로서는 물론 남을 지도할 수 있는 능력이 있는 것도 아닐 뿐더러, 즉 아직 때가 아니라는 생각이 듭니다만 앞으로 이러한 일들 때문에 자주 고민해야 할 것 같은 생각이 듭니다.

진정한 이타행은 무엇인지요? 아무튼 점점 더 의문점들이 늘어만 가는 것 같습니다. 앞으로도 끊임없는 지도와 편달을 부탁을 드리면서, 오늘은 이만 맺을까 합니다. 그럼 선생님과 사모님 두 분 모두 안녕히 계십시오.

라라미에서 제자 차주영 올림

【필자의 회답】

내가 보기에 차주영 씨는 지금 수련이 정상 이상으로 잘 진행되고 있습니다. 그러니까 침체기에 들었다고 단정하지 말아야 할 것입니다. 그리고 수승화강이 일상화되려면 적어도 10년 이상의 수련 기간이 필요합니다. 지금의 수련 정도는 보통 수련자들에 비하면 대단히 **빠른** 편입니다.

그리고 몸이 좋지 않다는 사람의 빙의령이 보이고 그의 보호령이 도와 달라고 할 때는 어떻게 해야 하는가? 이런 때 상대가 선도와 수련에 대하여 대화를 나눌 정도의 수준이 아니면 아무 말도 하지 않는 것이 좋습니다. 더구나 상대가 부녀자일 경우 뜻하지 않은 오해를 불러일으킬 수 있으니 일체 발설하지 않는 것이 좋습니다.

그러면 어떻게 해야 할 것인가? 만약에 차주영 씨가 상대를 도와주고 싶다면 아무 말 하지 않고 도와줄 수 있습니다. 오른손이 하는 것을 왼손이 모르게 얼마든지 도와줄 수 있습니다. 이것이야말로 진정한 보시(布施)입니다. 멸사봉공(滅私奉公) 정신이 있어야 합니다.

남을 도와주되 도와준다는 생각도 없이 도와주는 것을 말합니다. 이 것을 일컬어 응무소주이생기심(應無所住而生其心)이라고 합니다. 한곳에 머물지 않는 마음을 내라는 말인데 알기 쉽게 풀어 보면, 사심(私心)에 얽매이거나 집착(執着)하지 말라는 뜻입니다. 그럼 이 경우 실제로 어떻게 해야 할까요? 만약에 차주영 씨가 도와주고 싶다는 마음이 인다면 단지 그렇게 생각하는 순간 상대의 빙의령은 차주영 씨에게로 옮겨 오게 될 것입니다.

구도자가 수행을 하는 목적은 상구보리(上求菩提) 하화중생(下化衆生)하기 위해서입니다. 다시 말해서 스승에게서 지혜와 능력을 얻었으면 그것을 중생을 제도하는 데 쓰자는 것입니다. 그렇게 되자면 마음이 무한히 넓어야 합니다.

상대의 빙의령을 내가 맡아서 천도(薦度)해 주는 것도 분명 하화중생입니다. 상대의 빙의령이 차주영 씨에게 옮겨오는 순간 솔직히 말해서 부담을 느끼게 될 것입니다. 상대가 못 하는 일을 나의 능력으로 도와주는 것이니까요. 상대가 지고 가기에는 벅찬 짐을 내가 대신 져다 주는 것과 같기 때문입니다.

　이렇게 말없이 도와주는 보시야말로 진정한 공덕이 될 것입니다. 그러나 남을 돕는 것은 자기를 돕는 것이라는 사실을 항상 잊지 말아야 할 것입니다. 이것이 진정한 이타행입니다. 『선도체험기』를 계속 읽어 나가면 빙의령 천도에 대한 얘기가 무수히 등장하게 될 것입니다. 참고하시기 바랍니다.

빙의령의 천도 과정

　삼공 선생님 전 상서
　어제 아침에는 선생님으로부터의 메일을 읽고, 그분의 빙의령 천도에 대하여 생각을 하였습니다. 또한 아직 타인의 빙의령을 천도시킨 일은 없기도 하여 망설였었습니다. 그런데 그 후 한 시간 정도가 지났을까 일을 하려고 하는데 갑자기 제 상단전이 지끈거리는 통증이 왔습니다. 그와 동시에 선생님께서 말씀을 주신 바와 같이 그분의 빙의령이 옮겨온 것이 보였습니다. 그래서 천도를 목적으로 수련에 들었습니다.
　빙의령의 모습은 어린 여자아이였으며, 무릎까지 오는 멜빵형의 청색 원피스를 입고 있었고 단발머리를 하고 있었습니다. 그 얼마 후에 여자아이가 길고 레이스가 달린 곱고 하얀 원피스를 한 모습으로 나타나더니 저를 향해 인사를 꾸벅하는 것 같았습니다. 그와 동시에 그 아이의 얼굴에서는 미소가 감지되었으며, 밝은 표정을 하고 떠나는 모습이 보였습니다.

그런데 그 모습을 보고 있자니까 왠지 혼자 떠나는 것이 쓸쓸해 보이기도 하고 안쓰럽기도 하였습니다. 한편으로는 제 갈 길을 가는 것이니 축복을 해 주어야지 하는 마음도 일었습니다. 그 후에 빙의되었던 분을 영안으로 보니 천도가 된 것이 확인이 되었으나, 직접 앞에 앉혀놓고 한 것도 아니고 또한 처음 경험한 것이니 반신반의한 마음도 있습니다. 그러나 지끈거리던 머리가 잠잠해지니 천도가 된 것만은 확실한 것 같기도 합니다.

또한 그분은 전생에 저와 가까운 인연이 있었던 것이 보인 일이 있었으니, 아마도 그로 인해 이와 같은 일을 하게 된 것이 아닌가 하는 생각도 듭니다. 그런데 한 가지 특이한 점은 요즘 미지근하게만 느껴지던 제 단전이 빙의령 천도 시에는 따끈할 정도로 달아오르는 것을 느꼈습니다. 단전도 쓰임에 따라 반응이 달리 나타나는 것이 아닌가 하는 생각이 듭니다.

아무튼 선생님 말씀대로 하루하루 수련에 진전이 있는 것만은 사실인 것 같습니다. 그러나 늘 하루하루를 충실히 보내지 못함에 죄책감을 느끼고 있습니다.

오늘은 3월의 마지막 날이기도 하여 4월의 일들과 5월에 동부로 이사할 집을 정하는 일, 그리고 앞으로 남은 1년의 이곳 생활에 대하여도 생각하는 시간을 가졌습니다. 그러나 늘 일이 이어지니 언제부터가 시작이고 언제부터가 끝인가 구분 없이 하루하루를 지내고 있습니다만, 마음 한구석에서는 미약하나마 기쁨이 솟아나는 것이 느껴지니 더 바라는 것이 없는 듯이 감지되기도 합니다.

늘 평상심을 가지고 수련에는 물론 하는 일에 정진하려고 생각하고 있습니다. 바쁘신 중에도 늘 가르침을 주심에 다시 한 번 더 깊은 감사를 드리며, 오늘은 이만 줄일까 합니다. 그럼 선생님과 사모님 두 분 모두 안녕히 계십시오.

라라미에서 제자 차주영 올림

【필자의 회답】

차주영 씨는 확실히 수련 진도가 빠릅니다. 삼공재에 일주일에 한 번씩 찾아오는 수련생들은 대체로 5년 정도 지나야 남의 빙의령을 천도할 수 있는 능력을 갖게 되는데 차주영 씨는 나와 이메일로 본격적인 수련을 시작한 지 6개월 정도밖에 안 되었는데도 벌써 그러한 능력을 갖게 된 것은 확실히 비범한 일입니다.

그렇다고 해서 너무 자만하지는 말아야 할 것입니다. 이것은 어디까지나 가르치는 사람의 입장에서 한 말이고 가르침을 받는 사람의 입장에서는 더 큰 재목이 되기 위해서 이런 때일수록 자중하고 겸손해야 할 것입니다.

그리고 빙의되었던 사람에게는 아직 아무 말도 안 하는 것이 좋습니다. 그 사람이 제힘으로 처리할 수 없는 무거운 짐을 대신 처리해 준 것은 분명 전생에 그만한 업연(業緣)이 있었기 때문입니다. 다행히도 그 사람이 선도수련을 하게 되어 빙의령에 대하여 충분히 알게 되었을 때가 아니면 아무 말도 안 하는 것이 좋습니다. 빙의되었던 사람은 몰라도 그 소녀의 영혼은 자신을 천도시켜 준 은혜를 알았으므로 고마움을 표시한 것입니다.

빙의령이 옮겨올 때는 비록 부담을 느끼지만, 이 일은 하화중생(下化衆生)에 속하는 일입니다. 천도되는 순간에 단전이 달아오른 것은 남을 돕는 일이 자기 자신을 돕는 일임을 입증해 주는 것입니다. 그 만큼의 수련이 향상되었기 때문에 이런 일이 일어난 것입니다. 이로써 여인방편 자기방편(與人方便自己方便)의 참뜻을 알았으리라 생각합니다. 이것으로 충분한 보상을 받았다고 생각하면 될 것입니다.

앞으로 남의 빙의령을 천도해야 할 일이 많이 생길 것입니다. 마땅히 해야 할 일을 기피하는 것도 좋은 일은 아니지만, 호기심에 사로잡혀 이 일에 몰두하는 일이 있어서는 안 될 것입니다. 까딱하면 손기(損氣)로 고생하거나 건강을 해치는 일이 있을 수 있기 때문입니다.

『선도체험기』 읽는 속도를 좀더 촉진시키기 바랍니다. 20권 전후부터 빙의령 천도에 대한 얘기가 많이 나올 것입니다. 이것을 빨리 읽어야 빙의령에 대하여 효과적으로 대처할 수 있는 노하우를 갖게 될 것입니다.

남의 수련을 돕는 일

삼공 선생님 전 상서

늘 가르쳐 주심에 깊은 감사를 드립니다. 선생님과 사모님께서는 안녕하신지요? 보내 주신 메일은 고맙게 받아 보았습니다.

빙의령 천도에 대하여는 깊이 명심하겠으며, 본인에게는 아무 말도 하지 않았습니다. 선생님께서도 말씀을 주신 것과 같이 앞으로 이런 일들에 많이 부딪칠 것 같은 생각이 듭니다. 사실 남을 돕는다는 것에 있어 좋은 일인지 나쁜 일인지에 대하여는 어디까지나 상대적인 평가가 크게 작용하므로, 본의 아니게 오해가 일 수도 있다는 생각이 듭니다. 그리고 모든 일에 초연할 수 있을 정도의 마음공부는 되어 있어야 하지 않나 생각해 봅니다.

하나 『선도체험기』에도 나오듯이, 남을 지도한다는 것이 꼭 성통한 다음에만 해야 하는 것은 아니라고 생각됩니다. 마치 초등학교 학생에게는 초등학교 선생님이 필요하고 대학생에게는 교수가 필요하듯이, 각자의 수준에 맞는 스승이 필요한 것처럼 말입니다. 이런 의미에서도 미력이나마 수련에 관심을 가진 초보자들을 위해 제가 할 일이 있는 것이 아닌가 생각합니다.

그러나 섣불리 행동하였다가는 역으로 업을 쌓는 일이 될 수도 있으니 조심스러워집니다. 가령 A라는 사람이 빙의령 등으로 몸이 아프다든가 건강을 잃었을 때 어떻게 처신해야 할 것인가에 대하여 말입니다. 처음부터 A가 선도수련을 하기를 원한다면 문제는 쉽게 해결됩니다만, 그렇지 않을 경우가 문제가 될 것 같습니다. 이에 대한 저의 현재의 기준으로는 먼저 수련에 대하여 문의하지 않을 경우에는 도움을 줄 수 없다는 생각이 듭니다.

즉 본인에게 맡겨진 숙제는 본인이 하여야 한다는 생각에는 변함이 없습니다. 그러나 다행히도 수련을 한다고 하면 숙제를 푸는 방법 등은 알려 줄 수 있는 것이 아닌가 합니다. 그리고 이곳과 같은 객지에서는 상대가 아직 가정을 이루지 않은 사람이라면 본인의 뜻에 따라 도움을 줄 수도 있으나, 특히 가정을 가진 주부일 경우에는 남편의 동의 없이는 어려울 것 같은 생각이 듭니다.

아무튼 요즘은 자기 자신의 수련보다는 타인과의 관계에 대하여 신경이 쓰이고 있는 것만은 사실입니다. 그러나 아직 제가 갈 길이 멀고 한데 한편으로는 성급한 생각인 것 같기도 합니다만, 이것도 수련의 한 과정이고 또한 원만히 해결해야 할 숙제인 것 같습니다.

이야기가 바뀝니다만, 5월 중순에는 동부로 이사를 해야 하기에 짐이며 그간 이곳에서 신세진 분들에게 갚는 일 등의 정리를 하고 있습니다. 그러나 『선도체험기』에 좀더 시간 할애를 하여야 할 텐데 하는 마음이 앞섭니다. 바쁘신데도 불구하고 늘 아낌없는 가르침을 주심에 다시 한 번 더 깊은 감사를 드립니다. 그럼 선생님과 사모님 두 분 모두 안녕히 계십시오.

라라미에서 제자 차주영 올림

추신 : 전에 생식에 대하여 상의를 드렸던 분은 혹독한 명현 현상을 겪고 혈압도 안정을 찾았다고 합니다. 그리고 부부가 같이 생식을 하고 싶다고 하며, 『선도체험기』도 구독하고 싶다고 합니다. 그러나 아직 구체적인 답이 없으니 조만간 알아보아 선생님께 부탁을 드리도록 하겠습니다. 처음이니 이번만은 도와주어야 될 것 같습니다.

【필자의 회답】

우리가 수행을 하는 목적은 스승이나 선배로부터 도를 전수하여 자기보다 수준이 낮은 후배들의 수행을 도와줌으로써 결과적으로 중생을 제도하는 것입니다. 그렇다고 기독교 전도사처럼 전도할 대상을 이쪽에서 우정 찾아 나설 필요는 없습니다.

가만히 있어도 때가 되면 가르침을 구하는 사람이 찾아오게 될 것입니다. 상대가 삼공선도에 진정으로 관심이 있는가 하는 것은 대화를 해 보면 금방 알 수 있습니다. 그렇지 않으면 『선도체험기』 1권을 읽어 보게 하여 금방 책 속에 몰입하면 수련할 가능성이 있습니다. 그쯤 되면 스스로 책을 구해서 읽으려고 할 것입니다. 그러니까 전도사가 신자 확보를 위해 애쓰듯 할 필요는 조금도 없습니다.

그리고 빙의령 천도는 수련생에게만 해 주는 것을 원칙으로 삼아야 합니다. 수련에는 전연 관심이 없는 사람에게 이쪽에서 자진해서 빙의령을 천도해 주기 시작하면 마치 제령술사(除靈術士)나 초능력자(超能力者)나 무술인(巫術人)처럼 되어 버릴 가능성이 있으니 극도로 조심해야

할 것입니다.

빙의령 천도 능력은 우리가 수련 과정에서 얻게 되는 일종의 초능력입니다. 이 초능력은 어디까지나 수행에 보탬이 될 수 있도록 이용될 때 의미가 있습니다. 수련 이외의 목적에 이용하면 백발백중 돈맛을 알고 타락하게 되어 있습니다. 그뿐 아니라 크게 손기(損氣)를 당하여 중병이 들어 비참하게 최후를 맞게 될 것입니다.

아직은 때가 아닌 듯

삼공 선생님 전 상서

늘 가르쳐 주심에 깊은 감사를 드립니다. 선생님과 사모님께서는 그동안 안녕히 계셨는지요? 보내 주신 메일은 고맙게 읽었습니다. 그리고 빙의령 천도나 선도의 보급에 대하여는 가르쳐 주신 대로 신중하게 대처해 나가겠습니다.

요즘은 자신의 수련보다는 타인들의 일들에 얽매어 있는 듯합니다. 지금까지는 저 혼자 할 수 있는 일이었기에 자신의 성의 여부에 따라 수련의 결과가 보였으므로 별 어려움이 없었습니다.

그러나 저 자신뿐만 아니라 타인과의 관계를 통하여 이타행이며 하화중생을 하자니 신경이 쓰이는 것이 하나둘이 아닌 듯합니다. 또한 이러한 관계들이 금전 관계도 아니고 또한 계약서 같은 것도 주고받을 수 없는, 오직 서로의 신뢰가 있어야만 가능한 문제이니 민감한 부분이 있는 듯합니다.

한편으로는 너무 이런 데 신경과민인 듯한 자신도 느끼나, 좋은 일일지라도 남에게 오해를 사는 일은 서로에게 도움이 안 된다고 생각됩니다. 결과적으로 상대에게 불이익이 초래된다면 애초에 도움을 주지 않은 것만 못하기 때문입니다.

아무튼 요즘은 이런 문제에 구속되어 있는 제 자신을 보면서, 저에게는 아직 때가 이르며 또한 발 벗고 나설 처지도 아니라는 생각이 들었습니다. 또한 제가 가야 할 길이 천리 같기도 하고 해서 당분간은 자신의 수련에 더욱 정진하도록 마음을 굳혔습니다.

이야기가 바뀝니다만, 얼마 전에 제 친척 중에 머리가 아프며 온몸에 힘이 없어 한의원에 갔더니 이유는 알 수 없고 상기가 되어서 그렇다면서 약을 지어 받았다고 합니다. 그런데 전번 주말에 그분이 저의 생가에 다녀와서는 싹 나았다고 합니다. 그런데 제가 영안으로 보니 대여섯 영가가 빙의되어 있었으며, 가까운 분이고 해서 천도를 시켰습니다.

그런데 순서상으로는 그분이 저의 집에 간 것이 먼저고 제가 천도를 시킨 것이 나중 일이니 의심이 일기도 합니다. 또한 그분이 저의 생가에 간 것만으로도 빙의령이 천도되는 일도 있는지요? 실은 그날 아침에 어머님께 전화를 하였는데 저의 친척이 온다는 말을 들었으며, 무의식중에 모습을 떠올린 기억은 있습니다.

아직 여러모로 부족하여 늘 선생님께 많은 가르침만 요구하니 송구스럽다는 생각이 앞섭니다만, 앞으로도 끊임없는 지도와 편달을 부탁드리겠습니다. 그럼 선생님과 사모님 두 분 모두 건강히 안녕히 계십시오.

라라미에서 제자 차주영 올림

【필자의 회답】

이타행과 하화중생을 실천하려면 다 때와 환경이 맞아떨어져야 합니다. 막연하게 남을 도와주어야겠다고 마음을 먹는다고 해서 되는 일이 아닙니다. 도와주어야 할 사람은 우연한 기회에 스스로 찾아올 것입니다.

친척 중의 한 사람이 차주영 씨의 생가에서 빙의령이 천도된 일은 있을 수 있는 일입니다. 차주영 씨의 마음이 가 있는 곳이라면 차주영 씨의 기운도 가 있을 수 있기 때문에 가능한 일입니다. 차주영 씨가 의도하지 않았는데도 상대의 빙의령이 천도되었다면 그것은 그가 차주영 씨와 그만한 인연이 있었기 때문일 것입니다.

그러나 상대가 구도자도 아니고 수련에는 아무런 관심이 없는데도 의도적으로 빙의령을 천도하는 일은 하지 말아야 할 것입니다. 수련 과정에서 얻은 영적 능력을 수련 이외의 목적에 이용하면 영락없이 사도(邪道)로 빠지게 되어 있습니다.

그것이 주위에 알려지면 우상화(偶像化) 대상이 되어 사이비 교주로 추대받을 수도 있습니다. 그래서 영적 능력을 가진 사람은 늘 자중하고 매사에 조심해야 합니다. 반드시 귀하게 쓰일 때가 찾아올 것입니다.

누님 내외 이야기

삼공 선생님 전 상서

늘 가르쳐 주심에 깊은 감사를 드립니다. 선생님과 사모님께서는 늘 편안하시리라 생각합니다. 보내 주신 메일은 고맙게 받아 보았습니다. 그리고 빙의령 천도에 대한 주의 사항에 대하여는 늘 염두에 두고 되새기겠습니다.

그런데 요즘 일련의 사항들을 거치면서, 제 마음이 바뀐 것을 느낄 수가 있었습니다. 말씀을 드리자면, 제 앞에 할일들이 있으면 제 나름대로 순서를 정하여 해결하는 습관이 있었으며, 그것들을 해결하는 데 먼저 것부터 순차적으로 해야 하고, 만약 풀리지 않으면 그것이 해결이 될 때까지 뒤의 것들은 손을 대기가 싫어 결국은 전체적으로 지연될 수밖에 없는 결과를 낳았습니다.

그러다 보니 항상 막판에 이리 뛰고 저리 뛰느라 고전하는 것입니다. 또한 성질이 좀 급한 편이라 닥친 일들은 즉시 해치워야 하고 확실히 가부 결정을 해야 직성이 풀리는 괴팍한 성격도 있었습니다.

그러나 요즘 내 주위에서 일어난 일들을 생각하다 보니, 제가 기다릴 줄도 알고 또한 앞의 것이 막히면 우선 해결되는 것부터 하는, 즉 순서를 바꿀 줄 아는 여유가 생겼다는 것을 발견한 것입니다. 자화자찬이라 좀 어색합니다만, 가만히 생각해 보니 대견하다는 생각이 듭니다. 아무튼 마음공부에 진전이 있는 듯합니다.

그리고 빙의령 천도를 시켜 드린 분은 저의 누님입니다. 누님 부부는 적극성은 보이지 않으나 생식도 하고 호흡은 하고 있으나 수련에 별 진전이 없다고 합니다. 그리고 언젠가 저와 같이 삼공재를 방문한 적도 있습니다.

이번 일로 여러 가지 이야기를 나누다 보니, 누님 내외분 모두 호흡 시에는 단전이 따뜻하게 달아오르는 것은 못 느끼나 몸 전체가 후끈거리는 것은 느낀다고 합니다. 그래서 제가 보기에는 이미 호흡문이 열린 것 같으니 의식을 단전에 두고 집중적으로 호흡을 하면 단전으로 기가 모여 같이 달아오를 것이라고 일러 주었는데 옳은 판단인지요?

그리고 다른 제 동생들에게도 수련에 대하여는 여러 가지로 대화를 나누고는 있으나 아직 열의를 보이는 사람은 없습니다. 그러나 이번 일이 누님 내외분에게 수련의 좋은 기회가 되었으면 하는 바램입니다. 또한 빙의령에 대한 이야기들은 수련을 모르는 사람에게는 일체 말을 하지 말도록 부탁을 하였습니다.

이야기가 바뀝니다만, 어제 춘천 지법에 근무하신다는 하종림 판사로부터 메일을 받았습니다. 이번에 미국에 와서 공부할 기회를 가졌다고 하면서 이곳 사정 등에 대하여 문의를 하여 왔습니다. 오늘 답장을 보냈습니다만, 선생님의 같은 제자로서 앞으로 서로 도울 것이 있으면 합니다.

앞으로도 끊임없는 가르침을 부탁드리면서 오늘은 이만 줄일까 합니다. 그럼 선생님과 사모님 두 분 모두 몸 건강하시기 바랍니다.

라라미에서 제자 차 주영 올림

【필자의 회답】

여러 가지 일이 한꺼번에 밀려닥쳤을 때 일의 선후(先後)와 완급(緩急)을 가려서 처리하는 일은 일종의 생활의 지혜입니다. 자아성찰(自我

省察)과 관(觀)을 일상생활화 하는 구도자라면 누구나 습관화해야 할 일입니다. 이제 그 이치를 터득했다니 반가운 일입니다.

누님 내외분이 수련에 관심을 갖고 있다니 처음 듣는 일입니다. 생식까지 할 정도라면 그 열의가 상당하다고 생각됩니다. 삼공재에도 한 번 다녀가셨다니 같은 값이면 생식 구입 시에 계속 찾아오게 하는 것이 어떨까 합니다.

아직 그럴 정도가 아니라면 『선도체험기』를 1권부터 읽게 하는 것도 한 방법이 될 것입니다. 도장에 나가지 않는 한 단전호흡이나 선도수련을 제대로 하려면 지속적으로 관심을 끌게 하는 지침서 같은 것이 반드시 필요하기 때문에 하는 말입니다.

그리고 춘천 지법에서 판사로 근무하는 하종림 씨는 삼공재에 나온 지 6년이나 된 베테랑입니다. 그렇지 않아도 차주영 씨 이야기를 『선도체험기』 73권에서 읽고 오는 8월에 미국에 유학차 가면 만나 보았으면 하면서 이메일 주소를 묻기에 알려 주었습니다. 앞으로 좋은 도반(道伴)이 되었으면 합니다.

제자리 찾기

삼공 선생님께.

선생님, 그동안 안녕하셨습니까? 상주 사는 이미숙 인사드립니다. 밖엔 지금 긴 겨울 가뭄 끝에 단비가 내리고 있습니다. 목 타던 산과 들판뿐만 아니라 제 맘에도 촉촉이 단비가 내리는 듯합니다.

좀 전에 단짝으로 지내던 오랜 친구가 인사발령이 나서 대구로 간다는 소식을 전해 주는데 잠시나마 서운했습니다. 어차피 만나면 헤어지게 마련이고 또 이런 일에는 이젠 초연해야 하는 것이지만 막상 닥치니까 조금은 흔들리네요. 바로 이런 것이 저의 한계임을 느끼면서 제대로 공부를 해야겠구나 맘먹습니다.

선생님, 이제 조금씩 살이 빠지고 있습니다. 마음의 군살과 함께. 문제의 핵심이 무엇인지를 파악해서인지 덤벙거리거나 두리번거리지 않고 차근차근 하나씩 풀어 갑니다. 새벽 5시 반쯤 일어나서 103배를 하고 정좌를 50분에서 한 시간 정도 한 다음 5킬로 달리기를 하고는 출근합니다. 그리고 퇴근해서는 맨 먼저 요가부터 하고 또 자기 전에는 『선도체험기』를 읽고 또 정리도 하면서 하루를 마무리합니다.

그래서인지 학년말이라서 모임도 잦고 업무도 폭주하며 어수선한 가운데에도 중심을 잃지 않고 하루하루를 알차게 보낸 듯합니다. 다만, 아직 음양식에 약간 고전을 하고 있습니다. 아침에는 괜찮은데 오후엔 갈증이 나서 입이 바싹 타 6교시 수업 때 말하기가 조금 어려운 점이 있지만 곧 적응하리라 생각합니다.

저는 원래 물을 거의 먹지 않는 편이라 쉬울 줄 알았는데 음양식을 하면 오히려 갈증이 더 나서 조금 당황하게 됩니다. 그래서 물 마시는 시간을 간간이 어기기도 하는데 요것이 고비라고 생각하고 잘 해결해 보겠습니다.

참, 그리고 선생님. 요즘 종아리 통증이 부쩍 심해져서 잠을 자주 설칩니다. 또 발바닥 용천혈 근처가 딱딱하고 불이 확확 나는 듯 뜨거워서 발바닥을 제대로 대고 서 있기가 힘들 때가 자주 있습니다.

남들이야 하기 좋은 말로 피곤이 쌓여서 그렇다고 하지만 제 생각에는 그래서 그냥 아무 것도 하지 않고 푹 쉰다고 해결될 것은 아니라고 봅니다. 그래서 운동은 계속 하면서 통증을 지켜봅니다.

선생님, 간혹 기운이 빠지고 처질 때면 '같은 강물 속에는 두 번 들어갈 수 없다'는 말을 되뇌어 봅니다. 지나간 것에 매달리지 말아야 한다, 하루하루의 생활이 바로 내 스승이다. 지금 여기에 최선을 다하자라고 말입니다.

미련하고 어리석고 부족한 저에게 선생님께서 지켜봐 주심이 얼마나 큰 힘이 되는지 모릅니다. 늘 감사드립니다. 갑자기 오늘 시간이 되겠기에 이렇게 메일 띄우고 올라가렵니다. 미리 연락드리지 못해 죄송합니다. 그럼 삼공재에서 뵙겠습니다. 안녕히 계십시오.

2004년 2월 21일 토요일
아침에 상주에서 이미숙 올립니다.

【필자의 회답】

 수련을 열심히 하는 중에 몸에 갑자기 이상이 생겨 통증이 일거나 불편이 올 때는 대체로 두 가지 원인이 있을 수 있습니다. 기운은 계속 잘 들어오는데도 특정 부위의 통증이 심하거나 현기증이 오면 명현반응입니다. 그러나 들어오는 기운의 양이 줄어들면서 통증이 올 때는 틀림없이 빙의입니다.
 명현반응인지 빙의인지 구분이 확실해지면 그에 대한 대처를 착실히 하면 될 것입니다. 수련하는 사람에게는 이 두 가지는 늘 따라다니는 그림자와 같은 것이라고 보아야 할 것입니다. 이것들을 극복하는 과정을 통해서 수련은 향상됩니다.
 귀찮은 것이긴 하지만 지내 놓고 보면 그것들 때문에 수련자는 이익을 본다고 할 수 있습니다. 인생고가 도리어 사람을 성숙하게 만드는 것과 같습니다. 그리고 그것을 수행자의 일상생활로 받아들이게 되면 지나치게 신경 쓸 것도 당황할 것도 없어지게 될 것입니다.
 그렇게 살아가노라면 수련이 점점 깊어져서 그 두 가지에 부담을 느끼지 않아도 되는 때가 반드시 찾아오게 될 것입니다. 그리하여 남의 도움을 받지 않고도 혼자 힘으로 모든 것을 해결할 수 있을 뿐만 아니라 후배의 어려움을 도와줄 수 있는 때가 반드시 오게 됩니다. 이렇게 앞길에 훤히 내다보이면 길 가기 한결 수월해질 것입니다.

빙의굴(憑依窟)

삼공 선생님께.

선생님, 그동안 안녕하셨습니까? 상주 이미숙입니다. 이사 때문에 경황이 없으실 텐데도 잊지 않고 학생식을 택배로 보내 주셔서 고맙습니다. 그제 저녁에 받았는데 눈이 많이 오는 바람에 오늘에서야 은행에 가서 돈을 부쳤습니다. 죄송합니다.

딸아이 하린이는 선생님께서 애써 보내 주신 거라 했더니 싫은 기색 없이 먹습니다. 똑같은 학생식인데 전에는 맛없다고 아예 안 먹으려 하더니 이번엔 쉽게 잘 먹어서 다행입니다. 언제 기회가 닿으면 함께 가도록 하겠습니다.

참, 선생님 이사는 잘하셨습니까? 사실 그날 수련 마치고 삼공재에서 나오면서 장 선생의 의견을 좇아 적어 주신 새 주소지를 미리 가 보고 왔더랬습니다. 다음에 올 때 혹시나 찾기 어려울까 봐 여럿이 있을 때 가 보자 해서 갔었는데 생각보다 멀지 않았고 찾기도 쉬웠습니다. 다음엔 그곳으로 찾아뵙겠습니다.

그리고 지난번 삼공재를 다녀온 후로 계속 빙의령과 씨름을 하고 있습니다. 들어왔다가는 나가고 또 다른 영들이 들어옵니다. 공부를 더 열심히 하라는 뜻으로 새기고 제 깐에는 잘 지켜본다고는 하지만 미련스럽게도 자꾸 놓칩니다.

한 번 후퇴를 하고 나니 의지가 약해져서 기감을 어느 정도 회복하고도 역시 힘찬 걸음을 딛진 못하고 있습니다. 하지만 여기서 물러설 수는 없기에 더욱 분발하려 합니다. 꽃들도 바람 속에서 흔들리며 큰다고 하던데 그 바람 속에서 중심 잘 지켜서 꺾이지 않도록 하겠습니다. 아직은 더디지만 착실하게 인내심을 가지고 용기를 내어서 그렇게 가겠습니다. 그럼 안녕히 계십시오.

2004년 3월 6일 토요일
폭설 속에서 상주 이미숙 올립니다.

【필자의 회답】

덕분에 이사는 지난 달(2월) 27일에 무사히 끝마쳤습니다. 17평짜리 방 두 개에 거실도 없는 콧구멍만한 다가구주택입니다. 대부분의 장서는 도서관에 기증했습니다. 오늘(3월 7일)로서 이사한 지 열흘째 되었지만 차츰 적응해 가고 있습니다. 그 대신 집사람은 난방 잘되고 일하기 편리하다고 매우 좋아하고 있어서 그나마 다행입니다.

건축비가 빠듯해서 좀더 넓은 집을 얻지 못한 것이 찜찜하기는 하지만 좀 불편하더라도 일 년간 버티어 볼 작정입니다. 수련생들은 계속 찾아오고 있습니다. '이렇게 좁아터진 곳인데도 사람들이 꾸역꾸역 찾아오는 것을 보니 당신한테 무엇이 있기는 있는 것 같아요' 하고 아직 기를 모르는 집사람은 말합니다.

빙의령과의 씨름은 대체로 일 년간은 각오해야 할 것입니다. 이 기간을 나는 빙의굴(憑依窟)이라고 명명했습니다. 이 빙의굴을 통과하면 새로운 자신감이 생길 것입니다. 중간에 좌절하지 않으려면 언제나 마음의 중심을 잡고 흔들리지 않고 늘 스스로를 관해야 할 것입니다.

그리고 열심히 기공부를 하여 단전은 항상 따뜻하고 머리는 시원한 상태를 유지하도록 해야 합니다. 이것을 수승화강(水昇火降)이라고 하는데 이러한 상태가 외부 도움 없이 일 년 이상 변함없이 유지된다면 단전이라는 원자로에 비로소 점화가 되어 자가발전을 하고 있다고 보아도 될 것입니다.

이때가 되면 자연히 탐진치와 오욕칠정(五慾七情)에서도 벗어나 부동심과 평상심을 유지할 수 있게 될 것입니다. 부디 그러한 경지에 오를 때까지는 수련의 강도를 조금도 늦추지 말고 계속 다그쳐야 할 것입니다.

수련이 게을러졌습니다

김 선생님, 안녕하십니까?

춘천의 하종림입니다. 그동안 아무런 연락도 없다가 이렇게 불쑥 안부 인사드림을 용서해 주십시오. 김 선생님과 함께 관악산 등산을 할 때에는 이렇게 이메일을 보낼 필요성을 느끼지 못하였는데 이제 오랫동안 떨어져 혼자 수련하게 되니 그 근황을 알려드리는 것이 수련생의 도리인 것 같아 글을 올리게 되었습니다.

선생님께서도 제가 어떻게 지내고 있는지 궁금하실 것입니다. 생식 때문에 전화드릴 때마다 김 선생님께서 저에게 가끔 들러 달라고 하셨는데 그렇게 하겠다고 해 놓고 막상 실천에 옮기지 못하였습니다. 다 제 정성과 실천력 부족이라고 생각합니다.

이제 제가 이곳 춘천으로 오게 된 지 3년이 되었고, 앞으로 1년 정도 더 근무하다 서울로 옮기게 될 것 같습니다. 그리고 올 8월에는 미국 오리건주의 루이스 앤 클락 대학에 10개월간 비지팅 스칼라로 연수를 갈 예정입니다. 『선도체험기』 73권에 어느 분이 미국 라라미에서 열심히 수련하신다고 나와 있던데 저도 그분처럼 열심히 수련을 해야 할 것 같습니다.

제 수련 상황을 말씀드리겠습니다. 등산은 춘천에 온 초기에는 관악산까지 갔다 오곤 하였는데 너무 시간이 많이 소모되어 지금은 집에서 차로 30분 거리에 있는 오봉산에 매주 일요일 아침에 다녀오고 있습니다. 암벽은 거의 없지만 능선을 따라갔다 올 수 있고, 높이가 779m이며 소양강이 내려다보여 등산할 맛이 납니다. 조깅은 아침 6시경 집 뒷산을 1시간 정도 달리고, 출퇴근은 걸어서 하는데 왕복 1시간 10분 정도 걸립니다. 오행생식은 하루 2끼 하고 있으며 저녁 한끼는 가족과 함께 화식을 합니다. 체중은 체질 탓인지 이전과 조금도 변함이 없습니다.

그런데 기 수련과 마음 수련은 선생님께서도 감지하셨듯이 정체 상태에 있습니다. 항상 이타심을 갖고 전력투구하여야 하는데 결혼 전과 달리 처자식을 챙기느라 수련에 열중하기가 쉽지 않아 수련을 게을리하게 되었습니다.

그래서 당당하게 선생님을 찾아뵙지 못하게 된 것입니다. 많은 수련생들이 삼공재를 문지방이 닳도록 찾다가 어느 날 갑자기 보이지 않는 것은 생식하기 싫고, 또 생식비가 아까운 이유도 있겠지만 저처럼 수련을 게을리하여 정체 상태에 빠지자 부끄러운 마음이 들었기 때문이 아닌가 하는 생각이 듭니다.

그렇지만 오늘 연휴를 이용하여 처와 아들을 처가에 데려다 놓은 후 혼자 고속버스를 타고 춘천으로 오면서 이럴수록 더욱더 선생님께 제 수련 상황을 말씀드리고 지도 편달을 받아 다시 수련에 박차를 가하는 계기를 삼아야겠다는 생각이 불현듯 들어 집에 오자마자 선생님께 편지를 쓰게 되었습니다. 김 선생님, 수련을 게을리한 못난 제자를 꾸짖어 주십시오.

그럼 김 선생님, 사모님 모두 건강하시고, 다음에 글로써 또는 직접 찾아뵙고 인사를 드리겠습니다. 안녕히 계십시오.

춘천에서 하종림 올림

【필자의 회답】

하종림 씨는 내가 보기에는 아직 수련을 독자적으로 할 수 있는 수준에는 이르지 못했습니다. 그 때문에 생식 주문 때마다 가끔씩 들러 달라고 말한 것입니다. 만약에 그때의 나의 충고를 받아들여 한 달에 한 번씩이라도 시간을 내어 삼공재에 와서 한 시간씩만 앉아 있다가 돌아갔더라면 지금과 같은 상태에는 이르지 않았을 것입니다.

그렇다면 기 수련이 어느 수준이어야 하는가 하고 의문이 일어날 것입니다. 적어도 가부좌를 틀고 앉아 있으면 하단전이 따뜻해지고 머리가 시원해질 정도는 되어야 합니다. 수승화강(水昇火降)이 저절로 이루어지기까지는 삼공재를 떠날 생각을 하지 말아야 할 것입니다. 수승화강이 자동적으로 이루어진다는 것은 자가발전(自家發電)을 할 수 있어서 어떠한 난관이 닥쳐와도 그것을 도약대로 삼아 당당하게 헤쳐 나갈 수 있게 되는 것을 말합니다.

삼공선도 수련을 하는 사람들은 삭발출가(削髮出家)한 승려가 아닙니다. 대개가 다 처자를 거느리고 남들과 똑같은 사회생활을 하면서도 열심히 수련하는 보통 사람들입니다. 처자 때문에 수련이 안 된다는 사람은 처자가 없어도 수련을 못할 것입니다. 책 읽을 시간이 없어서 책을 못 읽는다는 사람은 시간이 있어도 책을 읽지 않고 다른 일을 하게 되어 있습니다. 요컨대 마음이 어디에 가 있느냐가 문제입니다.

솔직히 말해서 하종림 씨는 삼공재에 찾아오지 않는 동안 마음이 다른 곳에 가 있었던 것입니다. 공무가 바빠서 찾아올 시간이 정말 없었다면 이메일이라도 자주 띄웠어야 했습니다. 미국 라라미에 있는 수련자는 그 먼 거리에 있으면서도 마음은 항상 삼공재에 와 있었기 때문에 수련이 그처럼 비약적인 발전할 수 있었던 것입니다. 마음이 시공(時空)을 초월할 수 있었던 것입니다. 부디 심기일전(心機一轉)하여 초심으로 돌아가야 할 것입니다.

고맙습니다

김 선생님, 충고의 말씀에 감사드립니다.

마음이 삼공재를 떠나 있었다는 것은 조금도 부인할 수 없는 사실입니다. 아직 홀로서기 할 수 없는 상태에서 성급히 자기도피를 한 것입니다. 생활의 중심을 수련에 두었더라면 제 자신의 위치를 정확히 파악하여 어떻게 해서든지 삼공재에 나가 선생님으로부터 도움을 받았을 것입니다.

뒤늦게 깨달았지만 이제부터 제 자신을 추스르고 다시 한 번 수련에 매진하도록 하겠습니다. 처음 삼공재에 방문하였을 때의 진지한 마음으로 수련에 임하겠습니다. 그리고 허락하신다면 시간을 내어 삼공재에 방문하도록 하겠습니다. 그동안 실망시켜드려 죄송합니다.

김 선생님, 사모님 모두 건강하십시오.

춘천에서 하종림 드림

【필자의 회답】

오후 3시부터 5시 사이에는 언제나 수련생을 위해 시간을 배정해 놓았으니 시간 나는 대로 찾아오기 바랍니다. 전에 살던 집을 새로 짓게 되어 임시로 삼공재를 옮겼으니 전화로 미리 안내를 받으시기 바랍니다.

많은 기운 받았습니다

김 선생님, 안녕하십니까?
춘천의 하종림입니다. 어제 김 선생님과 사모님께서 반갑게 맞아 주셔서 정말 고맙습니다. 김 선생님과 사모님 모두 건강하셔서 안심이 되었습니다. 아직 제가 가야 할 길이 멀고, 두 분께서는 좀 더 오랫동안 저를 이끌어 주셔야 할 분들이기 때문입니다.
건물 신축 관계로 잠시 좁은 곳에 기거하고 계시지만 저에게는 화려한 궁궐보다 더 웅장해 보였습니다. 1시간 동안의 수련이었지만 제가 삼공재를 떠나 있으면서 수련한 것보다 더 많은 기운을 받았고, 오늘 새벽에는 백회로 청량한 기운이 끊임없이 흘러 들어와 평소보다 일찍 잠에서 깨어났습니다.
왜 내가 진작 선생님을 다시 찾아뵙지 않았을까 하는 후회가 듭니다. 아직 수승화강의 경지에 이르지 못한 것은 제가 수련을 게을리한 탓입니다. 가족을 핑계로 수련을 등한시해서는 안 된다고 생각합니다. 사생

결단으로 수련에 임하지 못했습니다.

앞으로 수련에 매진하여 항상 따뜻한 단전을 만들도록 하겠습니다. 비록 몸은 떨어져 있지만 김 선생님과의 만남을 소중한 인연으로 여기고 수련하면서 궁금하거나 도움이 필요하면 이메일을 보내도록 하겠습니다. 또 한 달에 1번 이상은 찾아뵙겠습니다.

김 선생님, 사모님 모두 건강하십시오.

2004. 3. 6.
춘천에서 하종림 드림

【필자의 회답】

이번 기회에 새로운 사실을 깨달았다니 참으로 다행입니다. 구도자에게 스승이란 무엇인가를 새삼 느끼게 합니다. 기공부하는 수행자는 누구나 단전에 일단 점화가 되면 영원히 꺼지지 않는 원자로를 하나씩 갖게 된다고 말할 수 있습니다.

제자가 스승에게서 완전히 독립을 한다는 것은 스승으로부터 그 원자로에 점화가 되어 외부의 도움 없이도 자가발전(自家發電)할 수 있는 경지를 말합니다. 그런데 이 점화가 단 한 번에 이루어지는 일은 거의 없습니다.

그리고 사람에 따라 점화 시기도 천차만별입니다. 삼공재에 드나들면서 몇 해째 수련을 하다가 보면 처음에는 제법 수련이 잘되는 것 같아도 점차 그날이 그날같이 별 뚜렷한 진전도 없는 것 같은 때가 반드시 옵니다. 이때는 수련이 만성화되어 어제와 오늘이 같아집니다. 바로 위기입니다. 더구나 업무가 바빠지고 가정일 때문에 신경을 쓰다가 보면 어느덧 자기도 모르는 사이에 수련과는 등을 지게 됩니다. 그러나 이런 경우에도 항상 깨어 있는 수련자는 자기 자신을 객관적으로 관할 수 있으므로 쉽게 이러한 매너리즘의 함정에 빠지지 않게 됩니다.

다행히도 하종림 씨는 수련에 게을러지려는 자기 자신을 깨닫고 삼공재를 다시 찾게 되어 첫날에 좋은 성과를 거두었다니 다행한 일입니다. 그리고 이번 기회에 앞으로 어떻게 수련을 해 나가야 한다는 것을 확실히 알게 되었으리라고 생각합니다. 수련에 새로운 중흥기를 맞게 된 것을 축하합니다.

세 가지 질문

김태영 선생님 안녕하십니까?

저는 부산에 사는 안경식이라 하고, 현재 나이는 54살입니다. 전번에 이메일 답장 잘 받았습니다. 몇 가지 선생님께 가르침을 바래서 또 이렇게 메일을 보냅니다.

저는 『선도체험기』를 읽으면서 93년부터 수련을 하였습니다. 물론 도장에서는 도인체조는 했지만 깊은 수련 지도는 받질 못했었습니다. 지금 생각해 보니 그 당시 사범, 법사들의 수준이 그리 높질 않아서 그랬던 것 같은데, 사범이 저를 보고 처음에 너무 잘한다고 하고서는 호흡이고 뭐고 일체 가르쳐 주질 않아 한동안 호흡법에 대해 방황을 많이 했습니다.

소주천 시작 시 금마패가 둘로 쫙 갈라지면서 거품 같은 것이 단전에서 뭉글뭉글 회음을 타고 흘러가는 것이 눈에 훤히 보이더군요. ○○○ 선사님께 문의하니 금단이 형성됐다고 말씀하셨습니다. 그 후에는 인당에서 배터리 맛 전기 기운이 계속 하단전으로 쌓이고 상단전이 열릴 때는 큰 바위 위에 동그란 탁구공 같은 것이 놓여 있는 것을 보았습니다. 저희 조상들은 모두가 단명해서 저는 항시 이 문제에 집착했습니다.

저는 누가 가르쳐 주지 않았어도 처음부터 잡념, 삶의 문제에 몰두하면서 수련을 하였는데 지금 선생님 저서 71권을 보니 그게 붓다의 위빠사나 수련법하고 비슷하더군요. 도장 또는 아무 곳도 물어볼 데가 없어서 선생님께 문의합니다.

1. 뜨거운 기운을 남에게 보냄은 축기 이후 소주천까지 기공사들의 운기 방법입니까? 또 인당에서 나오는 전기 기운(참신한 기운) 보냄은 대주천 후에 보내는 기운인 것 같은데 이 점에 대해 선생님의 가르침을 바랍니다.

2. 제 상단전에서는 항시 쏴하는 소리가 들리는데 ○○○ 선사님께 말씀드리니 저를 보고 깔깔 웃으면서 둘이 서 있으니 그 소리가 더 크게 들린다고 하시더군요. 『선도체험기』에는 쏴하는 소리에 대한 말씀이 없는 것이 천기누설 때문인가 궁금합니다. 수련을 하지 않는 보통 사람도 저한테서 나는 이 소리를 듣고 놀라는 일이 있었습니다.

3. ○○○ 선사님이 돌아가시고 3개월쯤 후 꿈에 나타나시어 '기'가 있고 '이'가 있는데 니가 하는 것은 '이'라고 가르침을 주시더군요. 그것에 대하여 이뭐꼬를 많이 해 보니 보통 사람은 건강 차원의 기 수련을 하고 있고, 저는 처음부터 호흡을 하면서 여러 가지 잡념, 생에 대한 의문에 몰두했습니다. 이점에 대하여 '이'라고 생각하시는지 선생님의 생각을 듣고 싶습니다.

다른 여러 가지 궁금증이 많이 있는데 제 글솜씨로는 더이상 자세히 표현하기가 어렵군요. 언젠가 선생님을 한번 만나 뵙고 여쭤보고 싶은데 사진관 업에 종사하다 보니 그게 잘 안됩니다. 언제 한번 선생님을 뵙고 싶은데 허락해 주십시오. 이만 두서없는 글을 줄입니다.

2004. 3. 13

부산에서 안경식 올림

【필자의 회답】

첫 번째 질문에 대한 대답: 기공부가 소주천(小周天)에 도달하면 비슷한 수준에 도달한 도우(道友)들끼리 기를 보내고 받는 실험을 해 보는 수가 있습니다. 그렇게 함으로써 자기가 기운을 남에게 보내고 또 남의 기를 받을 수 있음을 확인하게 됩니다.

물론 대주천이 되면 더욱더 강한 기운을 주고받을 수 있습니다. 주의해야 할 것은 반드시 수련이 비슷한 수준에 도달한 도우나 자기보다 수련이 높은 고수들과 기 교류를 해야 수련이 향상될 수 있다는 것입니다.

호기심으로 아무하고나 기 교류를 함부로 하면 빙의(憑依)나 심한 손기(損氣)로 고생하는 수가 있으니 조심해야 합니다. 기 교류로 일단 자신의 수련 수준을 확인했으면 됐지 그 이상 기 교류를 계속하면 얻는 것보다 잃는 것이 많을 것입니다.

두 번째 질문에 대한 대답: 상단전에서 쏴하는 소리가 날 수도 있습니다. 청진기로 들으면 피가 흐르는 소리를 들을 수 있는 것과 같이 기가 흐르는 소리가 그렇게 들릴 수도 있습니다. 그렇다고 해서 그것에 지나친 관심을 둘 필요는 없습니다.

일상적인 일로 알고 잊어버리기 바랍니다. 처음에 해변 도시에 이사한 사람은 파도소리에 잠을 이루지 못합니다. 그러나 시간이 흐르면 늘 겪는 일이 되어 잊어버리고 아무렇지도 않게 됩니다. 그러나 신경이 과민한 사람은 적응이 안 되어 남모르는 고생을 하게 됩니다. 이럴 때는 그저 그렇겠거니 하고 마음을 대범하게 먹고 잊어버리면 됩니다.

　세 번째 질문에 대한 대답: 문맥으로 보아 '기'는 건강을 위한 수련 시에 발생하는 것이고 '이'는 구도자가 수련 시에 발생하는 기를 말한 것 같습니다. 그 정도로 알아 버리면 됐지 더이상 그런 일에 집착하지 않는 것이 좋을 것입니다.

　구도자가 자신의 전 능력을 발휘하여 반드시 알아내야 할 것은 자기 존재의 실상입니다. 오욕칠정(五慾七情)에서 벗어나 부동심(不動心)과 평상심(平常心)을 유지할 수 있는 경지입니다. 이것이 마음공부의 최종 목표입니다.

　그리고 단전은 항상 따뜻하고 머리는 늘 시원한 수승화강(水昇火降)이 일상화되는 것입니다. 이것이 기공부의 목표입니다. 그 다음으로는 자기 신장에서 110을 뺀 숫자에 해당되는 정상 체중을 늘 유지하는 것입니다. 이것이 몸공부의 목표가 되어야 할 것입니다. 그 이외의 것들은 모두가 말변지사(末邊之事)일 뿐입니다.

　지금까지 나온 『선도체험기』 시리즈를 다 읽어 보셨으면 나를 만나려면 어떻게 해야 한다는 것을 잘 아실 것입니다. 그 절차대로만 따르면 나는 누구든지 차별 없이 만날 것입니다.

〈76권〉

다음은 단기 4337(2004)년 7월 1일부터 같은 해 9월 30일 사이에 있었던 필자의 수련 과정과, 필자와 수련생들 간에 오고간 수련과 인생에 대한 대화 그리고 이메일 문답을 수록한 것이다.

신(神)과 가까워지려면

요즘 나는 오랜 생각 끝에 다음과 같은 확신을 갖게 되었다.

사람이 어떤 신과 가까워지고 싶으면 그 신이 바라는 것을 실천하면 된다. 좀더 구체적으로 말해서 그 신이 십계명을 지키기를 원한다면 그것을 지키는 것이 그 신과 가까워질 수 있는 지름길이다.

어떤 스승과 가까워지고 싶으면 그가 항상 바라는 것을 실천하면 되는 것과 같다. 그가 만약 바르고 착하고 지혜롭게 처신하기를 바란다면 그것을 묵묵히 실천하는 것이 그와 가까워질 수 있는 지름길이다.

하느님은 무엇인가? 우주 전체가 하느님이다. 그런데 우주에는 우리 인간의 눈에 보이는 것도 있고 보이지 않는 것도 있다. 우리 눈에 보이는 해, 달, 별, 산, 하늘, 바다, 강, 땅, 광물, 식물, 동물 같은 것은 보이는 하느님이고 우리 눈에 보이지 않는 천심(天心) 같은 것은 보이지 않는 하느님이다.

사람으로 말하면 보이는 것은 사람의 몸이고 보이지 않는 것은 사람의 마음 즉 인심(人心)이다. 하느님의 마음이든 사람의 마음이든 우리 눈에 보이지 않는 것은 마찬가지다. 바로 이 보이지 않는 마음이 보이는 것을 다스린다는 점에서는 하느님이나 인간이나 다름이 없다고 할 수 있다.

자기 몸을 마음대로 다스릴 수 있는 사람을 도인(道人), 철인(哲人), 성인(聖人) 또는 부처라고 한다. 사람의 몸은 소우주다. 소우주와 대우주는 닮은꼴이다. 그러므로 소우주를 다스릴 수 있는 사람은 대우주도 다스릴 수 있다. 그러나 대우주는커녕 소우주인 자기 몸을 다스리는 것도 만만치 않다. 이 소우주인 자기 자신을 다스리는 공부를 하는 사람을 우리는 구도자 또는 수행인(修行人)이라고 한다.

구도생활 중에 천심(天心)의 이치를 조금이라도 깨달은 사람은 비밀 같은 것을 가지려 하지 않는다. 그래서 자기가 아는 것을 구태여 남에게 감추려 하지 않는다. 그러나 속인들은 별것 아닌 것을 큰 비밀이라도 되는 것처럼 감추려 한다.

그러나 알고 보면 내가 아는 것은 하늘이 알고 결국은 남도 다 알게 되어 있다. 왜냐하면 하늘과 나와 너는 원래 하나니까. 인간은 전체인 하느님의 한 부분이다. 전체가 아는 것을 부분이 숨긴들 무슨 소용이 있겠는가? 차라리 숨길 짓을 하지 않는 것이 떳떳하지 않겠는가.

중국의 고구려사 침탈(侵奪)

우창석 씨가 질문했다.

"중국이 고구려를 중원 정부의 한 지방 정권이었다고 고구려 역사를 왜곡하려는 저의는 어디에 있을까요?"

"남북통일 후에 우리가 간도와 고구려 고지(故地)에 대한 영유권을 주장해 올 가능성에 미리 쐐기를 박자는 의도입니다."

"아직 통일이 된 것도 아닌데 벌써부터 그렇게까지 나올 필요가 있을까요?"

"우리의 생각과는 달리 저들은 그럴 필요를 절실히 느낀 것이 틀림없습니다. 역사를 조금이라도 공부해 본 사람은 누구나 다 알겠지만 한족(漢族)이 만주 전역을 지배한 일은 1949년 이전에는 명(明)이 요동의 일부를 잠시 점령했던 것 이외는 거의 없었습니다."

"그게 사실입니까?"

"사실입니다. 한족(漢族)은 대대로 지금의 만리장성 이남만을 자기네 땅으로 알고 살아왔습니다. 그래서 북방 민족의 남침을 방어하기 위해서 진(秦)나라 때부터 만리장성을 쌓았던 것입니다.

역사적으로 만리장성 이북을 지배한 민족은 배달족인 한겨레, 거란, 몽골, 여진(만주족) 등이었습니다. 거란은 요(遼)를, 몽골은 원(元), 여진은 금(金)나라와 청(淸)나라를 세워 중국을 백 년 이상 또는 근 3백 년(청의 경우 296년)이나 지배했습니다. 만주족이 세운 청나라는 1616년에 일어났고, 1912년 한족(漢族)이 일으킨 신해혁명으로 망했습니다.

그러나 중국 대륙을 공산당이 석권하기 전에는 군벌(軍閥)과 일본이 세운 괴뢰국(傀儡國)인 만주국(滿洲國)이 통치했습니다. 2차대전 말 일본군을 패퇴시키고 이곳을 점령했던 소련군이 철수한 뒤에야 중공군은 먼저 이곳을 차지했던 국부군을 물리치고 만주 전역을 점령할 수 있었습니다.

결국 만주족이 세운 청(淸)이 망하는 바람에 한족(漢族)은 피 한 방울 안 흘리고 만주를 통째로 집어삼키게 된 것입니다. 한족(漢族)이 3백 년간 만주족의 지배를 받은 대가로 저절로 넝쿨째 굴러들어온 호박입니다.

힘 안 들이고 얻은 재산 즉 횡재(橫財)는 언제 잃어버릴지 모르므로 항상 불안을 느끼게 되어 있습니다. 도둑이 제발 저리다고 지금 중국은 그런 불안에 사로잡혀 있는 것입니다. 언제 원주인이 되돌려 달라고 할지 모르기 때문입니다. 그럴 때를 대비해서 중국은 지금 동북공정이라는 고구려사 왜곡(歪曲) 날조(捏造) 작업을 벌이고 있는 것입니다."

"그럼 그 이전에는 누가 만주 땅을 지배하고 있었습니까?"

"만주 땅을 가장 오랫동안 지배한 민족은 배달족과 그 일원인 한겨레였습니다. 서기 926년에 발해가 망할 때까지 유사 이래 내내 우리 민족이 실질적으로 이곳을 경영하여 왔습니다.

『환단고기』에 따르면 7세 3301년간 지속된 환국(桓國), 18대 1565년간 지속된 배달국(倍達國), 47대 2096년간 계속된 단군조선, 182년 동안 지속된 부여계 왕국들 그리고 28대 724년간 계속된 고구려, 14대 257년 계속된 발해까지 도합 8125년간 만주 땅을 우리 민족이 실질적으로 지배하여 왔습니다.

거란에 의해 926년에 발해가 망한 이후 만주 땅은 요(遼), 원(元), 금(金), 청(淸)의 지배를 받았습니다. 그러나 요는 거란족이, 금과 청은 여진족이 세운 나라로서 이들은 모두 배달국, 단군조선, 고구려와 발해의 통치를 받아 온 부족들이고 인종적으로는 몽골과 마찬가지로 배달족의 일원입니다."

"배달족(倍達族)이란 무엇을 말합니까?"

"중국 측 사료에 기록된 동이족(東夷族)을 말합니다. 대체로 지금의 만리장성 이북에 살던 민족입니다. 『환단고기』를 기준으로 할 때 지금의 만주 땅은 8천여 년 동안 배달족이 지배하여 왔고, 『삼국사기(三國史記)』만을 주요 사료로 다루는 현 국사학계에서는 만주 땅의 가장 오래된 지배자는 근 천 년간 지속된 고구려와 발해로 되어 있습니다. 그러니까 고구려 이전의 7천여 년 동안 우리 민족이 만주 땅을 지배한 역사는 잘려 나간 것입니다.

그래서 양심이 있는 중국의 사학자는 말할 것도 없고 중국인들이 존경하는 정치가인 저우언라이(周恩來)도 1963년 중국을 방문한 북한 조선과학원 대표단에게 "중국 역사학자들이 대국주의(大國主義)와 쇼비니즘(국수주의) 관점에서 역사를 서술하는 경우가 많다. 두만강 압록강 서쪽은 역사 이래 중국 땅이었다는 것은 황당한 얘기이며 역사학자의 붓 끝에서 나온 오류이다"하고 지적했습니다.

저우언라이야말로 후진타오 같은 국수주의자와는 질적으로 다른 사람이었습니다. 그는 만주 땅이 고조선과 고구려와 발해의 고지(故地)임을 솔직히 시인했던 것입니다. 그런데 요즘 중국이 개혁 개방 이래 경제력이 향상되고 힘이 생기자 자신감이 일게 되면서 한국이 통일된 후에 벌어질 수도 있는 일을 생각하기 시작한 것입니다. 더구나 만주에는 2백만의 조선족이 살고 있습니다.

남북이 통일되었을 때 중국이 동북삼성(東北三省)이라 부르는 고구려 고지(故地)인 만주 땅은 옛 주인인 우리에게 되돌아올 가능성이 충분히 있습니다. 우리가 힘이 없어서 일시 내놓았던 땅이므로 우리가 힘만 있으면 언제든지 회복할 수 있는 땅입니다.

나는 이것을 간파하고 지금으로부터 20년 전 『다물』이라는 미래 소설을 쓸 때 만주와 연해주 지역이 이미 우리 영토가 된 것을 가상했던 것입니다. 탄허 스님을 위시하여 수많은 우리 민족의 정신적 스승들이 이구동성으로 이 고구려와 발해 고지(故地)의 회복을 예언했습니다. 최근에는 외국인 사학들 중에서도 그 가능성을 예언하는 사람이 있습니다.

시사 주간지 타임 8월 23일자에 한국 고대사 전문가인 하버드 대학의 마크 E 바잉턴 박사도 중국의 고구려사 왜곡은 2백만의 조선족이 살고 있는 동북삼성(東北三省)이 한국이 통일된 후 중국에서 분리되어 한국으로 귀속될 것을 우려한 사전 대비책이라고 말했습니다."

"그러면 고구려가 우리 역사의 근간이고 코리아라는 국명이 고구려 또는 고려에서 유래된 것을 전 세계가 다 알고 있는 일인데도 불구하고 중국이 고구려가 자기네 지방 정권이었다고 억지를 부리는 이유는 무엇입니까?"

"그 이유는 고구려가 한때 당(唐)에 조공(朝貢)을 하고 책봉(冊封)을 받았다는 기록이 남아 있기 때문이라는 겁니다."

"제가 알기로는 그 당시의 조공과 책봉은 고구려뿐만 아니라 신라, 백제, 일본에도 적용된 일종의 국제 통상 관례였습니다. 동아시아 국가들뿐만 아니라 동남아시아와 중앙아시아 국가들도 마찬가지였습니다. 심지어 청조(淸朝) 때는 그 당시 세계 최대 강국이었던 영국까지도 조공을 하고 책봉을 받은 것으로 기록되어 있습니다."

"옳은 지적입니다. 그런 식의 기준을 적용한다면 신라, 백제, 일본, 영국까지도 중국의 지방 정권이어야 합니다. 더구나 중국의 남북조 시대에는 중국의 모든 주변국들이 북조와 남조에 다 같이 조공과 책봉을 받았습니다.

이것으로 보아 그 당시의 조공과 책봉은 외교 관계를 수립하기 위한 일종의 무역 관례에 지나지 않았습니다. 그런데도 그러한 이유를 내세워 고구려가 자기네 지방 정권이었다고 주장하는 것은 어불성설(語不成說)입니다."

우리의 대비책(對備策)

"그러면 중국의 고구려 역사 왜곡에 대하여 우리는 어떻게 대처해야 되겠습니까?"

"첫째로 이번 사태를 전화위복(轉禍爲福)의 기회로 잘 이용해야 합니다. 관점에 따라 위기는 얼마든지 호기가 될 수도 있습니다. 지금껏 일제가 심어놓은 식민사관에서 깨어나지 못하고 있는 우리나라 강단 사학도 대오각성(大悟覺醒)하여 고구려와 그 이전의 상고사를 복원하는 절호의 기회로 삼아야 할 것입니다.

그렇지 않아도 중국은 동북공정(東北工程)으로 고구려가 자기네 지방 정권이었다고 왜곡 날조할 뿐만 아니라 탐원공정(探源工程)이라고 하여 지금까지 전설로만 알아 왔던 삼황오제(三皇五帝)와 요순우(堯舜禹)도

실존했던 역사로 확대 해석하려고 시도하고 있습니다.

그러나 『환단고기』에 따르면 삼황오제도 요순우도 사실은 배달국에서 임명되었고 그 뒤를 이은 하은주(夏殷周)도 사실은 우리의 역사입니다. 중화 문화의 원천은 우리의 한문화였습니다. 이러한 사실은 『환단고기』뿐 아니라 『이십오사(二十五史)』를 비롯한 중국 측의 각종 사서들과 최근의 고고학 발굴 성과들이 이구동성으로 입증하고 있습니다.

이를 기회로 우리의 사학계도 분발하여 지금까지의 모화사대주의와 반도사관에서 과감하게 탈피하여 상고사의 진실을 찾는 계기로 삼아야 할 것입니다. 그렇게 하려면 지금까지 이 나라 사학계를 주름잡아 온 식민사학자들과 모화사대주의자(慕華事大主義者)들이 대거 퇴진하고 민족사학자들이 등장하는 대혁신이 이루어져야 할 것입니다.

고구려사 왜곡 문제를 해결하는 데는 지금까지 식민사학자들이 위서(僞書)라고 폄하하여 온 『환단고기』가 두고두고 귀중한 지혜의 보고(寶庫)를 제공해 줄 것입니다. 두 번째로 지금까지 선택 과목으로 푸대접받아 왔던 국사에 대한 교육을 강화하여 국영수(國英數)와 같은 필수과목으로 만들어야 할 것입니다."

"우리 정부는 지금껏 중국의 고구려사 왜곡 문제로 주한 중국대사에게 항의한다든가 국회의원들을 중국에 파견한다든가 하는 조치를 취했습니다. 그래 가지고 되겠습니까?"

"그런 정도로는 중국은 눈썹 하나 까딱하지 않을 것입니다."

"그럼 어떻게 해야 하죠?"

"그러자면 우리나라 자신이 강해져야 합니다. 고구려가 강력하게 버티고 있을 때 수(隋)는 두 차례나 침략을 시도했다가 참패하고 그 후유증으로 망했고, 당(唐) 역시 여러 번 침략했다가 실패하여 당태종 자신이 양만춘의 화살에 맞아 한쪽 눈을 잃는 중상을 입고 그로 인한 후유증으로 사망했습니다. 그는 고구려를 침략하지 말라는 유언까지 했습니다.

이처럼 국력이 강해지면 비록 작은 나라라고 해도 우리를 중국은 결코 넘보려 하지 못할 것입니다. 중국이 요즘 우리를 깔보기 시작한 것은 2대째 들어선 한국의 좌파 정부들이 탈미(脫美) 친중(親中) 친북 정책을 취할 뿐 아니라 침체된 경제를 회복시키는 화급한 일에는 관심이 없고 좌와 우, 진보와 보수, 과거사 문제 등으로 대통령이 앞장서서 국민들을 내 편 네 편으로 갈라놓고 소모적이고 제 살 깎아먹기식 내분에 몰두했기 때문입니다.

국가원수쯤 되면 탕평책(蕩平策)은 쓰지 못할망정 내부 분열을 조장하는 일은 하지 말아야 할 것입니다. 미국, 일본, 중국을 비롯한 우리의 주변국들은 여야가 똘똘 뭉쳐 국력 신장에 혈안이 되어 매진하고 있는데 우리만이 내분에 휩싸여 제 살 깎아먹기에 정신을 잃고 있다는 것은 도저히 용납할 수 없는 일입니다.

대통령은 우파와 보수를 적으로 삼을 것이 아니라 부정부패를 적으로 삼아야 할 것입니다. 지난번 총선에서 보수당인 한나라당 의원이 120명 당선된 것은 여당이 보수당과 타협과 조화를 이루라는 유권자의 뜻이 반영된 것입니다. 그런데 실상은 어떻습니까?

집권자들은 마치 체제 혁명이라도 일으킨 듯이 야당은 말할 것도 없고 강남 사람, 조중동(조선, 중앙, 동아), 재벌, 사법부, 서울대, 삼성 등 보수 기득권층을 '청산과 배제'의 대상으로 삼고 있습니다. 그리하여 행정 수도 이전, 과거사 규명, 보안법 폐지 등을 야당과 여론과의 타협을

무시한 채 일방적으로 강행하고 있습니다.

 더구나 경제 침체로 국력이 약화되고 친여 단체들이 주도한 국내의 반미 시위로 미군이 대폭 빠져나가게 되고 국내 시설 투자 감소로 청년 실업자가 늘어나고 노사 갈등이 심화되자 중국은 이것을 다시없는 호기(好機)로 삼은 것입니다."

 "그러나 13억 인구와 광활한 영토를 가진 중국과 겨우 인구 4천 7백만의 우리나라와는 비교가 안 되지 않습니까?"

 "그래도 우리가 강소국(强小國)으로 남아 있는 한 중국은 우리를 함부로 대하지 못합니다. 우리가 연 10퍼센트 내외의 경제 성장을 구가하고 있을 때 중국은 우리를 흠모하고 본받으려고 애썼지만 요즘 좌파 정권의 연이은 등장으로 경제가 침체되고 성장률이 중국의 절반 정도밖에 안 되자 저들은 우리를 깔보기 시작했다는 것을 명심해야 할 것입니다.

 스위스가 맹수와 같은 열강들의 한복판에 위치해 있으면서도 이백 년 이상 영세 중립을 유지할 수 있었던 비결은 이 나라가 바로 강소국(强小國)이었기 때문입니다. 예비군 제도가 세계에서 가장 발달한 스위스는 주변의 어떠한 강국이 침입해 들어와도 24시간 안에 전 국토를 난공불락의 요새로 만들 수 있다고 합니다. 어떠한 핵전쟁에서도 살아남을 수 있는 생필품과 지하시설들을 전국적으로 갖추고 있다고 합니다.

 2차대전 때 히틀러도 바로 이 때문에 스위스를 침략을 하려다가 승산이 없어 중단했다고 합니다. 그러한 강소국이 되기 위해서는 개인당 국민소득이 중국을 훨씬 능가하는 경제력과 군사력으로 어떠한 빈틈도 보여 주지 말아야 합니다.

 그러기 위해서는 우리가 계속 국력이 신장되고 대외적으로 한미 동맹을 가일층 강화해야 합니다. 친여 단체들이 의정부 여학생 사건을 항의하는 촛불 시위로 성조기를 불태우고 용산 미군부대 앞에서의 폭력 시위로 경비하는 미군이 시위대가 던진 돌에 맞아 피를 흘리는 등 반미 감정을 자극한 것은 국익을 무시한 큰 실책이 아닐 수 없습니다. 럼즈펠드 미 국방장관은 미군이 시위대가 던진 돌에 맞아 피 흘리는 장면을 텔레비전에서 보고 미군 철수를 지시했다고 합니다.

네 번째로는 중국의 신 패권주의와 대국주의, 중화주의(中華主義)에 효과적으로 대처하기 위해서는 우리나라 단독으로 중국 당국에 항의하는 정도로는 씨도 먹히지 않을 것입니다."

"그럼 어떻게 해야 합니까?"

"음으로 양으로 중국과 이해관계가 있는 세계의 모든 나라들은 말할 것도 없고 고구려 역사에 관심이 있는 세계의 모든 학자들과 연합 전선을 펼쳐야 합니다. 중국이 고구려사를 왜곡하기 시작하자 일본, 러시아, 미국의 사학자들은 중국의 잘못을 지적한 바 있습니다.

더구나 이미 작고한 세계적 석학들 예컨대 아놀드 토인비(Arnold J. Toynbee, 1889~1975), 존 페어뱅크(John K. Fairbank, 1907~1991), 에드윈 라이샤워(Edwin O. Reischauer, 1910~1990) 같은 석학들도 고구려가 한국의 역사임을 이미 밝힌 일이 있습니다.

이 밖에도 중국과 국경을 접하고 있으면서 항상 영토 분쟁을 일으키고 있는 동남아국가연합(ASEAN) 국가들, 인도, 네팔, 베트남, 몽골, 러시아 그리고 센가쿠 열도로 중국과 영토 분쟁을 빚고 있는 일본 등과도 협조를 할 수 있습니다. 더구나 중국군에게 강제 점령을 당하고 있는 티베트 문제와 독립을 요구하는 대만과 신장위구르 자치구 이슬람계 소수 민족은 중국의 아킬레스건이기도 합니다.

　이 밖에도 중국은 경제 성장으로 중국 내에서 벌어지고 있는 지역 간, 계층 간 격차의 심화로 인한 불만과 공산당 일당 독재로 야기되는 민주화 욕구를 무마하고자 애국심과 중화주의를 고취하려고 동북공정과 탐원공정을 펼치고 있다고 합니다. 요컨대 자국 내 불안을 고구려사 왜곡으로 자국민의 관심을 밖으로 돌리려는 속셈입니다. 저들의 약점과 속셈을 안 이상 우리는 얼마든지 이를 감안한 효과적인 역공세를 펼칠 수 있습니다."

　"실례를 들면 어떤 것 말입니까?"

　"우리나라는 인도에 망명 중인 티베트의 정신적인 지도자이며 전 세계에 불교 보급의 우상으로 숭배 받고 있는 달라이 라마의 거듭된 한국 방문 요청을, 세계 각국은 말할 것도 없고 미국, 일본, 심지어 대만까지도 받아들였건만 우리만 중국의 눈치를 보느라고 번번이 거절하여 왔습니다. 이것도 재고해 볼 필요가 있을 것입니다. 대만과의 접촉 역시 중국의 눈치만 보느라고 지나칠 정도로 저자세만 취해 왔었는데 이번 기회에 다시 고려해 보아야 할 것입니다.

　다섯 번째로는 고구려 역사를 영화, 연극, 소설, 및 시의 소재로 많이 이용하는 겁니다. 지금까지 신라, 고려, 이조 시대는 영화를 비롯한 여러 장르에서 많이 활용되었지만 고구려 역사에 대해서는 이상할 정도로 다루는 일이 없었습니다. 이것이야말로 중국의 눈치를 보는 천박한 합리주의가 아닐 수 없습니다.

　동명왕, 조의선인(皂衣仙人), 명림답부, 을파소, 광개토대왕, 호동 왕자와 낙랑 공주의 자명고(自鳴鼓), 온달과 평강 공주 이야기, 을지문덕의 살수대첩, 연개소문, 양만춘 등의 호쾌한 승전 이야기는 현시대 상황에 꼭 들어맞는 좋은 작품의 소재가 될 수 있을 것입니다. 영화인들의 분발을 기대합니다."

【이메일 문답】

보호령이 나 자신

삼공 선생님 전 상서

보내 주신 메일은 고맙게 받아 보았습니다. 깊이 감사를 드립니다.

선생님의 메일을 보자 곧 제 자신이 보호령이 되어 백회 위에서 저를 굽어보고 있습니다. 즉 제 자신의 일거수일투족을 관하고 있다는 표현이 옳을 듯싶습니다. 결국은 그동안 저의 수련을 도와주셨던 신명들이 제 자신이 여러 가지의 쓰임으로 나타났던 것이 아닌가 합니다.

그리하여 지금의 상태는 제가 모든 것이며 결국은 다시 저 자신으로 돌아온 것이라는 생각과 그러나 그전과 다른 점은 그러한 것을 깨닫고 마음이 더 편해졌다는 것입니다. 이것이 진정한 우아일체임이 느껴지며, 은근한 기쁨이 중단전(中丹田)의 깊숙한 곳에서 솟아나고 있습니다.

오늘은 잠시 틈을 내어 선생님께 메일을 올립니다만, 좀더 확실한 느낌이 오면 더 상세히 올리도록 하겠습니다. 그럼 선생님과 사모님 두 분 모두의 건강을 기원합니다. 안녕히 계십시오.

라라미에서 제자 차주영 올림

【필자의 회답】

모든 존재의 근본은 하나이며 그 하나는 부분이면서 동시에 전체를 이루고 있는데 이 진리가 화면으로 나타난 것입니다. 수련이 한 단계 높아졌습니다.

무(無)와 공(空)?

삼공 선생님 전 상서

보내 주신 메일을 고맙게 받아 보았으나, 답장이 늦어져 송구스러운 생각이 앞섭니다.

요 며칠간은 손님의 안내 등으로 수련에 소홀히 하였습니다. 늘 시행착오의 연속이니 아직 멀었다는 생각이 듭니다. 어제는, 요번 주 일요일에는 이곳을 떠나야 하니 이삿짐 꾸리기 등 마음을 정리도 할 겸, 자주 다니던 온천을 다녀왔습니다.

그간 일들을 정리하면서 호흡에 들었습니다. 그런데 제 몸 전체가 광원체로 변하여 빛을 발하더니 나중에는 저의 모습조차 사라져 버렸습니다. 지금도 그 상태가 계속되고 있습니다. 지난번 메일에서는 저도 보이고 제 자신을 관찰하고 있는 저의 모습들이 보였는데, 현재는 제가 저를 늘 관하고 있다고는 감지가 되나 아무데서도 형체는 보이지 않습니다. 마치 무와 공의 상태라고 하는 편이 옳은 듯합니다.

오늘 아침에도 일찍 일어나 103배를 하고 수련에 들었습니다. 깊은 무아지경에는 들지 않았습니다. 저의 모습은 보이지 않으나 백회 등에서 미약하나마 기가 감지가 되며, 피부호흡도 되는 듯이 느껴졌습니다.

실은 이곳을 떠나기 전에 어느 정도 안정된 상태로의 한 가닥을 잡아 가지고 떠났으면 하는 바램이 있었는데 이것이 마치 이루어지는 듯합니다. 특히 단전에서는 미지근하지만 은근한 기가 늘 감지되며, 마치 아랫배 전체가 단전이 된 듯하며 묵직하고 은근한 맛이 있어 한마디로 말해서 무게 중심이 딱 잡힌 상태입니다. 그러니 호흡이며 모든 것들이 자동적으로 단전으로 집중이 되고 있습니다.

그리고 새로이 옮겨갈 곳에서는 화식 등에 연연하지 않고 1일 2식의 음양생식을 철저히 해 보려고 하고 있습니다. 그런 의미에서도 그간의 가재도구들을 놓고 가려고 합니다. 또한 『선도체험기』 읽기와 마음공부에도 많은 시간을 할애해 보려고 하고 있습니다.

이곳에서는 5월 2일 출발하여 먼저 있던 몬태나 주립대학에 들려 1주일 정도 일을 본 뒤 자동차로 이동하여, 하버드 대학에는 15일경에 도착할 예정입니다. 아마 그간은 메일을 보내지 못할 것 같습니다.

또한 하종림 판사님과는 메일 교신을 하고 있습니다. 서로에게 도움이 될 수 있는 도반이 되었으면 하는 바램뿐입니다. 앞으로도 끊임없는 지도와 편달을 부탁드리며 이만 줄일까 합니다. 그럼 선생님과 사모님의 건강이 함께 하시기를 기원합니다. 안녕히 계십시오.

라라미에서 제자 차주영 올림

【필자의 회답】

원래 모든 존재의 실상은 하나인데 그 하나는 아무것도 아닌 허공 그 자체입니다. 빛이나 파동 역시 하나의 형상입니다. 그것을 뛰어넘어야 허공을 느끼게 되어 있습니다. 나 자신이 허공임을 느끼면서도 허무감 대신에 끝없는 충만함과 안정감을 느낄 수 있다면 수련은 상당한 경지에 들었다고 말할 수 있을 것입니다.

연정화기(煉精化氣)에 이어 연기화신(煉氣化神) 다음이 연신환허(煉神換虛)의 경지라고 말할 수 있습니다. 여기서 정기신(精氣神)은 아직 형태가 있는 것이지만 허(虛)의 경지에 들면 아무것도 아닌 것이 되는 것입니다. 그러면서도 그 허공은 모든 것을 함유하고 있습니다. 진공묘유(眞空妙有)입니다.

이때 비로소 아무것에도 구속되지 않게 될 것입니다. 육도사생(六道四生)을 자유롭게 출입할 수 있게 됩니다. 유유자적(悠悠自適), 대자유(大自由)의 경지입니다. 그러나 아직은 맛보기 정도에 지나지 않으니 들뜨는 일이 있어서는 안 될 것입니다.

인간으로 태어나기 이전의 상태

삼공 선생님 전 상서
우선 저의 수련이 진행되고 있다니 반가운 소식입니다. 요즘은 큰 변화가 없는 것같이 생각이 되었습니다만, 조용히 찾아오는 것 같은 느낌입니다. 어제는 선생님의 메일을 보고 선정에 들었습니다.

늘 그렇듯이 깊은 공아(空我)의 경지에는 들지 않았으나, 저의 몸이 마치 조금은 붕 뜬 기분이 들더니 주위의 공기며 구름 등에 동화되어 제 몸같이 느껴지지 않았습니다. 그러나 상단전(上丹田)만은 의식이 되어, 마치 상단전이 저의 눈도 되고 귀도 되고 모든 촉각들이 모여 있는 듯하였습니다.

그러면서 뻐근하게 통증 같은 것이 지속이 되면서 은연중에 상단전이 한 번 더 열려야 될 것 같은 예감이 문득 들었습니다. 그 후로도 제 팔다리며 몸이 눈에는 보이나 제 것이라는 생각이 없습니다. 늘 상단전만이 느껴지고 있습니다.

그리고 어제 밤에는 늦게까지 일이 있어 커피를 마신 탓인지 잠을 제대로 자지 못하였습니다. 그러나 일찍 일어나야 하기에 평상시와 같이 몸을 일으키니 느닷없이 이제부터는 감각기관 즉 코, 입, 눈, 귀 등이 하던 것을 상단전이 하게 되는 것이야 하는 느낌을 받았습니다. 그러면 모든 일에 여유를 가질 수 있는 것이 아닌가 하는 생각도 들었습니다.

현재 상태도 상단전만이 느껴지며, 걸을 때에는 단전이 따뜻하게 달아오르는 것을 느낍니다. 그리고 저의 마음은 잔잔하기만 합니다. 또한 호흡 시에도 실제로 숨을 들이마시고 내뱉고는 있으나, 실제로는 호흡을 하고 있지 않고 있는 듯이 느껴집니다. 한마디로 내 몸이 나의 것이 아닌, 실감이 나지 않는다는 표현이 옳은 듯합니다.

그러나 상단전을 제외한 온몸이 자연에 동화되어, 내 몸도 내 것이 아니며 타인도 타인이 아니라는 생각이 듭니다. 즉 모든 것에 초연해질 수 있을 것 같으며, 그러니 흔히 말하는 자비가 이런 상태에서 나오는 것이 아닌가 하는 생각이 듭니다. 그러나 앞으로 더 많은 상황 등을 접해 보아야 확신이 설 것 같습니다.

아무튼 선생님의 끊임없는 가르침 덕분에 수련이 진전이 있으니 더 바랄 것이 없습니다. 아직 어디까지 가야 할 것인지에 대한 확신은 서지 않지만, 기왕에 하기로 한 것이니 계속 정진해 볼 생각입니다. 늘 바쁘신 줄 알면서 부탁만 드려 송구스럽습니다만, 충실한 수련에만 열중하는 것이 선생님의 가르침에 대한 보답으로 생각하고 밀고 나가겠습니다.

그럼 선생님과 사모님 두 분 모두의 건강은 기원하면서 이만 줄일까 합니다. 안녕히 계십시오.

라라미에서 제자 차주영 올림

【필자의 회답】

우리 인간이 지금과 같은 오감(五感)을 구비한 육신으로 태어나기 전에는 일정한 형태가 없는 전자파 에너지의 양상을 띠고 있었습니다. 그때를 상상하면 차주영 씨가 지금 느끼고 있는 것이 무엇인지 짐작이 갈 것입니다.

그것은 또 인간의 세계를 3차원이라고 할 때 육신을 갖기 전의 세계는 4차원 이상의 고차원(高次元)의 경지입니다. 차주영 씨는 지금 수련 중에 그러한 고차원의 세계를 잠시 맛본 것입니다. 내 몸이 내가 아니고 타인도 타인이 아닌 것으로 느껴지는 것은 자비(慈悲)라기보다는 우아일체(宇我一體)를 맛본 것입니다.

생사(生死)도 유무(有無)도 사실은 존재하지 않는 시공을 초월한 진리의 경지를 말해 주고 있습니다. 이러한 진리의 세계가 단지 하나의 관념이 아니라 마음의 중심에 엄연히 정착되어야 할 것입니다. 그리하여 "내일 지구가 폭발하더라도 오늘 나는 사과나무를 심겠다"는 스피노자의 심정이 될 수 있어야 할 것입니다.

그것은 일상생활에서 부딪치는 온갖 스트레스 즉 오욕칠정(五慾七情)에서 자기 자신은 얼마나 벗어나 있는지 그때마다 일일이 점검해 보면 알 수 있을 것입니다. 계속 분발하시기 바랍니다.

거짓 나에서 참나로

삼공 선생님 전 상서

 나날이 체험하는 것들이 새로운 것들이니 신비하기도 하고 흥미롭습니다만, 결국에는 일체의 환경의 변화에 초연해질 수 있는 평상심을 찾는 것이라고 생각하니 아직 가야 할 길이 먼 것 같습니다. 실제로 오욕칠정들에 대한 현재의 저의 처신이며 마음가짐 등을 비교해 보니 아직 확신이 서는 것이 없음을 감지합니다.

 특히 생과 사, 유와 무의 위치를 깨닫기 위해서는 많은 공부가 필요하며 기나긴 숙제인 듯합니다. 그러나 모든 것은 세 가지 공부를 착실히 수행하는 과정에서 자연히 얻어지는 것이라는 확신에는 변함이 없으며, 집착하지 않기로 했습니다.

 오늘은 조깅 시에 저의 상단전에서 무지갯빛을 발하더니 조금 후에는 별이 되어 자리를 잡았습니다. 그 별은 금성(金星)처럼 찬란한 빛을 내고 있었으며 지금도 상단전에서 늘 감지됩니다(제가 금형 체질이기 때문에?).

 그리고 달리면서 저의 모습을 보니 아무것도 보이지 않고 밝게 빛나는 금성만이 보이며, 실제로는 팔과 다리를 움직이는데도 제 것이 아니라는 생각이 드니 좀 섭섭한 마음이 들기도 하였습니다. 그리고 조금 후에는 제가 마치 하늘에서 눈이 하나뿐이 우주선(눈이 된 상단전 이외에는 마치 넙치나 해파리 모양 단지 넓은 형태인 듯하나 이것도 정확히 보이는 것이 아니라 자유자재로 모양이 바뀐다고 하는 표현이 옳으며, 실제로는 상단전밖에는 보이지 않는 듯함)이 되어 자유롭게 날고 있는 모습이 되어 실제로는 달리고는 있으나 그 우주선밖에는 아무것도 없습니다.

이러한 일련의 것들은 선생님께서 가르쳐 주셨듯이 우아일체의 공부를 위한 체험이라고 생각되며, 이번과 같이 며칠이고 지속되는 것은 아마도 지금 제가 풀어야 할 과제라 생각합니다. 즉 내가 아닌 나라는 사실이 마음에 와닿아야 할 것 같은 감이 듭니다.

곧 이곳을 떠나야 하니 요즘은 송별 식사가 거의 매일 있습니다. 이곳에서의 생활은 7개월 정도로 그리 길지는 않으나 마무리를 하려니 이것저것 바빠지는 것 같습니다. 물론 그들로 인한 생활리듬에 변화는 있으나, 이것들도 공부라도 생각하고 기본적인 도리는 다하려고 하고 있습니다.

앞으로도 끊임없는 지도와 편달을 부탁드리면서 이만 줄일까 합니다. 그럼 선생님과 사모님의 건강이 함께 하시기를 기원합니다. 안녕히 계십시오.

라라미에서 제자 차주영 올림

【필자의 회답】

구도(求道)는 거짓 나에서 참나로, 가아(假我)에서 진아(眞我)로, 소아(小我)에서 대아(大我)로 거듭나는 과정입니다. 만약에 차주영 씨 자신이 거짓 나에서 참나의 정체를 확실히 보았다면 지금 나타나는 화면들은 다시는 나타나지 않을 것입니다.

어떻게 해야 가아(假我)에서 진아(眞我)로 전환할 수 있을까 하는 문제에 대해서는 『선도체험기』에 누누이 언급해 놓았으니 참고하시기 바랍니다. 역지사지(易地思之), 방하착(放下着), 애인여기(愛人如己), 여인방편자기방편(與人方便自己方便)은 한갓 구호로만 그칠 것이 아니라 일상생활 속에 녹아서 구체화되어 성격 자체가 바뀌어야 합니다.

무엇이든지 내 것이 아니라고 해서 섭섭한 마음이 전연 들지 않아야 합니다. 우주 전체가 내 것이고 나 자신이니까요. 범골(凡骨)이 성골(聖骨)이 되어야 한다는 뜻입니다. 부디 분발하시기 바랍니다.

씁쓸함

삼공 선생님 전 상서

선생님께서 일러 주시는 거짓 나에서 참나로의 변신에 대하여는 아직 잡히는 것이 없습니다. 물론 역지사지 방하착에 대하여는 제 자신이 행할 수 있는 범위 내에 있는 것이니 별 어려움 없이 수행하고 있으나, 애인여기며 여인방편자기방편에 대하여는 뚜렷한 상대가 있어야 하고 또한 상대가 이미 준비된 상태가 되어야 함이 필요조건으로 생각되니 저로서는 확실한 방법을 가지고 있지 못하며, 아직 때가 아닌듯이 생각합니다.

즉 선업도 업이니 섣불리 움직이기보다는 조용히 제 수양을 높이면서 기다리는 자세로 하루하루를 보내는 것이 좋을 듯합니다. 벌써 이곳에서도 와전이 되어 저에 대한 정보가 어느 정도 알려진 것 같으며, 대부분 여자 쪽에서는 선도수련이며 살아가는 방법이라든가 하는 것들을 듣고 싶어 하는 경우가 많으며, 또한 그것이 초대의 목적임을 물론 감지합니다.

그러나 대부분 남자 측에서는 아직 제 이야기를 들을 만한 마음의 준비도 되어 있지 않음이 감지되니, 그 자리에서 이야기를 해야 할지 말아야 될지 생각을 하다가, 결국은 한 사람이라도 필요한 사람이 있으면 하는 쪽이 나을 것 같아 제가 아는 한도 안에서 즉 『선도체험기』에 나오는 이야기들을 합니다. 그리하여 『선도체험기』도 소개하고 수련의 방법까지 물어오는 사람에게는 세 가지 공부의 방법에 대하여도 알려 주고 있습니다.

그러나 식사를 끝내고 집에 돌아와서 잠시 생각하면, 만족감보다는 씁쓸한 생각이 늘곤 합니다. 즉 두 사람 모두 제 이야기를 듣고 싶었어야 했는데 결국은 반타작으로 끝내어 버린 시간이 아깝다는 생각이 듭니다. 결국에는 식사 한끼 얻어먹고 대신 선도수련 팔아먹고 온, 기독교 전도사와 다를 것이 하나도 없다는 생각이 듭니다.

어제는 이곳을 떠나기 전에 강의를 한 시간 해 달라는 부탁도 있고 해서 되지도 않는 영어로 수업을 끝냈습니다만, 제 얘기를 들으려는 학생들의 눈빛과 제 눈이 마주쳤을 때 느껴지는 공감대를 피부로 느끼니 끝낸 후 보람도 있고 마음도 편안함을 느꼈습니다.

그러니 선도수련에 있어 상구보리하면 하화중생 또한 중요하다는 생각에는 변함이 없으나, 최소한 제 눈과 학생들의 눈과 마주침에서 나오는 공감대가 없이는 의미가 없는 듯합니다. 또한 현재의 저의 입장에서 보면 아직 그럴 만한 여건들이 되어 있지 않음은 제 자신이 잘 알고 있습니다. 즉 하화중생에는 서두를 필요가 없다고 생각되며, 이것이야말로 때가 있는 듯합니다. 그러나 현재 제가 겪는 것들 또한 중요한 공부의 자료가 되고 있는 것임에는 틀림이 없습니다.

이곳에 한 쌍의 부부가 있는데 학업이 남아 있어 아직 수련에는 시기 상조로 생각됩니다만 공을 들이고 싶습니다. 늘 가르쳐 주심에 다시 한번 더 깊은 감사를 드리며 이만 인사를 맺을까 합니다. 그럼 선생님과 사모님 두 분 모두의 건강을 빌겠습니다. 안녕히 계십시오.

라라미에서 제자 차 주영 올림

【필자의 회답】

사람들이 소문을 듣고 차주영 씨를 저녁 식사에 초대하여 선도수련과 살아가는 방법에 대하여 알고 싶어 한다면 선도를 보급을 할 수 있는 그보다 더 좋은 기회가 어디에 있겠습니까? 하화중생(下化衆生)하는 데는 절호의 찬스가 아닐 수 없을 것입니다.

초대를 받아서 갔으니 제 발로 찾아간 전도사와는 엄연히 구별됩니다. 인생을 살아가면서 자기도 모르게 느끼는 정신적인 공허감이나 중년에 접어들면서 누구나 관심을 갖게 마련인 건강 문제와 같은 것은 어디에 가든지 무난한 공동의 화제가 될 수 있을 것입니다.

선도에 관해서라면 차주영 씨는 이미 귀중한 체험이 있으니 하고 싶은 이야기는 얼마든지 있을 것입니다. 건강을 유지하기 위해서라면 누구든지 하루에 평균 두 시간 정도는 걸어야 한다든지 등산이나 스트레칭을 해야 한다는 얘기는 자신의 건강과 직결되어 있으므로 누구에게 얼마든지 강조해도 싫어하는 사람이 없을 것입니다.

그리고 선도에 유독 관심을 가진 사람이라면 단전호흡법을 즉석에서 가르쳐 주어도 좋을 것입니다. 차주영 씨의 몸에서는 강한 기운이 흐르고 있으므로 선도수련을 하려는 사람에게는 틀림없이 그 기운이 전달되게 되어 있습니다. 즉석에서 기를 느끼는 경우도 반드시 있을 것입니다.

이 소문이 미국 내의 한인 사회에 알려지면 이미 조직되어 있는 선도수련 단체에서 초청이 올 수도 있을 것입니다. 여건이 허용하는 한 그에 응하면 그것 또한 하화중생이 될 것입니다. 많은 사람들에게 진리를 전해 주면 줄수록 차주영 씨는 우주의 중심으로부터 더 큰 기운을 받게 될 것입니다. 남을 위하는 일이 결국은 자기 자신을 위하는 일이 된다는 것을 실감하게 될 것입니다. 애인여기(愛人如己)니 여인방편자기방편(與人方便自己方便)은 이처럼 자연스럽게 이루어지게 될 것입니다.

이 밖에도 거래형인간(去來型人間)이 되라든가 역지사지(易地思之), 방하착(放下着)하라든가 하는 것은 일상생활에서 늘 상대하는 사람들과의 교제에서 나보다는 상대를 먼저 배려하라는 뜻입니다. 이 말은 마음공부의 출발점이기도 합니다.

『명심보감(明心寶鑑)』에 보면 양심막선어과욕(養心莫善於寡慾)이란 말이 있습니다. 마음공부를 하는 데는 욕심을 줄이는 것보다 좋은 것이 없다는 뜻입니다. 욕심을 줄이면 그만큼 마음이 넓어지게 되어 있습니다. 욕심을 줄이는 만큼 우리는 거짓 나에서 참나로 탈바꿈하게 되어 있습니다. 우아일체(宇我一體)가 되는 출발점도 바로 이것입니다. 좋은 기회를 포착하였으면 부디 지혜롭게 활용하시기 바랍니다.

전생의 영 천도

삼공 선생님 전 상서

이곳에 온 지 3~4일이 지난 것 같으나 일을 마치고 저녁 무렵 그전에 늘 달리던 체육관의 트랙을 돌았습니다. 라라미에서와 마찬가지로 역지사지, 방하착을 구령 삼아 암송하면서 달리는데 마치 제가 늘 달리던 라라미의 코스와 같이 느껴졌습니다.

그런데 그전에는 달릴 때 무척 힘이 들었던 기억이 있으며 30분 달리기가 벅찼던 것 같은데, 몸도 가볍고 그리고 단전도 따뜻하게 달아오르는 등 확실히 예전보다는 몸도 변하였다는 생각이 들었습니다. 그리고 이제는 라라미에서 몸은 떠났지만 수련에 있어서 제 마음은 늘 라라미에 있는 듯 하며, 어디를 가더라도 그곳에서의 수련에 대한 초심을 잊지 않으면 별 어려움이 없을 것 같은 생각이 들었습니다.

달리기 후에 연구실에 앉아 호흡 수련에 들었으며, 마음도 편하고 삼합진공이 이루어지고 그전과 같이 제 몸 전체가 주위에 동화된 듯하였습니다. 그리고 얼마 후에는 저의 백회로 어린 영들이 마치 탁구공처럼 줄줄이 튕겨 들어와서는 하얀 옷으로 갈아입고 천도되어 나가는 장면이 한동안 지속이 되었습니다.

그리고 거의 끝날 무렵에는 하등 동물들 즉 지렁이 같은 것들도 천도가 되는 듯하였습니다. 그러면서 이러한 일련의 작업들이 저의 전생들의 영들이 아니었던가 하는 생각과 더불어 전생의 업보들이 소멸된 듯한 감이 들었습니다. 즉 인과응보의 굴레에서 벗어나는 작업에 속하는 것인지요?

　이야기가 바뀝니다만, 최근에 있었던 일인데 몸이 안 좋다는 사람을 보면 빙의령이 보이면서 천도를 시켜 주어야 하나 말아야 되나 망설여집니다. 이번에는 사나운 셰퍼드가 보이고 영안으로 보니 그 사람 몸 전체가 그것에 완전히 동화되어 셰퍼드만 보이면서 긴 세월을 같이 공생해 온 듯한 감이 들었습니다.

　그것을 보면서 이 개를 천도시키면 몸도 나아질 것 같은 감이 들었으나 선뜻 해 주어야 하겠다는 마음이 들지 않는 것은 무엇 때문일까요? 아직 마음 한구석에는 속세의 삶이 내장이 되어 이것저것 재는 것 같아 아직도 마음공부가 멀었다는 생각이 들기도 합니다.

　선생님께서 늘 가르쳐 주셨듯이 오른손이 하는 것을 왼손이 모르게 아무 생각 없이 스스로 행동으로 옮겨져야 하는 것이 아닌가 싶습니다. 그리고 이제부터는 이러한 일들로 여러 가지로 방황할 것 같은 감이 듭니다. 또한 복잡한 속세로 다시 들어온 좀 무거운 감이 드는 것은 무엇 때문인지요?

　아무튼 오늘 이곳을 출발하여 5일 후에 도착할 곳은 대도시며 지금까지보다는 더 복잡한 만남들이 있을 것 같습니다. 그러나 마음 한구석에는 지금과 같은 자세로 가능하면 주위에 신세를 지는 것을 피하면서, 자기 수련에 충실해야 하겠다는 다짐을 하니 마음의 동요는 느껴지지 않습니다.

　아무튼 운행된 지 10년이 넘은 차로 5일간의 장거리 여행을 하게 되었으니 무엇보다도 무사히 목적지에 도착했으면 합니다. 그와 함께 여행

중에 앞으로의 일들에 대하여도 정리해 볼까 합니다. 그럼 도착이 되면 다시 메일을 올리도록 하겠습니다. 앞으로도 끊임없는 지도와 편달을 부탁드리며, 선생님과 사모님의 건강이 함께 하시기를 기원합니다. 안녕히 계십시오.

보즈만에서 제자 차주영 올림

【필자의 회답】

자동차로 장거리 여행을 하면서도 수련의 고삐를 조금도 늦추지 않은 것을 보니 이제는 수행이 일상생활화 되어 몸에 밴 것 같아서 안심이 됩니다.

사람의 영이건 동물의 영이건 일단 차주영 씨에게 들어왔다가 천도되어 나가는 것은 전생에 다 그만한 인과가 있었기 때문입니다. 앞으로도 이러한 일은 계속 이어질 것입니다. 이것 또한 하나의 수련의 과정입니다.

빙의령이나 접신령을 천도하는 것은 이처럼 수련의 범위 안에서만 이루어져야 합니다. 빙의령 천도 능력도 일종의 초능력입니다. 이 능력을 수련 이외의 세속적인 목적에 이용하면 반드시 무서운 재앙이 온다는 것을 다만 한순간도 잊어서는 안 될 것입니다. 이러한 기준이 확실히 중심에 선다면 어떠한 경우에도 방황할 이유가 없을 것입니다.

전생의 영가 천도

삼공 선생님 전 상서

염려하여 주시는 덕분에 예정했던 대로 15일(토) 하버드대학이 있는 매사추세츠주의 케임브리지시에 무사히 도착하여, 이틀 전부터 연구실에 나오고 있습니다. 근처에 있는 호수가 워낙 커서 두 바퀴를 돌면 55분이 걸리니 저에게는 안성맞춤입니다.

오늘도 조깅을 하는데 이전 라라미의 조깅 코스가 생각이 나고, 조금 후에는 황금색의 도포차림의 보호령인 듯한 분이 백회 위에서 감지되는 듯하더니, 마치 미국의 백인 우월주의자들의 모임인 KKK 단원 같은 흰색은 아니나 검은 도포와 고깔모자로 머리 전체를 덮어쓴 모습이 겹쳐서 느껴졌습니다.

그러면서 저의 백회에서 기운이 오싹하면서 빙의가 된 것으로 판단하여 천도를 시키기로 집중하면서 달렸습니다. 그리고 한 바퀴를 돌자 검은 옷을 흰옷으로 갈아입은 그가 감사하다며 인사를 했습니다.

얼굴도 보이지 않게 머리에 벙거지를 덮어쓰고 인사를 하는 것은 예의가 아니니 벗고 인사를 하라는 뜻을 전하니 그것을 벗고 인사를 하는 것이었습니다. 얼굴 모습은 선명하지는 않으나 대머리가 훤하며 백발이 상당히 섞인 수염을 가진 60대 정도의 뚱뚱한 체격의 소유자였습니다.

그리고 그의 천도가 끝나자, 이번에는 같은 검은색의 도포를 입은 그러나 벙거지는 쓰지 않은 모습을 보니 마치 가톨릭 신부의 모습으로 생각되는 영들이 백회를 중심으로 긴 줄을 이뤄 천도를 기다리고 있었습니다. 형상은 마치 차를 타기 위해 길게 늘어선 모습과 같습니다.

그러한 장면은 지금도 늘 느껴지나 오늘은 집에 있는 책들을 연구실에 옮기는 일이 있어 천도시킬 시간적 여유가 없을 듯합니다. 현재로서는 그저 제 백회가 좀 묵직할 따름이니 시간 나는 대로 천천히 하여도 될 것 같습니다. 그리고 이곳은 대도시인데도 불구하고 수련을 해 보니 기감도 나쁘지 않은 듯하니 연구와 수련을 지금과 같이 실행을 하는 데는 불편함이 없을 듯합니다.

또한 1일 2식을 아침과 저녁으로 지금까지 줄곧 해 오고 있습니다만, 이곳 연구실에서는 교수님을 비롯한 멤버들이 점심을 같은 테이블에서 하면서 서로 정보를 주고받으니 앞으로는 식사를 아침과 저녁 대신에 점심과 저녁으로 바꾸기로 하였습니다. 어차피 배우려고 왔으니 이곳의 상황에 맞추는 것이 옳은 일이 아닌가 생각합니다.

오랜만에 드리는 메일이라 두서없이 길어진 것 같습니다. 그리고 선길 스님에게 선생님을 뵈었다는 소식을 들었습니다. 안녕히 계십시오.

케임브리지에서 제자 차주영 올림

【필자의 회답】

백회가 오싹할 때는 외부에서 영가(靈駕)가 들어 왔을 때입니다. 검은 도포나 모자나 고깔을 쓰고 들어 왔는데 흰 것으로 변한 것은 차주영 씨의 영력(靈力)으로 그 영가의 품성이 순화되었기 때문입니다. 가령 이기심으로 가득 찼던 영가의 성품이 이타심을 가진 영으로 변한 것을 말해 줍니다.

그리고 일단 들어온 영가는 차주영 씨가 꼭 천도시키겠다고 작정하고 노력을 하지 않아도 일정 시간이 지나면 자동적으로 천도가 되게 되어 있습니다. 가톨릭 신부 모습을 한 영가들이 긴 줄을 서서 천도를 기다린 것은 그들이 과거생의 어떤 인연으로 차주영 씨의 힘으로 천도되기를 장시간 기다리고 있었다고 보아야 합니다.

가톨릭 신부들이라면 상식적으로 생각해도 마땅히 그들의 영혼이 예수 그리스도의 교회의 힘으로 구원을 받았어야 하는데 실제는 그렇지 않다는 것을 알 수 있습니다. 이것을 보면 영계에는 종교나 인종의 경계 같은 것은 존재하지 않는다는 것을 알 수 있습니다. 세속적인 종교적 지위가 아니라 수련 정도와 능력과 실력이 모든 것을 결정한다는 것을 알 수 있습니다.

그러나 누구의 영혼을 천도해 주든지 모두가 하화중생(下化衆生)하는 일이니 긍지를 가져도 좋을 것입니다. 지금 『선도체험기』 몇 권을 읽고 있는지 궁금합니다. 내가 프랑스 여행을 했을 때 겪은 이야기들이 수록된 44권이 유익한 참고가 될 것입니다.

우아일체(宇我一體)

삼공 선생님 전 상서

이곳에 도착한 지도 벌써 1주일이 지나가고, 연구실이며 대학 캠퍼스의 위치들을 살펴보았습니다. 그리고 어제는 산행을 하였습니다. 우선 하이킹 책자를 사서 코스를 고르는데 대학림(大學林)이 나와 있기에 우선 삼림도 살필 겸해서 첫 코스로 정하였습니다. 날씨는 가랑비가 오락가락하였으나 산행을 하지 못할 정도가 아니라는 생각에 출발을 하였습니다.

산행 도중에 모국에서는 약용으로 각광을 받고 있는 버섯들을 발견하였으며, 이곳에 머무르는 동안의 연구 과제의 후보로도 가능하다는 생각이 들었습니다. 아무튼 동부 지역은 서부와는 삼림의 모습이 전혀 다르나 모국과 비슷하니 포근함도 느낄 수 있었습니다.

이야기가 바뀌어 수행에 대하여 말씀드리겠습니다. 선생님께서 가르쳐 주신 대로 줄줄이 서 있던 신부의 영가들은 자동적으로 천도가 된 듯합니다. 그 후 별로 의식을 두지도 않았는데 지금은 보이지가 않으니 천도된 것으로 간주하는 것이 옳은지요?

그리고 오늘은 일요일이지만 연구실에서 정리할 것도 있고 해서 학교에 나와 있습니다만, 잠시 틈을 내어 호흡 수련을 하였습니다. 평상시와 같이 느긋하면서 편안함이 지속되고, 지금까지와 같이 제 몸이 주위에 동화되어 존재가 느껴지지 않았습니다.

그런데 실제로는 보이지 않으나 제 몸 자체가 투명체가 되어 있는데, 그를 중심으로 부처님이며 예수님과 같은 성인들과 일반 중생들이 저를 중심으로 뻥 둘러 있는 모습이 보였습니다. 그 후에는 제가 조금 위쪽으로 떠 있는 상태에서 그들을 품고 있는 모습으로 감지되더니 결국에는 그들 각자가 제 세포 하나하나로 구성되어 있다는 느낌이 전달되었습니다.

이것을 제 나름대로 해석하면, 신인일치이고 우아일체며 소우주이지만 늘 중심은 저 자신이면서 또한 제 자신이 만물의 한 부분으로 구성이 되어 있다는 것을 보여 준 것이 아닌가 생각합니다. 그리고 요즘은 주로 빙의령 천도 등으로 하화중생(下化衆生)을 하고 있다는 생각은 들고 있습니다만, 단전이 달아오르는 등의 역동적인 변화가 없으니 수련 자체가 단조로워진 듯합니다.

물론 우아일체와 신인일치의 공부가 서서히 이루어지고 있으며 성숙되어 가고 있음을 느낍니다만, 실제로 제가 선생님의 10단계 수련 중에 어디에 도달되었는지요? 물론 그리 중요한 일은 아니며, 사실 마음은 어느 정도 평상심에 가까운 상태가 감지되나 아직 정착된 것은 아닌 것 같으니 아직 가야 할 길은 멀다는 점에는 의문의 여지가 없습니다.

또한 『선도체험기』는 이제 겨우 24권을 읽고 있습니다. 이런 진도로 나가다가는 73권의 절반도 못 읽고 돌아갈 것 같습니다. 좀 분발해 보겠습니다. 다시 한 번 선생님의 가르침에 깊은 감사를 드리며 이만 줄일까 합니다. 안녕히 계십시오.

케임브리지에서 제자 차주영 올림

【필자의 회답】

어떤 영가든지 일단 수행자에게 들어오면 조만간 떠나가게 되어 있습니다. 일단 들어온 것이 감지가 되었는데 하던 일이 바빠서 분주하게 돌아가다가 문득 들어왔던 영가를 생각이 났지만 무거웠던 머리가 가볍고 깨끗해졌을 때는 자신도 모르는 사이에 천도가 된 것입니다. 앞으로 이런 일은 일상생활처럼 수도 없이 경험하게 될 것입니다. 이런 일을 많이 겪을수록 그만큼 그 보상으로 수련 수준도 꾸준히 향상될 것입니다.

인간은 대우주의 한 부분이면서도 항상 자신 속에 대우주를 품고 있는 존재입니다. 부분이면서도 전체라는 뜻입니다. 10단계 수련은 내가 편의상 구분해 놓은 것일 뿐입니다. 꼭 그 단계대로 되는 것도 아닙니다. 수련이 깊어지면 그런 단계 같은 것이 무의미해질 때가 올 것입니다.

등산에 열중하는 사람은 자기가 목표 지점에 얼마나 가까워졌는지 일일이 확인하지 않아도 열심히 오르는 중에 자기도 모르는 사이에 정상에 도달하게 되어 있습니다. 그런 사람은 막상 그 자신은 정상에 도달했는지조차 모르는데 주위 사람이 그것을 알려 줄 때가 있습니다. 조바심을 치면 칠수록 더욱 멀어지고 그때그때 밀어닥치는 문제 해결에 열중하다가 보면 자기도 모르게 목표 지점에 도달해 있게 될 것입니다.

큰 나무에 빙의?

삼공 선생님 전 상서

오늘은 아침부터 천둥과 번개가 치면서 간간이 소나기가 내리고 있습니다. 먼저 있던 곳은 비가 거의 없는 건조한 지역이었는데 갑자기 환경이 바뀌니 좀 어색하다는 생각이 듭니다. 일기예보를 보니 이번 주 내내 찌뿌듯할 것 같습니다.

오늘은 일찍 깨었으나 번개와 천둥이 일고 하여 큰 나무들이 있는 호숫가에서 조깅을 하기에는 적당치 않을 것 같아 생략을 하였습니다. 그런데 갑자기 한 화면이 떠오르는 것이었습니다. 즉 제가 잘 알고 지내는 분의 모습이 보이는데, 큰 나무의 그늘 아래 가려진 채 마치 그 그늘의 한계를 벗어나지 못하는 모습이었습니다.

그 큰 나무는 수령이 수천 년 된 정자나무의 모습이며, 그늘 안에 갇혀 있는 그분의 모습과 그 그늘이 점점 더 어두워지는 것이 감지되었으며, 제가 멀리서 굽어보고 있습니다. 그러면서 그분을 그 그늘에서 벗어나게 하여야 할 텐데 하는 생각과 제 생각으로는 그분이 너무나 큰 나무에 빙의가 되어 그 테두리를 벗어나지 못하고 있으니 안쓰러운 생각이 들었습니다. 그리고 그분은 늘 수련을 열심히 하는 분이니 만약 이것이 빙의라면 천도를 시켜 드리고 싶은 생각이 일고 있습니다. 그러나 나무 등의 식물에 빙의된 모습은 처음이라 아직 빙의라는 확신은 없습니다만, 가능성은 배제할 수가 없습니다.

한편으로는 이렇게 어떤 사람이 어떤 테두리 안에 갇혀 있는 모습은 처음이며, 그와 동시에 부처님이고 예수님과 그리고 다른 중생들은 저의 품에 같이 느껴지나 그분만이 동떨어져 있는 것은 무엇을 의미하는지요? 그러나 수련 중에 나타나는 모든 화면들은 자기 자신의 아상의 하나이니 현재 그분과의 관계를 대신해서 표현해 주는 결과가 아닌가 하는 생각도 일고 있습니다. 아니면 현재 그분의 현 주소가 아닌가 하는 생각도 동시에 일고 있습니다.

오늘은 『선도체험기』 24권을 다 읽었습니다만, 특히 '나는 누구인가'에 나오는 이야기를 읽으면서 백회 부근에서 감전이 일며 조금 흥분이 이는 것을 느꼈습니다. 과연 나라는 존재라는 것이 무엇이며, 구도생활과 일상생활 등 무언가 가닥이 잡힐 듯한 감을 받았습니다.

늘 구도생활을 한다고 하면서 그리고 타인들과의 메일을 주고받으면서 답을 쓸 때에는 상대방의 자존심을 건드리는 것이 아닌가 하는 일들로 고심할 때가 많았습니다. 그리고 보내 놓고 나면 아직 제 자신이 아상에서 벗어나지 못하고 집착하고 있다는 생각이 들 때가 한두 번이 아닙니다. 그러나 최근에는 모든 것에 대해 있는 그대로 단지 내 생각이며, 상대에게 참고가 되면 좋은 일이고 아니면 할 수 없는 일이 아닌가, 설사 그런 일로 멀어진다고 해도 인과응보가 아닌가 하는 생각이 듭니다.

그러니 이제부터는 남을 대하든 그리고 남이 보든 말든 옳다고 생각되면 거침없이 밀고 나아가야 하며, 또한 주위와의 타협도 불필요하다는 생각이 듭니다. 아무튼 요즘은 제가 누구인가 그리고 어떻게 살아야 하는 문제가 화두가 되는 것 같습니다. 안녕히 계십시오.

케임브리지에서 제자 차주영 올림

【필자의 회답】

큰 나무의 영에게 빙의된 사람이 차주영 씨가 꼭 도와주어야 할 인연이 있었다면 이미 그렇게 되었을 것입니다. 그렇지도 않은데 값싼 동정으로 자기 능력을 시험하려 해서는 안 될 것입니다. 세상에는 제압하기 힘든, 영력(靈力)이 아주 강한 영가도 있다는 것을 명심해야 할 것입니다.

구도자는 자기 힘만 믿고 빙의된 사람은 아무나 다 천도해 주는 사람은 아닙니다. 구도나 수련에 꼭 필요할 때만 그 능력을 구사해야 합니다. 그렇지 않으면 한갓 제령술사(除靈術士)나 무당과 같은 초능력자로 전락해 버리고 말 것입니다.

그리고 자기가 아무리 옳다고 생각하는 일이라도 주위 사람들의 양해가 필요할 때는 구해야 합니다. 그렇게 하지 않으면 부질없는 마찰을 빚게 될 것입니다. 우리가 사는 사회는 여럿이 한데 어울려 상부상조해 가면서 살아가야 하는 곳이기 때문입니다.

악몽(惡夢)

삼공 선생님 전 상서

일단은 나무와 같은 식물의 영(靈)에도 빙의가 된다는 것은 새로운 체험입니다. 그리고 남과 같이 살아가는 문제에 대하여는 늘 깨어 있어야 하는 점도 다시 한 번 인식하게 되었습니다.

사실 요즘은 악몽에 시달리고 있습니다. 또한 라라미에서와 같은 가벼워졌던 마음도 느끼지 못하고 있습니다. 그 원인의 하나는 일에 대한 중압감 때문이 아닌가 합니다. 즉 영어도 아직 부족하니 팜플렛을 들고 이곳저곳을 기웃거리고 있습니다만, 떠날 때까지 부담이 될 것 같습니다. 물론 늘 홀가분하게 살아가는 것이 베스트인 것만은 사실이나 그를 위해서는 준비해야 할 일들이 많다는 것과 또한 행한다는 일에는 보통의 인내력 이상이 필요함을 늘 느끼고 있습니다.

이곳에 온 지 얼마 안 되니 순응하는 단계로 생각이 됩니다만, 요즘은 또한 제가 주위 사람들과 멀어지고 있다는 생각이 들면서 외톨이가 되어 가는 것이 아닌가 하는 생각이 일고 있습니다. 즉 마음공부가 다시 원점으로 돌아가고 있는 듯합니다. 그러니 깨닫고 어떤 일에도 유유자적할 수 있는 구도생활이 안정이 되기 위해서는 끊임없는 노력뿐이라는 것은 알겠지만 구체적으로 어떻게 해야 할지 그림이 그려지지 않습니다.

물론 지금처럼 자연히 빙의가 되는 영가 천도로 하화중생하는 일과 우아일체라는 것이 확실히 깨달아져야 한다는 것에는 의심의 여지도 없습니다. 아무튼 마음에는 여러 가지 순수하지 않은 욕심들과 안정되지 않는 무언가에 의해 파도가 일고 있습니다. 라라미에서의 초심으로 돌아가 관하고 있으니 조만간 정상이 회복될 것 같습니다. 늘 서두르지는 않지만 확실하게 하나하나를 수행해야한다는 신념만은 잊지 않고 있습니다.

그럼 선생님과 사모님 두분 모두의 건강을 빌며 이만 맺을까 합니다. 안녕히 계십시오.

케임브리지에서 제자 차주영 올림

【필자의 회답】

악몽에 시달리는 것은 심신이 안정이 안 되고 스트레스가 쌓이기 때문입니다. 집착에서 오는 초조감과 중압감에 휩싸이지 않도록 조심해야 할 것입니다. 이것은 순전히 자기 자신의 마음을 제대로 다스리지 못해서 일어나는 현상입니다.

이런 때는 모든 집착을 내려놓아야 합니다. 방하착(放下着)의 자세로 모든 것을 참나인 하늘에 맡겨야 할 것입니다. 항상 현실적인 자기 임무에 충실함으로써 진인사대천명(盡人事待天命)의 자세로 임한다면 집착할 일도 초조해야 할 일도 없어지게 될 것입니다.

"내일 지구의 종말이 오더라도 오늘 나는 사과나무를 심겠다"던 스피노자의 느긋한 심정이 되어야 할 것입니다. 집착, 근심, 걱정, 번뇌, 망상을 한다고 해서 달라지는 것은 아무것도 없다는 것을 잠시도 잊지 말아야 할 것입니다. 항상 자기 할 일에 최선을 다한다면 비록 상사에게 꾸중을 듣거나 남에게 비난을 사는 일이 있더라도 양심에 가책을 받는 일은 없을 것입니다.

나는 이 우주의 지극히 작은 한 부분이지만 내 속에는 우주 전체가 들어 있어서 시공(時空)을 초월한 무한한 존재라는 것을 잠시도 잊지 말아야 할 것입니다. 그렇게 할 수 있다면 악몽 따위에 시달리는 일은 다시는 없어질 것입니다.

수련 후퇴?

삼공 선생님 전 상서

오래간만에 소식을 전합니다. 그리고 수련의 근황에 대하여 말씀을 드리겠습니다. 이곳으로 온 지 벌써 한 달이 되어 가는 것 같습니다. 전번의 메일에서 말씀을 드렸듯이 초반에는 빙의령 천도며 종전과 같은 상태인 듯하였습니다. 그러나 최근에는 뚜렷한 변화도 없으며, 지난주에는 자동차로 편도 4시간 되는 거리에 있는 산에 올랐습니다.

해발 1,700미터 정도의 그리 높은 산은 아니나 험준하여 왕복 7시간이나 걸려서야 등반을 마칠 수가 있었습니다. 그러나 최근에는 점심과 저녁에 식사를 하는 관계로 도중에 갈증이 심하게 나는데도 정상에서 점심을 들기로 하고 좀 무리를 하였습니다. 가까스로 등산을 마치고 다시 4시간을 운전을 하여 집으로 돌아왔으나 그 후 일주일 내내 몸이 나른함을 느끼고 있습니다.

그리고 수련에 대한 열의가 식어 가는 느낌이 들기도 합니다. 또한 저의 가장 단점인 자주 음주를 하는 것인데 자기와의 싸움에서 번번이 지고 마는 현상이 이어지고 있습니다. 또한 최근에는 내달에 있을 학회 준비에 정신적으로도 부담을 느끼고 있으니, 심신이 편하지 않은 상태입니다.

사실은 무리를 하지 않아도 되건만 영어도 제대로 하지 못하면서 두 편의 구두 발표를 신청한 상태이니 마음 한구석에서 강한 스트레스가 밀려오지만 제가 부족한 탓이니 당분간은 방법이 없는 듯합니다. 그러나 이대로 지내다가는 모든 것을 잃을 것 같은 생각도 들고 무엇보다 마음이 편치 않으니 다시 마음을 고쳐먹고 제 자신에 대한 도전을 차근차근 시작하고 있습니다.

오늘은 연구실에 앉아 호흡 수련을 하는데 백회 주위가 마치 솥뚜껑으로 덮인 것처럼 갑갑하더니 조선시대의 궁녀들(삼천궁녀?)에 의한 집단 빙의가 되어 있는 모습이 보였습니다. 그래서 천도를 시킬 목적으로 한참 수련을 하자 마지막 궁녀를 관리하던 분까지 천도가 되었습니다.

그 후 계속해서 선정에 들면서 명치끝에서 통증이 오는 것이 느껴지기에 그것을 관하였더니 마치 제 몸의 왼쪽 부분에서부터 탁기가 통증과 함께 오른쪽으로 옮겨오면서 간장 쪽을 거쳐 오른팔 부분 및 목 부위로 오르는 것이 감지되었습니다.

그래서 아주 백회로 몰아서 밖으로 보내기로 작정을 하고 계속해서 관을 하면서 수련을 하였으나 백회로 가더니 머리가 묵직한 상태였습니다. 힘이 들어 더이상 관하는 것을 멈추고 백회에 있으니 시간이 지나면 자동으로 나가겠지 하는 생각에 무리를 하지 않았습니다.

현재는 머리가 묵직하지 않으니 아마도 나간 듯하며, 그 후 제 몸과 마음이 한 꺼풀 순화된 듯한 느낌이 들며 서서히 마음도 안정을 찾았습니다. 그러나 늘 품고 있는 의문인 언제 몸과 마음이 유유자적할 수 있는지, 그리고 열심히 수련이 진행되다가도 일순의 방심에 모든 것을 잃을 수 있다고 생각하니 아직 감이 오지 않습니다. 즉 여러 가지 면에서 확신이 서지 않는 것은 무엇 때문인지요?

이곳에 온 후로는 집과 학교 외에는 만나는 사람도 없고 주말에는 산행을 할 수 있으니 수련하기에는 좋은 환경입니다만, 아직도 성의가 부족한 탓에 갈등을 겪고 있습니다. 또한 이제는 그전에 느꼈던 여러 가지 화면 등도 없으니 무미건조하다고나 할까 아니면 도리어 후퇴하는 것이 아닐까 하는 생각도 듭니다. 그리고 단전도 그저 미지근한 상태의 연속인 듯합니다.

그러나 요번 주면 학회 준비의 윤곽도 잡힐 것 같으니 좀더 수련에 박차를 가해 볼 생각입니다. 바쁘신데도 불구하고 늘 지도하여 주시는 선생님의 성의에 보답을 못해 드리는 것 같아 죄송할 따름입니다. 안녕히 계십시오.

케임브리지에서 차주영 올림

【필자의 회답】

지금의 수련 상황은 후퇴가 아니라 소강상태입니다. 수련과 연구 활동을 적절히 완수하기 위해서는 체력 관리를 잘해야 할 것입니다. 그런데 험준한 산을 일곱 시간씩 등반하고 일주일 내내 나른한 피로감을 느꼈다면 무리한 등산이었습니다. 앞으로는 자신이 충분히 소화할 수 있는 정도로 등산을 자제해야 할 것입니다.

수련은 오히려 지금과 같은 상태가 정상이라고 보아야 합니다. 라라미에서처럼 화면들이 자주 뜨는 것은 정상적인 상태가 아니라는 것을 알아야 할 것입니다. 그리고 수행자에게 과음(過飮)은 언제나 독약과 같다는 것을 명심해야 합니다. 공든 탑이 한순간에 무너질 수도 있다는 것은 지난번 체험만으로도 충분히 알았을 것입니다.

어떻게 하면 몸과 마음이 유유자적할 수 있는가 하는 것은 마음공부에 달려 있습니다. 자신이 처한 조건과 환경에 구속을 당하는 대신에 언제든지 순응할 수 있으면 마음은 흐르는 물처럼 늘 유유자적할 수 있습니다. 『선도체험기』는 지금 몇 권을 읽고 있습니까?

어떻게 하든지 시간을 내어 『선도체험기』 시리즈를 일단 완독(完讀)을 하고 나면 마음 다스리는 법에도 한결 익숙해질 것입니다. 자기 마음을 제대로 다스릴 줄 아는 사람이 유유자적할 수 있는 사람입니다.

늘 깨어 있어야

삼공 선생님 전 상서

선생님으로부터의 가르침도 있으시고 또한 이대로는 안 되겠다는 생각에 우선 제 마음을 다스리는 연습을 하기로 하였습니다. 일주일 전부터 학회가 끝나는 내달 중순까지 술을 안 마셔 보는 것부터 하기로 하였습니다.

요즘은 주위와 부닥치는 일이 간혹 일기도 하나 역지사지와 방하착으로 제 자신을 관하고 있으니 예전 같으면 술도 한잔하였을 터인데도 마음은 편안합니다. 그리고 그로 인한 스트레스도 별로 받지 않고 지내고 있습니다. 물론 몸공부와 기공부는 그전대로 늘 하고 있습니다. 비록 단전이 그리 달아오르지는 않으나 호흡 수련을 하면 백회에서 시원한 기를 느끼며, 머리도 개운하고 수승화강이 서서히 잡히는 것 같기도 합니다.

그러나 라라미에서와 같은 드라마틱한 변화가 없는 것은 사실이고 또한 몬태나주나 라라미가 있는 와이오밍주의 광활한 대지가 그리워지곤 합니다. 비록 이곳은 대도시이지만 도심에 나무도 많아 우리말로 표현하자면 전원도시여서 숨이 막힐 지경은 아닙니다만, 로키산맥의 웅장하고 광활한 대지로 돌아가고 싶은 생각이 문득문득 듭니다.

물론 매주 토요일에는 산행을 합니다. 특별한 곳을 제외하고는 하이킹코스가 평지나 다름없는 구릉지가 많습니다. 한 곳을 정해 놓은 것이 아니고 매번 새로운 곳을 정하여 버섯도 채집하고 있으니, 산행다운 산행은 아니지만 꾸준히 자연과 접하고 있습니다.

그리고 현재 『선도체험기』는 31권을 읽고 있습니다. 우선 내달에 있을 학회가 끝나는 대로 집중적으로 시간을 할애하려고 하고 있습니다. 이곳에는 올 11월 중순까지 있을 작정입니다. 마음공부에 치중하여야겠다고 생각합니다. 하나 늘 구도자의 자세로 제 깐에는 일을 처리하고 행동한다고는 하나 뒤끝이 깨끗하지 않고 아직 눈에 보이는 성과가 없습니다.

무엇이든 오르막이 있으면 내리막이 있듯이 그때그때 상황에 따라 욕심 부리지 않고 깨어 있어야 한다는 자세로 살아가고 있습니다. 그러나 선생님의 저에 대한 가르치심의 열정에 비하면 늘 부끄러울 뿐입니다. 그러나 서두르지 않고 꾸준히 정진하겠습니다. 그럼 선생님과 사모님 두 분 모두 몸 건강히 안녕히 계십시오.

케임브리지에서 제자 차주영 올림

【필자의 회답】

앞으로는 라라미에서와 같이 수련에 역동적인 변화가 오는 일은 없을 수도 있습니다. 서로 사랑하는 미혼 남녀가 열애 끝에 결혼을 하여 밀월을 보낼 때는 달콤하고 황홀하고 신기한 체험을 할 수도 있겠지만 그것도 일상생활화 되면 그저 그렇고 그런 것이 되어 버리고 맙니다.

무슨 일이든지 처음 경험할 때는 참신하고 드라마틱하지만 어느 정도 시간이 흘러 그것이 습관이 되어 버리면 지루하거나 따분해지게 됩니다. 수련 역시 그와 같은 면이 있습니다. 그러나 분명히 같은 면도 있지만 같지 않은 면도 있습니다. 그것이 바로 세속생활과 구도생활이 다른 점입니다.

매너리즘에 빠지지 않고 수련에 지극정성을 다하는 구도자에게는 매일매일 같은 날이 계속되는 것 같은 일상 속에서도 새록새록 참신함을 발견할 수 있게 될 것입니다. 부지런한 구도자는 조만간 반드시 그것을 발견하게 될 것입니다. 나는 차주영 씨가 그렇게 되기를 바랍니다.

제나와 얼나

삼공 선생님 전 상서

어제 그저께는 같은 연구실에 있는 덴마크 출신의 여자 분에게 사과를 하였습니다. 지난 주 저로 인해 파티에 참석한 사람들과의 관계가 나빠졌다면 대단히 죄송하게 되었다고 사과를 하였습니다.

그런데 그분의 말씀은 특별히 저로 인한 오해가 아니며, 단지 오랜만에 만난 자기 모국 사람들(두 명이 있었음)과 이야기를 더 나누고 싶었는데 아쉬웠다고 하더군요. 그러면서 눈물이 글썽했습니다. 결국, 타국에서의 외로움이 함께 밀려왔던 것 같습니다. 아무튼 제가 일찍 자리를 뜬 때문이니 먼저 사과를 한 것이 잘했다는 생각이 듭니다. 그리고 그분의 방을 나오는데 일부러 와주어 고맙다고 하더군요.

이번 일을 겪으면서 한 번 저지른 일에 대하여는 도중에 불편하더라도 끝까지 책임져야 하는 것이 아닌가 하는 생각이 듭니다. 그러니 값싼 동정심에 이끌려 일을 그르칠 것이 아니라 매사에 진실되어야 한다고 생각합니다.

그리고 그날 저녁에 집에 돌아와 학회 발표에 바쁘지만 읽고 있던 31권을 끝내야겠다는 생각에 책을 펴들고 다석의 불교사상 부분을 읽어내려 갔습니다. 그러던 도중에 164쪽에 나오는 남악 스님이 한 젊은이에게 일러 준 "제나(自我, ego)는 아무리 공부를 하고 수양을 해도 얼나(眞我)는 되지 않는다. 제나가 스스로 부정하여(죽어) 거짓 나임을 알 때 얼나가 하느님으로부터 오는 것이다"를 읽자 이것이로구나 하는 느낌이 오면서 제나 즉 거짓 나가 저에게서 떠나는 모습이 상단전의 영안으로 보이더니 그 대신 하얗고 신령스러운 감촉이 머리 부분부터 제 몸으로 스며들어오는 것이었습니다.

결국 나는 역지사지며 방하착 등을 말만 앞세우려 했고, 그 젊은이처럼 지식으로만 제나를 얼나로 바꾸려고만 하였던 것이니 번지수를 잘못 찾았구나 하는 깨달음이 왔습니다. 제나를 버리고 죽여야하는 것을... 이제야 좀 알 것 같습니다.

어제는 산행을 하면서 지난밤에 체험한 일들에 대하여 재차 확인하면서 걸었습니다. 그 후부터는 저의 가슴속에서 미지근한 기쁨들이 감지가 되며, 시간이 지나면 지날수록 더 커지는 것을 느끼고 있습니다.

결국은 지금까지 고뇌하여 온, 내가 누구인지 왜 살아야 하는지, 어떻게 살아야 하는지 등이 의미가 없어졌습니다. 그냥 어제도 또한 내일도 구분이 없고 그저 주어진 이 시간이 값진 것이라는 생각에 귀속이 됩니다. 드디어 제 가슴이 만물들로 차 있으며 어느 것 하나 귀하지 않은 것이 없습니다.

앞으로도 이런 얼나의 상태가 이어질런지요? 앞으로 좀더 변화들을 면밀히 관찰해 볼 생각입니다. 진정한 작은 깨달음으로 이어질런지요? 안녕히 계십시오.

케임브리지에서 제자 차주영 올림

【필자의 회답】

밀알이 밭에 떨어져 그대로 있으면 아무것도 안 됩니다. 그 밀알이 썩어야 비로소 새싹이 돋아나는 것과 같은 이치입니다. 이기심이 가득찬 거짓 나가 참나로 바뀌는 것도 같은 이치입니다.

거짓 나가 스스로 잘못임을 깨닫고 자기 자신을 죽여야 그 자리에서 참나가 돋아나올 수 있습니다. 뱀이 허물을 벗듯 우리는 구각(舊殼)에서 벗어나야 진정한 참나로 새로 거듭날 수 있습니다.

남악 선생의 말로 문득 한 깨달음이 왔다고 해도 그 순간의 깨달음의 법열(法悅)이 마음에서 늘 떠나지 말아야 좋은 열매를 맺을 수 있을 것입니다. 한 번 그런 깨달음이 왔다고 해서 방심하고 자만심을 갖게 된다면 그 깨달음은 한갓 물거품이 되어 버리고 말 것입니다.

그러므로 그 깨달음의 씨앗을 마음속에 깊이 간직하여 움이 트고 뿌리가 내리고 꽃이 피고 좋은 열매를 맺도록, 부지런히 농작물을 가꾸는 농부처럼 수련에 정진해야 할 것입니다. 그 실천방안은 무엇일까요? 욕심을 끊임없이 비우는 것이 바로 제나에서 참나로 탈바꿈하는 지름길입니다. 앞으로 대각(大覺)을 얻으려면 그러한 종류의 작은 깨달음을 수없이 많이 경험하게 될 것입니다.

폭풍 전야의 정적

삼공 선생님 전 상서

선생님께서 보내 주신 생식과 『선도체험기』 74권은 어제 오후에 잘 도착되었습니다. 그리고 곧 소포 꾸러미를 열어 74권을 읽기 시작하여 저녁에는 끝마치고 잠에 들었습니다. 후반부에 실려 있는 내용들을 읽으면서 짧은 기간에 참 많은 체험들을 하였구나 하는 생각과 선생님께서 꾸준히 지도하여 주셨음에 깊은 감사의 마음이 들었습니다.

또한 단군 할아버지며 예수님과 부처님들 그리고 지도령과 같은 신령님들에게도 깊은 감사의 마음을 전하고 있습니다. 돌이켜보면, 참 그 당시에는 나날이 새로이 느껴지는 체험들, 그리고 제 의지보다는 선생님과 신령들의 각별한 지도에 이끌려 현재까지 왔다는 표현이 더 정확하지요.

이곳으로 이사를 와서는 한바탕 폭풍이 지나간 뒤에 잔잔한 여운이 흐르는 것처럼 침묵의 단계라고 말씀을 드리고 싶습니다. 그러나 이런 폭풍은 이제 겨우 시작에 불과한 것이 아닌가 하는 생각이 듭니다. 즉 현재의 상태를 정확히 말씀을 드리자면, 다시 또 한바탕의 폭풍 전야라고 할까요?

지금의 상태를 말해 주듯 며칠 전의 메일에 작은 깨달음의 이야기를 하였습니다만, 이제부터라는 생각이 듭니다. 즉 빙의된 것은 아니고 특별한 이유도 없습니다만, 마음이 전체적으로 찡하게 울려오며 잔잔한 통증도 동반하고 있습니다. 언젠가 선생님께서도 일러 주셨듯이 상단전이 열리고 하는 일련의 수련의 과정들이 양파 껍질과 같은 것이어서 이러한 통증들을 한 겹 한 겹 벗겨 내는 것이라는 생각이 듭니다.

아마도 다가오는 태풍이 제 마음을 집중 강타할 것 같은 예감도 들고요. 그리고 가능한 한 많은 욕심을 다가올 태풍의 빗물에 씻겨 보내려는 준비를 하여야 할 것 같습니다.

그리고 『선도체험기』 74권 서문을 읽으면서 선생님께서 저에 대해 너무 좋게만 보고 계신 것이 아닌가 하는 생각이 들었습니다. 즉 제가 과연 삼공 선생님의 제자로서 세 가지 공부를 빈틈없이 수행하고 있느냐에 대한 문의를 제 자신에게 해 봅니다. 물론 결과는 더욱더 분발해야지 하는 것으로 종결됩니다.

지금 메일을 쓰는 이 순간에도 제 마음속은 교차로가 되어 교통신호에 따라 차들이 지나가고 사람들이 건너고 세속의 한가운데 있는 듯한 모습이 그려집니다. 내일은 토요일이고 산행이 기다려집니다. 또한 따고 싶은 버섯이 눈에 뜨일까 하는 기대감도 들고요. 그럼 오늘은 선생님과 사모님 두 분 모두의 건강을 빌며 이만 줄이겠습니다. 안녕히 계십시오.

케임브리지에서 제자 차주영 올림

【필자의 회답】

『손자병법』에 보면 가장 좋은 것은 싸우지 않고 적을 이기는 것이라고 했습니다. 그렇게 하려면 싸우기 전에 적을 확실히 알고 물샐틈없는 작전 계획을 세우는 것입니다. 그리고 적을 압도할 수 있는 실력을 기르는 것입니다. 이것만 갖춘다면 언제나 싸우지 않고도 이길 수 있습니다. 상대도 바보가 아닌 이상 이기지도 못할 싸움을 하려고 하지 않을 것이기 때문입니다.

　수련도 이와 비슷한 데가 있습니다. 수련자에게 파도처럼 주기적으로 닥쳐오는 시련이 바로 그것입니다. 차주영 씨는 이미 한바탕 큰 시련을 치뤘습니다. 수련 성과나 깨달음이 있을 때마다 겸손하되 자만하지 말고 늘 세 가지 공부와 자아성찰(自我省察)에 물샐틈없는 대비만 한다면 어떠한 시련, 어떠한 폭풍우가 닥쳐와도 흔들리지 않을 것입니다. 부디 유비무환(有備無患)의 태세로 앞으로 닥쳐올 시련도 잘 극복하시기 바랍니다. 행여 같은 실수를 되풀이하는 일은 다시는 없어야 할 것입니다.

아인슈타인 박사의 영(靈)

삼공 선생님 전 상서

보내 주신 메일은 고맙게 받아 보았고 학회에도 무사히 다녀왔건만 답장이 대단히 늦어졌습니다. 근 한 달 만에 메일을 올리게 되어 죄송할 따름입니다. 그간의 자초지종에 대하여 말씀을 올리도록 하겠습니다.

한 달 전 학회 준비를 할 시기인데 아침 조깅 시, 상단전에 아인슈타인 박사가 들어와 있는 것이었습니다. 혹시 빙의가 아닌가하는 생각도 들었으나 특별히 백회가 묵직하다든가 가슴이 답답하다든가 하는 증상이 없기에, 혹시 보호령으로 잠시 오셨나 하는 생각으로 넘겼습니다.

사실 그 당시에는 학회 발표 준비가 잘되지 않았던 때이기도 하였으며, 상단전에서 저를 응시하고 있으며 제가 무엇을 물어보면 답을 줄 것 같은 예감이 들었으나 결국 물어보지는 않았습니다. 그로부터 언제든지 상단전을 의식하면 그가 저를 지켜보고 있으나 형상은 한창 젊을 때의 모습이었으며 그럭저럭 학회 준비를 마칠 수가 있었습니다.

그리고 학회 전에 미리 도착하여 버섯 채집도 할 겸해서 일정을 앞당겨 출발을 하였습니다. 그런데 출발 전날 잘 알고 지내던 스님과 전화 통화를 하고 잠을 청하였는데, 아무런 이유 없이 밤잠을 설쳤습니다.

목적지는 자동차로 이틀 정도 소요되니 일찍 출발하였으나 머리가 몽롱하여 인터체인지에서 입구를 잘못 드는 등 평상시와는 달리 실수를 범했습니다. 그리고 백회도 무겁고 하여 이상하다 하고 혹시 빙의된 것이 아닌가 하고 백회를 의식하면서 운전을 하였습니다.

그러자 무당과 박수 여러 명이 뒤섞여 춤을 추고 굿을 하는 모습이 영안에 보이는 것이었습니다. 그리고 이유를 살펴보니 아마 어젯밤에 옮겨온 것이 아닌가 하는 생각과 어쨌든 천도를 시켜야 편안히 운전을 할 수 있을 것 같아 단전호흡을 하면서 그만 떠나시오 하고 염원을 보냈습니다. 그 후 1시간여가 지나자 흰옷으로 주섬주섬 갈아입더니 하나둘씩 떠나는 것이었습니다.

이러한 일들을 겪으며 무사히 목적지에 도착하여, 예약하여 놓은 캠핑장에서 대여하여 주는 작은 캐빈(통나무집)에 짐을 풀고, 학회에서 발표할 원고들의 암기며 채집 등으로 4~5일을 보냈습니다.

그런데 특히 발표할 원고를 암기하는 일이며 혼자서 발표 연습을 할 때면 상단전의 아인슈타인 박사가 저를 주시했습니다. 그러니 걱정도 덜어지는 듯하였으며, 발표 당시에도 만인 앞에서 비록 말은 상당히 서툴렀지만 제 얼굴에 미소를 지을 만큼의 여유가 있었습니다. 그렇게 끝마치고 좀 외람된 말씀이지만, 나이가 드니 얼굴만 두꺼워지는구나 하는 생각이 들기는 하였으나 그럭저럭 학회를 마치고 다시 운전을 하여 집으로 돌아왔습니다.

그런데 문제는 집에 돌아와서부터입니다. 홀가분한 마음으로 그간 마시지 않았던 맥주를 들었습니다. 잠시 휴식도 취하고 산행도 하면서 앞으로의 일들에 대하여도 밑그림을 그리려고 하였는데 이런 생활이 어제까지 무려 10여 일간 계속되는 것이었습니다.

연구실에서 돌아와 저녁 6시 정도가 되면 맥주가 마시고 싶어지며, 생식보다는 라면이 땡기는 등 이런 날의 연속이었습니다. 그러니 선생님께 메일을 올려야지 하면서도 차일피일 미루게 되는 것이었습니다. 이러한 제 자신을 보면서 참 이상하다는 생각에 아무리 생각을 하여도 리듬을 깰 만한 사건은 없었으며, 그러면 지금까지 상단전에 들어와 있는 아인슈타인 박사의 영이 빙의가 된 것이 아닌가 하는 생각이 들었습니다.

즉 빙의령이 아니고 보호령이라면 상단전이 아니고 백회의 위쪽에서 보이는 것이 정상이 아닌가 하는 생각이 드니 빙의라는 쪽으로 확신이 기울었습니다. 그리고 설사 보호령일지라도 임제 선사님께서 말씀하신 대로 스승이 나오면 스승을, 부처가 나오면 부처를 죽여라 하는 글귀가 떠오르는 것이었습니다.

또한 오늘도 연구실에서 급한 일을 끝내고 『선도체험기』를 읽고 있는데, 시간은 오후 4시경이며, 맥주 생각이 솔솔 나는 것이었습니다. 그래서 이래선 안 되겠다고 결심을 하고 어쨌든 아인슈타인 박사를 천도를 시킬 목적으로 수련에 들어갔습니다. 한참 지나자 탁기가 제 얼굴의 오른쪽으로 오르더니 동시에 백회가 뻐근해지며, 상단전에 있던 그가 백회 쪽에 있는 것이 보였습니다.

하도 힘이 들어 그만둘까 하다가 이왕에 하기로 하였으니 결판을 짓기로 하고 계속하여 힘을 쏟았습니다. 결국 제 백회가 가벼워짐을 느꼈으나 겨우 백회에서 흰옷으로 갈아입고 떠나려는 그의 모습을 보고 힘이 들어 멈추었습니다.

그런데 그 일이 있은 후에 이상한 것은 방금 전에 솔솔 마시고 싶던 맥주 생각이 없어졌다는 것이었습니다. 참 이상한 일도 있구나 하고 퇴근길의 버스에 올라 집으로 돌아왔는데도 술 생각이 일지 않았으며, 10여 일간 술과 같이 먹던 면류도 싫어지는 것이었습니다.

이런 일련의 일들을 정리하여 보니 제가 그간 아인슈타인 박사의 영에 빙의가 되었으며, 학회 등에는 마음으로 위안을 받은 반면 그 보답으로 술과 면류를 대신하여 그에게 기로 취하게 한 것이 아닌가 하는 생각이 듭니다. 그러나 그가 생전에 술을 즐겼는지에 대하여는 아는 바가 없으니 어디까지나 저의 단편적인 소견에 불과하기는 합니다만, 제가 예전에 삼겹살을 먹었던 것들과 같은 일련의 과정이 아닌지요?

또한 이번 일을 겪으며 저의 외관상의 모습은 전혀 다른 점이 없었으나 제 생각과는 다르게 마음이 움직이고 행동하였다는 결과를 볼 때, 이는 타인들도 마찬가지가 아닌가 하는 생각이 들었습니다.

즉 일반적으로 우리의 눈에 비쳐지는 사람들의 행동이며 말들이 그들의 본연의 모습과 행동이 아닐 확률이 높으니 일일이 그들의 행동이며 말 등에 마음 둘 것이 못 되는 것이 아닌가 또한 좋은 일이든 나쁜 일이든 그들의 참모습이 아니니 주위를 보기 전에 참나를 찾는 일이 우선이며 오로지 제가 할 일은 이뿐이라는 가르침이 아닌가 합니다.

하나 아직도 울퉁불퉁이니 언제나 안심하고 관(觀)할 수 있겠는지요? 아무튼 끊임없는 공부의 과정인 듯싶습니다. 앞으로도 끊임없는 지도와 편달을 부탁을 드리며, 이만 줄일까 합니다. 그럼 선생님과 사모님 두 분 모두 몸 건강히 안녕히 계십시오.

케임브리지에서 제자 차주영 올림

【필자의 회신】

스님과 통화를 하고 난 후 이유 없이 잠을 설쳤다고 했는데, 그것은 그 스님에게 빙의되어 있던 무당과 박수의 영가들이 통화 중에 집단으로 차주영 씨에게 전이(轉移)되었기 때문에 일어난 현상입니다. 물이 높은 데서 낮은 데로 흐르듯이 빙의령들도 항상 영력(靈力)이 약한 사람으로부터 강한 사람에게로 이동하게 되어 있습니다.

영력(靈力)이 강한 영에게 빙의되면 그 영의 생전의 습관을 그대로 재현하는 수가 있습니다. 아인슈타인 박사는 원래 독일 태생이니까 맥주를 상음(常飮)했을 것입니다. 접신(接神)이 되었을 때는 그 영의 표정이나 목소리까지 그대로 연출할 수 있습니다. 생전에 지병(持病)이 있었으면 그것까지 앓게 되어 있습니다.

빙의나 접신이 되었을 때는 떠나라는 염원을 보내든가 하지 말고 지긋이 관찰만 하면 됩니다. 빙의된 영이 얼마 동안 머물러 있는가 하는 것은 수련 정도에 달려 있습니다. 그러니까 조급하게 빨리 나가 달라고 했다고 해서 특별히 효과가 있는 것은 아닙니다.

그리고 보호령은 함부로 나타나는 일이 없으므로 빙의령을 보호령으로 착각하는 일은 없어야 할 것입니다. 좌우간 아인슈타인의 영가를 위해 좋은 일을 했습니다. 그런 것이 다 하화중생(下化衆生)하는 일입니다.

약편 선도체험기 16권

의문점들

삼공 선생님 전 상서

아인슈타인 박사의 영이 현재까지 1개월 동안 가장 길게 빙의된 예였습니다. 오늘은 그간 아무 일 없었던 것처럼 아침에 일찍 일어나 조깅을 하였습니다. 사실 근 10여 일간은 조깅도 못 하면서 지냈으며, 학회 참석차 캠핑장에 머무르면서도 조깅만은 하였건만, 그때는 하고 싶은 마음이 일지 않았습니다.

그리고 일찍 연구실에 출근하여 단전호흡으로 일과를 시작하려고 수련에 들자, 최근에는 느끼지 못했던 일이 일어났습니다. 단전이 달아오르고 기가 뭉게뭉게 피어오르면서 삼합진공이 되고 기의 회오리가 백회에서 일더니 제 단전까지 내리꽂히는 등 좀 황홀함을 느꼈다고나 할까요? 아무튼 그분의 천도에 대한 보상인 듯합니다.

그런데 어제 일을 겪으면서 하나의 의문이 생겼습니다. 그전부터 차례나 제사를 지낼 때에 생전에 술을 즐겨 드시던 조상님에게는 술을 많이 권하라는 이야기를 종종 듣곤 하였는데 결국 이런 이유 때문이 아닌지요? 그렇다면, 조상의 기일이나 명절에 음식과 제주를 드리는 것이 조상을 위하는 데 무엇보다 중요한 일이 아닌지요?

그리고 개개인의 현생의 삶이란 전생에서 이어진 특정한 삶의 방식의 이음이 아니라, 현생을 살아가는 동안 여러 삶의 방식들이 시간과 조건에 의해 그때그때 바뀌는 것이 아닌지요? 그러니 매일 같은 일이 반복되는 것이 아니라 단지 인연의 사슬에 따라 바뀔 뿐이 아닌가 하는 생각입니다. 그러니 저에 대한 실체가 각각의 구현체들이 사슬로 이어진 하나

하나이면서도 또한 사슬 전체이며, 결국 이런 사실을 알고 있는 저의 모습이 참나가 아닌지요?

아직 정립이 된 것은 아닙니다만, 만물은 결국 그런 사슬에 서로 얽히고설켜 있기에 너와 나의 구분이 무의미해지며 결국은 우아일체에 종속이 되는 것이 아닌지요?

그리고 얼마 전부터 수련에 들면 제가 천상이라고 생각되는 곳에 가보곤 합니다만, 그곳에는 부처님이며 예수님 등의 옛 성현들께서 제각각 빙 둘러앉아 명상을 하는 모습 등을 보곤 합니다만, 그러나 아직 제 자리는 없구나 하는 생각을 하며 한참을 위에서 지켜보다 돌아오곤 합니다. 그리고 언젠가는 그분들이 계시는 천상이 제 중단전에 들어왔던 일도 있었습니다. 무엇을 의미하는지요?

아무튼 이번 일을 겪으며 많은 것을 생각을 할 수 있었던 같습니다. 앞으로도 끊임없는 가르침을 부탁드리면서 이만 줄이겠습니다. 그럼 선생님과 사모님 두 분 모두의 건강을 기원합니다. 안녕히 계십시오.

케임브리지에서제자 차주영 올림

【필자의 회답】

어느 조상님이 생전에 술을 좋아했다고 해서 제사 때 술을 많이 따라야 한다면 그분을 위해서 제사 때마다 특별히 많은 술을 준비해야 할까요? 그렇지는 않습니다. 제사 때 중요한 것은 양이 아니라 질이고 형식이 아니라 정성입니다. 차주영 씨는 영안이 열렸으니 제사 때 조상 영들이 어떤 모습을 하고 어떻게 움직이는지 관찰해 보기 바랍니다.

그리고 앞으로도 많은 영가(靈駕)들을 천도하게 될 것입니다. 이 과정을 통하여 구도자들은 모든 존재들은 결국은 이 거대한 우주 전체의 한 부분이면서도 그 부분 속에 우주 전체가 들어 있음을 발견하게 됩니다. 부분이면서도 전체이고 전체이면서도 부분입니다.

이것을 확실히 깨닫고 체험해야 시간과 공간을 초월하는 자기 존재의 실상을 실감할 수 있습니다. 생사일여(生死一如)를 깨닫는 것은 바로 이때입니다. 그리고 우리가 부동심과 평상심을 갖게 되는 것도 이때부터입니다.

여기서 내가 말하는 우주란 우리 눈에 보이는 우주 만물은 말할 것도 없고 눈에 보이지 않는 우주 전체를 말합니다. 그 보이지 않는 우주를 우주의식(宇宙意識), 하느님 또는 우주심(宇宙心)이라고 합니다. 소우주인 사람으로 말하면 우리 눈에 보이는 몸뚱이는 보이는 우주이고 우리 눈에 보이지 않는 마음은 우주심에 해당된다고 말할 수 있습니다. 구경각이란 자기 마음속에서 우주심을 발견하는 것입니다.

지금 차주영 씨는 그러한 수련의 초기 단계에 있다고 할 수 있습니다. 석가나 예수의 화면도 그러한 수련을 시키기 위한 프로그램의 하나입니다. 이제 수련이 좀더 진행되면 수시로 의문이 일어나자마자 곧바로 해답이 나오는 경지에 도달하게 될 것입니다. 그때를 위해서라도 이제부터는 의문이 일거나 알 수 없는 화면이 비칠 때마다 그것을 화두로 삼아 스스로 해답을 이끌어내는 습관을 붙이기 바랍니다.

빙의는 죽은 사람의 영에 의해서만 되는가?

삼공 선생님 전 상서

가능한 한 제 스스로 답을 찾아보도록 노력해 보겠습니다. 선생님으로부터의 메일을 읽고 아침을 먹으면서 문득 부처님들과 같은 성인들의 자애로움이 제 마음에 와 계신 것을 느꼈습니다. 아무런 집중 없이 자연스럽게 그것이 감지되었습니다. 오늘은 무엇을 할까? 하는 일과에 대하여 생각하면서 마음의 여유를 느꼈던 때이기도 했습니다.

결국은 이러한 편안하고 느긋한 마음이 부처님의 마음이며, 이것을 느끼고 있는 지금의 제가 바로 부처의 가르침을 실행하고 있는 것 같습니다. 그리고 이러한 마음을 지금의 저처럼 잠시의 한순간이 아니라 늘 유지할 수 있는 것이 깨달음이요 성인들의 경지인 듯싶습니다.

그렇다면 옛 성인들과 살아 있는 각자들은 깨달은 후에는 계속해서 이와 같은 상태가 유지되는 것일까? 아니면 이런 마음을 지키기 위해 늘 자기 자신과의 싸움을 계속해야 하는 것일까? 아마도 후자인 듯합니다. 그 이유는 방심하기 않기 위해 늘 깨어 있어야 하기 때문입니다.

그러나 저희들이 알고 있는 부처님이나 예수님과 같은 성인들이 걸어 온 삶은 너무 신성시되고 우상화된 것이 아닌지요? 깨달은 사람이라도 깨닫기 전이나 후에도 늘 시행착오를 겪은 것이 아닌지요? 단지 횟수가 적을 수는 있을 것입니다. 그리고 늘 변하는 현상계를 보면 변하지 않는 절대적인 것은 있을 수 없다는 생각이 듭니다.

그러한 우상화의 결과로 좋은 점만 부각된 특별한 사람으로 통하니 속세를 살고 있는 사람들과는 차원이 다른 성스러운 존재로 인식되어 저절로 너무 두터운 장벽이 쌓여져 우리가 뛰어넘을 엄두도 낼 수 없게 된 것이 아닌가 하는 생각이 듭니다.

어제 37권에 나오는 칭하이 무상사와 조순 전 서울시장과의 대화에 대한 선생님의 답변인 "청산원은 사람들이 살고 있는 어느 곳에나 있는 것이오. 지금 내가 있는 이곳이 바로 그곳이라오"가 떠오릅니다.

우리가 부처님 마음을 가지고 행동하면 천상에 가서 부처가 되는 순간이요 그렇지 않을 때에는 거짓 나에 휘둘리는 현상계에 있는 것이니, 우리가 시공을 초월하여 양쪽을 드나드는 것이 아닌가 하는 생각이 듭니다. 그러니 어느 곳에서든지 성인들과 같은 마음이 되는 곳이면 천국이라는 뜻이 아닌지요?

그리고 하나는 인과응보에 대하여입니다만 죽은 이들과의 과거의 업은 빙의에 의해, 그리고 현재 같이 살고 있는 중생 간의 업은 만나서 직접 부딪치면서 해소를 하는 것까지는 이해가 갑니다만, 살아 있는 사람과의 인과응보가 빙의라는 수단으로 오는 경우도 있는 것이 아닌가 하는 생각이 듭니다.

저의 경우에는 현재 일본에 있는 제 직장에서 별다른 특별한 이유 없이 저를 무시한다든가 저의 일에 반대를 일삼는 몇몇이 있었습니다만, 가끔씩 그들이 영안으로 보이며 저에게 들어와 천도(?)가 되는 일이 있습니다. 즉 이것이 텔레파시의 한 부류이며, 꼭 만나서 부딪치지 않더라도 얼마든지 이러한 방법으로 업장을 해소할 수 있는 것이 아닌가 하는 생각입니다.

그러니 속세인의 등으로 지고서라도 큰 깨달음을 얻을 수 있는 것이 아닌지요? 아직도 여러 가지 면에서 이것이라는 마음이 일지 않고 있습니다. 한편으로는 참 멀기도 하다는 생각이 문득문득 들기도 하고요. 아무튼 수련도 중요하지만 생업도 또한 그 못지않으니 늘 부족함이 느껴집니다.

이제 이곳 생활도 10여 개월 남았습니다. 언어 공부에 대하여는 패색이 짙습니다만, 기타 여러 가지 보고 느끼고 한 점에 대하여는 만족하는 편입니다. 그리고 계획대로라면 11월경에 서부에 있는 대학으로 옮겨야 하는데, 옮겨야 할지 아니면 적을 이곳에 두고 단기적인 방문으로 해야 할지 결정을 해야 합니다. 아무튼 근일 내로 마음의 정리가 될 것 같습니다.

앞으로도 끊임없는 지도와 편달을 부탁드리며 이만 줄이겠습니다. 그럼 선생님과 사모님 두 분 모두 몸 건강히 안녕히 계십시오.

케임브리지에서 제자 차주영 올림

【필자의 회답】

우선 사람의 마음에 대하여 잠시 알아보고자 합니다. 사람의 마음은 물처럼 일정한 형체가 없습니다. 그러나 그 마음은 우리의 의지 여하에 따라 어떠한 형태로도 바꿀 수 있습니다. 둥근 그릇에 물을 담으면 둥근 형태가 될 것이고 네모난 그릇에 담으로 네모난 모양이 됩니다. 악(惡)의 그릇에 담으면 악하게 되고 선(善)의 그릇에 담으면 선하게 됩니다.

그래서 일체유심소조(一切唯心所造)라고 합니다. 모든 것은 마음먹기에 달려 있다는 말입니다.

『경세통신(警世通信)』이라는 책에 "도근도(賭近盜)요 음근살(淫近殺)"이라는 말이 있습니다. 도박을 하는 사람은 도둑과 가까워질 것이고 음란한 자는 살인자가 될 소질이 농후하다는 뜻입니다. 그것을 입증이라도 하듯 요즘 고국 시중에는 성폭행자를 체포하려던 경찰관 두 명이 범인이 휘두른 흉기에 무참히 살해당했습니다. 사건이 일어난 지 일주일이 되었건만 범인은 아직 오리무중입니다. 까다롭고 복잡한 총기 휴대 절차 때문에 맨손으로 범인을 잡으려다 그런 변을 당한 것입니다. 결국은 음(淫)이 살(殺)을 낳은 것입니다.

그러므로 성인(聖人)을 간절히 사모하는 사람은 반드시 성인이 될 것입니다. 그러나 말이 쉽지 성인이 되는 것이 그렇게 만만한 일이 아닙니다. 왜냐하면 세속을 살아가는 우리 인간들은 성인을 사모하기보다는 오욕칠정(五慾七情)에 시달리는 일이 더 많기 때문입니다. 그래서 성인과 같은 항심(恒心)을 갖기가 쉽지 않은 것입니다. 그러나 어렵고 쉽지 않을 뿐이지 불가능한 일은 결코 아닙니다.

더구나 그것은 우리 구도자들에게는 기필코 성취해야 할 목표이기도 합니다. 구경각(究竟覺)을 얻는 것도 역시 마음먹기에 달려 있는 것은 분명합니다. 역시 일체유심소조(一切唯心所造)입니다. 그러나 반드시 노력과 성심이 수행의 성패를 결정한다는 것을 명심해야 할 것입니다.

빙의에 대하여 말하겠습니다. 일본에 있는 직장에서 몇몇 사람이 차주영 씨를 음해하려는 책동이 영적 파동(靈的波動)으로 감지된 것입니다. 그것이 영상화되어 빙의 형태로 화면에 나타난 것입니다. 그들의 음해가 성공하지 못하도록 미리 철저한 대비책을 세워야 할 것입니다.

빙의는 죽은 사람의 영혼 즉 영가(靈駕)에 의해서만 이루어집니다. 지금 차주영 씨가 겪고 있는 것은 생령(生靈)들의 장난일 뿐입니다. 음해를 하려는 자들과 직접 이메일 교신을 하든가 아니면 일본에 돌아가서 그들을 만나 직접 담판을 하든가 그 밖의 여러 가지 방법을 동원하여 원만한 해결을 보아야 할 것입니다. 이 세상에는 음해자를 도우려는 자도 있을 수 있겠지만 착한 피해자를 도우려는 의인들이 더 많다는 것을 명심하시기 바랍니다.

성령의 맛보기

삼공 선생님 전 상서

늘 가르쳐 주심에 깊은 감사를 드립니다. 보내 주신 답신은 고맙게 받아 보았으며, 한편으로는 자그마한 충격도 받았습니다. 우선 수련에 대한 답신을 보내 드릴까 합니다.

어제는 선생님께 메일을 올리고 나서 호흡 수련에 들었습니다. 그리고 37, 38권에서 다루어 주신 관음 수련을 한 번 시도해 보았습니다.

그간 단전에 두었던 의식을 뇌 전체에 실으면서 호흡에 들었습니다. 머리가 뻐근해지며 여러 가지 잡념이 한참 이어졌습니다. 그러다가 머리 전체가 푸르고 푸른 광활한 대지의 한 폭의 풍경화로 채워지면서 전혀 오염이 되지 않은 태초로부터의 수려한 산수화가 오버랩되고 청량한 계곡의 물이 보였습니다.

마치 흐르는 소리마저 들릴 것 같은 느낌이 들었습니다. 다음 순간 머리 전체가 백지장으로 변하더니 어디선가 신령스러운 안개 같은 흰 기체가 밀려오면서 어느 분인지 단정 지을 수는 없으나(그간 제가 알고 있는 부처며 예수며 공자와 같은 모습) 성인들의 흰 옷자락이 스쳐지며, 황홀하다기보다는 신령스러움 그 자체에 휩싸였습니다. 그러면서 이것이 성령이구나 하는 느낌과 함께 단전이 달아오르는 것이었습니다.

이것은 지금까지 느껴보지 못한 성령 그대로인 듯합니다. 짧은 순간이었지만 삼합진공 시의 황홀함과는 차원이 다른 세계였습니다. 그러면서 느껴지는 성령 자체가 강한 에너지의 파동과 같았으며, 성령이 내려 구경각을 얻는다는 것은 결국 이런 강한 성령의 에너지에 휩싸여 있는 세계일 것이라는 생각이 들었습니다.

즉 이런 상태라면 제가 어제의 메일에서 천상의 마음이니 현상의 마음에 들락거린다는 들쭉날쭉한 상태가 아닌 그냥 항심 그 자체로 되는 것이 아닌가 하는 생각이 듭니다. 그러면서 제 자신도 이런 세계가 늘 같이 한다면 모든 집착에서 벗어날 수 있다는 생각과 결국은 그 보상으로 늘 평화로운 성령을 맛볼 수 있는 것이 아닌지요?

아무튼 잠깐의 맛보기였지만, 수련은 이제부터가 아닌가 하는 생각이 듭니다. 좀더 몸과 마음을 정리하여 당분간 관음 수련에 정진해 볼까 합니다. 다음주 화요일부터 4~5일간 캐나다와의 국경 지대인 메인주로 채집 여행을 떠나려 합니다. 물론 야영을 하면서 동시에 수련에 박차를 가해 볼 생각입니다.

그리고 이야기가 바뀝니다만, 제 직장에서의 일은 선생님이 지적하여 주신 대로입니다. 표현이 직설적입니다만 좀 살벌하다고나 할까요? 수련과 직접적인 일도 아닌 개인적인 일이어서 다른 분들에는 말하지 않았습니다만, 먹고 사는 문제는 수련과는 또 다른 면이 있습니다. 어떻게 보면 처절한 생존경쟁 그 자체인 듯합니다. 그러나 지금은 선생님께 상의드리기 이전에 제 마음의 정리도 필요하다는 생각이 들었습니다.

내일은 산행을 갈 예정입니다. 여러 가지 일들을 돌이켜볼 생각이며 제 마음을 정리한 후에 선생님께 가르침을 받는 것이 순서인 듯합니다. 현재로서는 구도자로서 깨달음에 이르는 문제와 먹고 사는 문제에 있어서의 처절한 싸움으로 이어지는 경쟁사회에 존속하는 문제는 따로따로 다루어야 할 문제인 듯합니다.

그러나 결국은 어느 쪽에든 전심전력을 다해야 진정한 깨달음에 드는 것이 아닌지요? 앞으로도 끊임없는 지도와 편달을 부탁드리며 이만 줄일까 합니다. 그럼 선생님과 사모님 두 분 모두 건강하시기를 기원합니다. 안녕히 계십시오.

케임브리지에서 제자 차주영 올림

【필자의 회답】

관음 수행은 석가모니 시대부터 있었던 수많은 수행법 중의 하나로서 베트남 출신의 여자 수행자인 수마 칭하이에 의해 새로이 시도된 것입니다. 『선도체험기』 37, 38권에 소개된 것은 그러한 수행법도 있다는 것을 알린 것에 지나지 않습니다. 『선도체험기』를 계속 읽어 나가면 관음 수행법에도 여러 가지 모순과 장단점이 있다는 것을 알게 될 것입니다. 그러니 그 수행법에 너무 큰 의미를 두지 말고 그저 가벼운 마음으로 스쳐 지나가기 바랍니다.

성령(聖靈)이라는 것은 원래 기독교에서 종교적으로 하나님과 예수 다음으로 신성시하는 신비한 영적 에너지입니다. 그러나 종교적인 측면을 제외하면 일종의 수련 에너지라고 보아야 할 것입니다. 깨달음으로 인도하는 역할은 할 수 있겠지만 그 이상은 아닙니다.

구도자가 자신이 정말 대각(大覺)을 성취했느냐 하는 것을 알아보려면 자기 마음을 냉정하고 객관적으로 관찰해 보아야 할 것입니다. 생사길흉화복(生死吉凶禍福)과 오욕칠정(五慾七情)에 내 마음이 더이상 흔들리지 않는 경지에 들었는지를 성찰해 보아야 합니다.

과연 나는 온갖 근심걱정과 스트레스로부터 자유로운가? 당장 실직을 당해도 마음이 흔들지 않을 수 있을까? 갑자기 당하는 사랑하는 부모 형제나 배우자의 죽음 앞에서도 나는 마음에 상처를 입지 않고 의연할 수 있을까? 남들이 죽음의 공포에 벌벌 떨 때도 나는 과연 태연자약할 수 있을까?

정말 나 자신이 불의의 죽음을 앞에 놓고도 마음의 평화를 유지할 수 있는가를 냉정하게 관찰해 보아야 할 것입니다. 그리고 남이 나를 알아주지 않아도 화가 나지 않는지, 누가 나를 중상모략해도 냉정하고 지혜롭게 대처할 수 있을는지, 대각이나 구경각은 이처럼 실생활의 측면에서 늘 관찰하고 확인해 보아야 할 것입니다.

양수기(揚水機)

삼공 선생님 전 상서

저는 그간 채집도 하고 산행도 했습니다. 그리고 제 우편함에는 선생님께서 보내 주신 75권이 있더군요. 부탁을 드리기도 전에 책을 받아 보니 너무나 감사하고, 무엇으로 보답을 드려야 할지 짐이 점점 더 무거워지는 듯합니다.

즉시 독파(讀破)하였습니다만, 현재의 모국의 상황을 조금이나마 알 수가 있었습니다. 다시 한 번 더 깊은 감사를 드립니다. 그러나 책 대금은 바쁘시지 않으시면 다음번 생식 주문 시 같이 송금하여 드려도 되겠는지요?

이야기가 바뀝니다만 관음 수행에 대하여는 체험기의 후반부에서는 선생님도 별로 언급을 하시지 않은 점도 있고 하여 그 이후로는 특별히 관심을 두지 않았습니다. 늘 지금까지 행하여 온, 단전에 의식을 두고 호흡 수련 및 생활을 하고 있습니다.

그런데 한 사흘 전에 호흡 수련을 하면서 제가 백두산의 기를 관하니 저의 백회로 하염없이 기운이 빨려 들어오면서, 결국 제 몸 자체가 백두산과 일치가 되는 것이었습니다. 그리고는 모국의 상공에 머물면서 상공의 기를 통제하는 저의 모습이 보이고, 우주의 천기가 제 백회로 빨려 들어와 단전을 통하여 한반도 전역에 골고루 퍼져나가는 형국입니다.

그런데 현 정권이 시도하는 천도 후보지는 기가 막혀 있는 듯 검게 뭉쳐 있음이 감지가 되었습니다. 그리고 화면이 바뀌어 한반도의 전체를 보니 백두산에서 신선한 기가 흘러나와 서서히 남하하여 결국에는 국토 전체를 뒤덮는 장면이 보였습니다.

그리고 장래 통일 후의 천도 후보지로는 백두산과 위도상으로 나란히 할 수 있는 두만강 근처인 동해 연안이 되는 것이 안정감이 있어 보이며, 동북아를 이끌 수 있는 터전이 되리라는 생각이 드는 것은 무엇을 의미하는지요? 물론 이런 것들은 부질없는, 수련에는 별로 중요한 것이 아니니 흘려보내고 있습니다만, 모국의 상황이니 잠시 화면으로 뜬 것 같습니다.

그러나 중요한 것은 저의 수련의 현주소입니다만, 기의 강한 에너지를 느끼고부터는 마음만 먹으면 기를 자유자재로 끌어들일 수도 있고 보낼 수도 있으며, 늘 백회로 쏴하고 기가 들어와 단전에 모이는데, 단전은 이미 기로 가득 찼으니 넘쳐 밖으로 흘러나가는 것이었습니다.

즉, 제 몸이 마치 양수기와 같은 기능을 다하고 있음을 감지하고 있습니다. 아무튼 늘 천기를 받고 생활하고 있으며, 단전은 뜨겁지도 않고 차지도 않은 적당히 따뜻하며 또한 늘 느리지만 술술 기를 밖으로 내보내고 있습니다. 물론 이는 무의식적으로 이루어지고 있습니다.

그리고 이틀 전에는 아침에 눈을 뜨니 갑자기 과유불급(過猶不及)이라는 글귀가 뇌리를 스치며 무엇이든 지나치지 않게, 집착하지 않고 중용(中庸)을 지키는 생활을 해야 하리라는 생각을 했습니다.

그리고 어제는 현재까지의 저의 수련 과정을 정리하는 시간을 가졌습니다. 비록 『선도체험기』에 나오는 선생님의 체험들에 비추어 더러 순서는 바뀌었지만, 기본적인 체험은 한 것 같은 생각이 듭니다. 즉 산불을 진화하는 과정에 비유를 하자면, 처음에는 헬리콥터나 소방차를 이용하여 큰불 줄기를 잡듯이 마치 제가 마음공부며 몸공부 그리고 기공부에 대한 큰 줄기는 어느 정도 체험도 하고 알 수 있을 것 같으며, 앞으로는 소형 분무식 소화기를 이용하여 마지막 꺼진 불도 다시 확인하면서 진화를 하는 것과 같이, 늘 세 가지 공부를 체크를 해 가며 생활행공을 정착시켜야 할 것이라는 생각이 듭니다.

또한 이제는 저라는 것이 느껴지지 않으며, 저를 생각하면 마치 거울에 비친 저의 모습이 상단전에 영안으로 보일 뿐, 내 것이니까 아니면 내가 무엇을 하니까 등과 같은 나라는 주체에서 벗어난 듯합니다. 그러니 지금 제 눈앞에서 이루어지고 있는 일련의 과정들은 그저 그 순간순간의 현상일 뿐입니다.

　마지막으로 일본에 있는 제 직장 동료 두 사람이 영안으로 보인 것에 대한 이야기입니다만, 선생님께서 지적하여 주셨듯이 저에 대한 흉계라면 흉계라 할까 하는, 저를 배제하려는 모략을 꾸미고 있을 것이라는 생각이 듭니다. 사실 제 상관인 교수님이 내년 3월에 정년퇴임을 하는 데 대한 후속 인사 일정이 곧 발표될 시기입니다. 그러니 곧 모집 공고가 나올 예정인데 아마도 저의 지원 자체를 배제하려는 가능성도 없는 것은 아닙니다.

　이곳은 퇴임자가 퇴임 전에 후임자의 인사를 결정하고 퇴임하는 것이 일상적인 인사 시스템입니다만, 현재의 퇴임 예정자가 저의 바로 상관이라면 상관인 그분이니 만약 그분이 제가 반드시 필요하다고 판단을 할 수도 없는 것은 아닙니다. 그러니 아마 그동안 저에 대하여 반대만 일삼는 교수 한 분과 그들이, 생각하기에는 이 빈 자리에 대한 저의 라이벌이라고 생각되며, 나이는 저보다 한두 살 어리지만 늘 저를 눈엣가시처럼 여기던 조교수 한 사람이 아마도 작전을 세울 수 있는 상황은 충분히 생각하고도 남음이 있습니다.

　그러나 이런 상황은 이미 제가 이곳으로 유학을 오기 전에도 예상했던 일이고, 그 당시의 저의 판단으로는 그곳에서 와신상담하면서 그 자리를 바라볼 것인가 아니면 아예 그 자리를 포기할지라도 공부의 기회를 잡을 것인가 망설이다가 후자를 택하여 유학을 왔습니다. 그리고 현재로서는 저에게는 정교수로서의 진급이 그리 중요한 것은 아니라는 생각이 듭니다.

　물론 정교수가 되면 좀 걸리적거리는 것이 줄고 월급이 오르기는 합니다만 마음을 어떻게 먹느냐에 따라 현재의 조교수로서도 충분히 제가 하고 싶은 일을 하는 데는 부족함이 없다는 생각이 듭니다. 또한 현재의 그 대학에서 정교수가 되어 정년까지 근무를 하여야 할 이유도 없다는 생각입니다. 또한 제 직업이 연구 요건에 따라 직장은 얼마든지 옮길 수도 있는 직종이니 더 말할 나위도 없습니다.

현재로서는 이와 같이 제 마음의 정리가 되었으며, 영안으로 보였던 두 사람에 대하여는 관을 하였습니다. 그리고 사기가 아닌 따뜻한 기를 보냈습니다. 그 후 그분들을 영안으로 보니 저를 예전에 대하듯이 눈을 부라리고 있는 것이 아니라 마치 고개를 조아리고 있는 모습이 영안으로 잡혔습니다.

그러니 지금은 그분들에 대하여 나쁜 감정이 들지 않으며, 그냥 그분들의 입장에서 보면 이번의 인사가 중요할 수도 있다는 생각을 하니 좀 측은하기도 합니다. 더불어, 설사 그분들의 모략으로 불이익이 온다 할지라도 그때 가서 해결해도 될 것이라는 여유가 생겼습니다.

그러나 이번의 모집에는 응모는 할 생각입니다. 정교수를 위한 기본적인 연구업적인 논문 30편에는 겨우 턱걸이는 하고 있습니다. 기본 자격요건은 갖추고 있으니 선의의 경쟁은 하려고 하며, 아마도 그 다음은 다른 요소들이 많이 작용하겠지요. 아무튼 이곳에 있어도 월급과 상여금이 꼬박꼬박 입금이 되니 늘 감사하는 마음으로 지내고 있습니다.

현재 저는 『선도체험기』 40권을 읽고 있습니다만, 선생님께서 언급하셨듯이, 제 마음을 더 크게 열어야 한다고 늘 생각하면서 주위에 감사하는 마음을 가지면서 지내고 있습니다. 앞으로도 늘 가르침을 부탁드리며, 이만 줄이겠습니다. 그럼 선생님과 사모님 두 분 모두 안녕히 계십시오.

케임브리지에서 제자 차주영 올림

【필자의 회답】

이번 메일을 읽어 보니 그동안 수련이 상당히 진전된 것 같아 마음이 놓입니다. 기(氣)의 양수기(揚水機) 역할을 하고 있는 자신을 화면으로 본 모양인데 이런 경우 마음공부가 덜 된 구도자들은 자기가 구세주나 된 듯이 들뜨게 됩니다.

사실은 섭리가 내리는 일종의 시험인데 겸손을 모르면 큰 오류를 범하게 됩니다. 차주영 씨는 그런 오류를 범하지 않았고 오히려 과유불급(過猶不及)의 미덕을 깨달았으니 다행입니다. 이번 성과를 도약대로 삼아 계속 향상이 있기 바랍니다.

조국의 미래에 대한 화면들 역시 염두에 두지 않는 것이 좋습니다. 그 즉시 흐르는 물처럼 흘려버려야 할 것입니다. 그리고 차주영 씨를 해치려는 일본의 동료 교수들을 관용하고 어디까지나 자기 실력을 향상시키려 학구적인 태도는 학자로서 당연히 걸어야 할 길이라고 생각합니다.

마음이 그 정도로 트인 것은 수련의 덕분이 아닌가 생각되어 다행으로 여깁니다. 요불승덕(妖不勝德)이요 사불벌정(邪不伐正)입니다. 요망한 것은 덕을 이기지 못하고 사특한 것은 정도를 걷는 사람을 이길 수 없음을 늘 명심해야 할 것입니다.

사람이 사는 목적

삼공 선생님 전 상서

보내 주신 답신은 고마운 마음으로 받아 보았습니다. 선생님께서도 진전이 있다고 말씀하여 주시니 일단은 순항을 하고 있는 듯싶습니다.

이틀 전 일이었습니다. 저녁때가 되어 퇴근길의 버스에서 갑자기 맥주를 마시고 싶은 충동에 사로잡혔습니다. 집에 도착하여 가방을 놓고 나자 아무 생각 없이 주점으로 향하였습니다. 그리고 그때의 맥주 맛이 왜 그리 기가 막혔든지 지금도 그 일이 선합니다.

물론 이곳 날씨는 낮에는 따끈따끈하고 습하지 않은 기후로 북위 42도이며 맥주로 유명한 독일의 뮌헨과 일본 북해도와 같은 위도이기도 하여, 맥주를 즐기기에는 시기적으로도 지금이 최적기이기는 합니다.

그 다음날인 어제는 몸이 좀 무겁게 느껴지고 오늘 조깅을 할 때도 마찬가지였습니다. 그런데 두 바퀴째를 도는데 온몸 전체를 짓누르던 사기들이 중단전으로 모이더니 가슴이 답답했습니다. 그러면 이번에 또 술을 마시게 한 것이 지난번 아인슈타인 박사의 빙의와 같은 경우가 아닌가 하고 영안으로 보니 세 빙의령이 보였습니다.

미국의 작가인 헤밍웨이, 진화론으로 유명한 다윈 그리고 식물학자이며 지금 제가 머물고 있는 하버드 대학의 식물표본관을 만든 아사 그레이(Asa Gray) 등의 세 사람의 영가(靈駕)가 들어와 있었습니다. 그리고 그 빙의령들은 샤워를 하고 아침을 먹는 동안 천도가 되어 가벼운 마음으로 출근을 하였습니다.

  사실 그날은 새로 구입한 휴대폰에 문제가 생겨 교환을 목적으로 상점에 도착하니 12시가 다 되었건만 아직 개점을 하지 않았기에, 인근의 헌 책방에 들러 필요한 사전과 버섯 관련 서적을 구입하였습니다. 그리고 이것저것 둘러보는데 아사 그레이라는 제목의 책이 눈에 뜨였습니다.

  그 이름은 지금 제가 머무르고 있는 연구실의 교수이며, 표본실 및 도서관의 관장까지 겸하고 저의 스폰서의 명함 앞에 Asa Gray Professor ○○○○ 라고 직책 앞에서 보았던 이름이기도 해서, 현재는 시간이 없더라도 나중에 읽어 볼까 하고 구입하였습니다(이곳에서는 창설자나 과거에 업적을 기리기 위해 그분의 대를 이은 교수의 이름 앞에 그의 이름을 병기하는 경우가 있음).

  그리고 연구실에 도착하여 서재에 꽂으면서 표지를 보니, 다윈의 친우인 미국의 식물학자라는 글귀에 마음이 끌렸던 일이 생각이 납니다. 그리고 오래 전부터 읽기 쉬운 문장으로 알려진 헤밍웨이의 책을 사 보려고 마음을 먹고 있었습니다만, 점원에게 물어보니 없다고 하여 다시 옆에 있는 서점에 들르니 여러 권이 진열되어 있어 『노인과 바다』 등 서너 권을 구입한 일이 있었습니다.

  결국은 이러한 일련의 과정을 거쳐 지난 과거 생의 인과가 현생의 빙의라는 응보의 과정을 거치는 것이 아닌가 하는 생각이 듭니다. 그리고 더불어 제가 현생에서 이곳저곳을 기웃거리며 살아가는 것도 또한 이러한 인과응보의 굴레를 하나하나 벗어나는 과정이라는 생각이 듭니다.

  특히 미국에 와서도 대학을 이곳저곳 옮기는 것과 가는 곳마다 수련의 진행 상황이며 빙의령들이 또 제각각이니, 과거에 바쁘게 산 만큼 현생도 바쁘게 사는 것이 아닌지요? 그러면서 과거의 굴레에서 한 꺼풀 한 꺼풀씩 풀려나는 것이 아닌지요?

　그러면 사는 목적이 우리에게 주어진 일상생활을 하면서 흔히 말하는 부귀영화와 행복을 쫓는 삶이 아니라, 자신의 본연의 실체를 하나하나 깨달아 가기 위함이라는 생각이 듭니다. 그러니 흔히들 현생의 직업은 과거 생의 것과 비슷한 직종이라는 말이 있듯이, 특히 현 직종에 출세니 하는 그런 데만 어떠한 의미를 부여할 것이 아니라, 단지 순응하면서 참 나를 깨닫는 일에 최선을 다하는 것이 이생의 목표라는 생각으로 귀결이 됩니다. 그러니 이런 사실을 주위에 알리는 일이 진정한 하화중생(下化衆生)이 아닌지요?

　아무튼 술을 마시는 등 아직 난조를 겪고 있지만 또한 배움도 얻고 있는 듯합니다. 그러나 다음부터는 술이 먹고 싶은 충동이 일 때, 술을 마시는 과정을 거치지 않고 즉시 간파를 해야겠지요.

　오늘 오후부터는 다음 주말까지 세미나 참석차 채집 여행을 떠납니다. 그런데 세미나에서는 식사 시간 등이 중요한 토론의 장이 되니, 다 같이 식사를 해야 한다고 하니 하루 세끼를 화식을 겸해야 할 것 같습니다. 그러나 모든 것이 수련의 과정이니 제 몸이 특별히 거부하지 않는 선에서는, 가능한 한 주위와 타협을 하려고 하고 있습니다.

케임브리지에서 제자 차주영 올림

【필자의 회답】

구도자의 처지에서 볼 때 사람이 사는 목적은 자기 존재의 궁극적인 실상인, 생멸(生滅)을 초월한 무한한 자기본성을 깨닫는 겁니다. 차주영 씨는 지금 그 과정을 착실히 밟고 있습니다. 헤밍웨이, 다윈, 아사 그레이 같은 세계적인 문학인과 학자들의 영가를 천도한 것도 그리고 주위 사람들에게 참나를 깨닫도록 하는 것도 그 과정 중의 하나입니다.

제자를 가르치는 스승으로서 그 이상 좋은 소식이 따로 없을 것입니다. 그러나 아직은 작은 성취입니다. 그럴수록 더욱 겸손하고 분발하여 더 큰 성취를 향하여 매진해야 할 것입니다. 세미나에서 부득이 화식을 하게 되더라도 음양식만은 꼭 지키도록 유의해야 할 것입니다.

수련의 목적

삼공 선생님 전 상서

지난주에는 무사히 세미나를 마쳤습니다. 여러 가지 배운 점도 많고, 좋은 친구들을 만날 수 있었던 모임이었습니다.

현재 수련에 대하여는 이렇다 할 변화는 없고, 마음의 동요도 별로 느끼지 않고 지내고 있습니다. 그리고 선생님께서도 지적하여 주셨듯이 초기 단계에 불과하니, 아직은 이거다 하는 확신이 일지 않고 있습니다. 아무튼 수련의 목적이 늘 평상심을 유지하며 현재 하는 일에 충실하는 것이니, 욕심 없이 차근차근 수행해야 하는 것이 아닌가 하는 생각이 듭니다.

그리고 오늘부터 한 달간 채집 겸 여행을 떠나기로 하였습니다. 여정은 이곳을 출발하여 서부의 캘리포니아, 시애틀을 거쳐 캐나다의 밴쿠버, 온타리오 그리고 퀘벡주를 거쳐 돌아올 예정입니다만, 도중에 캘리포니아에서는 일본의 제 동료 교수 세 분과 합류할 예정입니다. 그분들은 제가 유학을 떠나올 때 송별회까지 열어 주었던 분들로 허물없이 지내는 사이이며, 성의껏 대할 생각입니다.

이번 여행은 장기간이지만 자동차로 이동하는 관계로 사색할 수 있는 시간이 많으니 수련에는 좋을 듯싶습니다. 그리고 생식도 철저히 할 수 있고요. 그러나 캠핑을 하는 관계로 메일을 이용할 수 없을 것 같아 아쉽지만, 돌아와서 다시 메일을 드리겠습니다.

늘 바쁘신 중에도 변함없이 지도하여 주심에 다시 한 번 더 깊은 감사를 드리며, 우선 간단히 인사를 마칠까 합니다. 그럼 선생님과 사모님 두 분 모두 안녕히 계십시오.

케임브리지에서 제자 차주영 올림

【필자의 회답】

수련의 목적은 평상심(平常心)을 유지하는 것이라고 말할 수 있습니다. 그러나 그 평상심에 도달하려면 어떻게 해야 할까요? 우선 자기 존재의 실상(實相)을 깨달아야 합니다. 자기 존재의 실상이란 무엇일까요? 시간도 공간도 인과도 초월한 생명의 실체(實體)입니다.

이것만이 실체이고 그 이외의 현상계의 만물은 모두가 허상(虛相)입니다. 그래서 석가모니는 『금강경』 마지막 부분에서 현상계의 일체는 몽환포영로전(夢幻泡影露電)이라고 했습니다. 일월성신(日月星辰)도 은하계도 태양계도, 우주도 삼천대천세계(三千大千世界)도 우리의 몸도 처자와 부모형제도, 명예도 재산도 지위도 오욕칠정(五慾七情)도 모두 다 허상입니다.

허상임을 느끼는 그 순간에야 비로소 우주의 실상이 보이게 되어 있습니다. 이 실상을 보고 진여불성(眞如佛性)이라고도 하고 하나님이라고도 말합니다. 이것을 지식이나 논리를 통해서가 아니라 몸으로 느낄 때 진정한 평상심과 부동심이 자리잡게 됩니다.

존재의 실상, 생명의 실체를 체감(體感)하는 순간 우리는 그 안에 몰입하여 그것과 하나가 될 수 있을 것입니다. 이때 우리는 자신이 시공과 물질을 벗어난 무한한 생명체요 에너지체임을 감지하게 될 것입니다. 이것을 불교에서는 성불(成佛)이라고 하는데 뭐 꼭 그렇게 거창한 말을 쓸 필요는 없습니다.

자기 존재의 실상에 도달한 사람은 더이상 생사윤회에 시달리지 않게 될 것입니다. 왜냐하면 그 경지에 도달하면 지금 누가 당장 아무 이유도 없이 내 목숨을 앗아 간다고 해도 마음이 흔들리는 일이 전연 없게 될 것이기 때문입니다.

왜 그럴까요? 내 몸은 내가 지구상에 잠시 머무는 동안 필요한 방편이요 잠시 필요한 허상에 지나지 않는다는 것을 알기 때문입니다. 생사일여(生死一如)가 진리임을 알기 때문입니다. 그리되면 연연시호년(年年是好年)이요 일일시호일(日日是好日)의 참뜻을 저절로 알게 될 것입니다. 진정한 마음의 평화 즉 평상심은 이때 찾아오게 될 것입니다. 잠시라도 수련의 고삐를 늦추는 일이 있어서는 안 될 것입니다.

질문이 생겼습니다

안녕하세요? 선생님.

좀 멋지게 안부 여쭙고 싶지만, 선생님은 언제나 잘 계실 듯싶네요. 인사가 이래도 양해해 주시기 바랍니다. 사실 저로선 이런저런 잡다한 드리고 싶은 말씀도 있지만, 애를 키우는 몸이라 컴퓨터를 오래 할 수 없으니 수련에 관한 질문만 하겠습니다.

아, 참 보내 주신 생식은 잘 먹고 있습니다. 거기에 대해서도 드릴 말씀이 있지만 문제는 없으니 이만 생략하겠습니다. 오늘 인터넷으로 주문했던 『선도체험기』 26, 27, 28, 71, 74권이 왔습니다. 우선 74권부터 읽었습니다. 거기서 차주영이란 분이 잠시 수련에 해이해져서 고생하는데 선생님이 세 가지 사항을 가르쳐 주셨는데요.

첫 번째와 두 번째는 선생님이 항상 말씀해 주시기에 실천하고 있는 사항이고, 세 번째 단전이 달아오를 때까지 선생님 모습을 생생하게 떠올리라 하셨습니다. 저는 선생님을 뵌 적은 없지만 73권을 처음 읽을 당시, 차주영이란 분과의 메일 부분에서 기운이 잘 들어오길래 선생님 이름을 부르며 단전호흡을 해 보았습니다.

평소에는 단전호흡이 잘 안되는 편이었는데 그날 밤에는 인당과 발바닥, 정수리가 오래 스멀거려서 사실 잠도 조금 설쳤습니다. 그때 단전에 연꽃이 피는 환상을 보고 그날 꿈에 금괴를 훔쳐 배 속에다 넣었다고 했는데, 따지고 보면 선생님 이름을 부르며 단전호흡을 한 것이 가장 주된

원인이 아니었나 싶습니다.

그런 이유로 계속 선생님 이름을 부르며 단전호흡을 할까 싶었지만 남의 기운을 빌기보다 자력으로 하는 것이 좋을 것이다 하는 마음이 들기도 하여 『천부경』이나 한기운, 한마음, 한누리를 외우면서 했습니다.

그러나 오늘 74권을 읽고 저도 선생님 이름을 부르거나 모습을 상상하면서 단전호흡을 해도 될까 여쭈어 봅니다. 그리고 다른 성인들의 이름을 불러도 기운이 강하게 들어옵니다. 이십몇 권째던가... 선생님이 다른 제자분들과 성인들의 기운을 실험하던 부분이 있었는데 그때는 기운을 끌어 써도 된다고 하셨습니다. 지금은 어떤 의견이신지요? 저에게 맞는 분이라 생각되면 그 성인분을 떠올리며 단전호흡을 해도 될까요?

제가 책을 전부 다 읽으면 알 수 있는 사실인데도 이렇게 메일을 드리는 것이 아닌가 걱정이 됩니다. 그러나 『선도체험기』를 읽다 보면 수련이 깊어지시면서 선생님이 의견을 바꾸신 부분이 있기도 해서 직접 여쭈어 봅니다. 그럼 선생님 안녕히 계세요. 사모님도 안녕히 계시길 빕니다.

양지현 올림

【필자의 회답】

종교인은 그의 종교가 예배의 대상으로 삼는 절대자에게 생사길흉화복(生死吉凶禍福) 일체를 의존합니다. 그러나 구도자는 어디까지나 자기 힘으로 진리를 추구하여 나갑니다. 그러나 아무리 자기 힘만으로 수행을 한다고 해도 인간은 언제나 실수를 저지르는 약한 구석이 있어서 자기도 모르게 시험에 들기도 하고 함정에 빠지기도 합니다.

이때 자기 혼자의 힘으로는 도저히 그 함정에서 빠져나올 수 없을 때가 있습니다. 이때 구도자는 살아 있는 스승에게 구원을 요청할 수 있습니다. 이때 가장 빠르고 효과적인 도움을 받을 수 있는 것은 이 세상에 살아 있는 스승입니다. 그 다음이 그가 평소에 존경하는 이 세상에 생존하지 않는 성자입니다.

차주영 씨는 나에게 직접 찾아와서 얼굴을 마주 대하고 수련을 받은 일이 있습니다. 그러나 양지현 씨처럼 나와 얼굴을 직접 마주 대하고 수련을 받은 일은 없지만 내 저서를 통하여 수련을 하여 온 경우는 위기에 처했을 때 이름만 불러도 도움을 받을 수 있습니다. 얼굴을 떠올릴 수 없으면 사진이나 그 밖의 영상 자료를 이용해도 됩니다.

그러나 어디까지나 위기에 처했을 때나 수련이 수렁에 빠져 있을 때에 한합니다. 수련이 잘되는데도 스승이나 선배 구도자의 도움을 구태여 청할 필요는 없습니다. 도움이 일상화, 습관화되어 버리면 스스로 뼈 빠지게 노력하여 이룩하는 성취감에서 점점 멀어지게 됩니다. 그리하여 구도자가 특정인을 우상화, 신격화하는 신앙인(信仰人)으로 전락할 위험에 빠지게 됩니다.

과거에 나는 수련생들과 같이 한인, 한웅, 단군 할아버지와 석가, 공자, 노자, 장자 소크라테스, 예수, 원효, 육조 혜능과 같은 선배 구도자들의 영상을 떠올리면서 수련을 해 본 일이 있습니다. 그러나 실험이지 일상생활화 하거나 습관화해서는 안 될 것입니다. 어디까지나 자기 힘으로 직접 체험을 통하여 각고의 노력 끝에 얻어지는 깨달음이야말로 참된 자기 재산임을 명심해야 할 것입니다.

5월을 맞이하여

삼공 선생님께.
 선생님, 그동안 안녕하셨습니까? 저 상주에 사는 이미숙입니다. 삼공재를 다녀온 게 엊그제 같은데 벌써 또 한 달이 지났습니다. 바쁘신 건 좀 어떠신지요? 저는 잘 지냈습니다.
 요즘엔 자주 백회 근처에 묵직한 기둥이 서 있어서 바쁜 중에도 늘 생각을 하며 생활합니다. 가끔 일 때문에 늦게 자서 새벽에 못 일어나거나 날씨가 많이 궂으면 빼먹던 달리기도 이젠 몸에 배여서 꼬박꼬박 잘 챙겨 하고 있으며(많은 비가 올 때는 360배로 대신함) 최근엔 자주 이마 근처에 띠를 두른 듯 묵직하고 죄는 듯한 느낌이 있어 그게 뭘까 생각하고 있습니다.
 참, 선생님 전에 같이 삼공선도 공부를 하던 도우한테서 '붓다필드'라는 단체를 소개받았는데 행여 들어 보셨는지요? 인터넷 사이트에 '붓다필드'라고 치면 나타나는데 아무래도 걱정이 좀 됩니다. 그 소식을 전하는 언니의 목소리가 심상치가 않았거든요.
 선생님, 오늘 시간이 괜찮아서 올라가려 합니다. 어제 전화를 드렸어야 했는데 대구 시댁에 다녀오느라 경황이 없어 미리 연락 못 드렸습니다. 죄송합니다. 그럼 조금 더 자세한 얘기는 올라가서 드리겠습니다. 그럼 안녕히 계십시오.

2004년 5월 9일
아침에 상주에서 이미숙 올립니다.

【필자의 회답】

백회 근처에 묵직한 기둥이 서 있다는 것은 곧 삼합진공(三合眞空)이 될 징조입니다. 상·중·하 단전이 하나의 원통(圓筒)으로 연결되는 것을 말합니다. 삼합진공이 정착되면 수승화강이 저절로 이루어지게 될 것입니다.

그리고 이마 주위에 띠를 두른 듯한 느낌이 드는 것은 상단전이 열릴 징후입니다. 상단전은 중단전과 마찬가지로 한 번만 열리는 것이 아니고 양파 껍질처럼 여러 겹으로 되어 있어서 수없이 여러 번 열리게 될 것입니다.

상단전이 열리기 시작하면 일종의 초능력인 투시력(透視力)과 예지력(豫知力)이 향상되는 일이 있습니다. 그럴 때마다 들뜨지 마시고 차분하게 관(觀)해야 할 것입니다. 초능력은 어디까지나 말변지사(末邊之事)라는 것을 잊지 말아야 할 것입니다.

상단전이 열리기 시작하면 백회 근처가 묏등처럼 융기하게 되어 있습니다. 우리의 신체 중에서 많이 쓰는 부위는 다른 부위보다는 발달하게 되어 있어서 그렇습니다. 이것을 용불용설(用不用說)이라고 합니다. 앞으로 올 변화에 당황하지 않고 차분하게 대처해야 할 것입니다.

유사(類似) 종교 또는 유사 수련단체에서 항상 유혹이 있을 수 있습니다. 그러나 구도자에게 있어서 특정한 신(神)이나 사람의 힘을 의지해서 수련을 한다는 것은 어불성설입니다. 그것은 이미 구도의 영역이 아니라 종교의 영역에 속하는 것이기 때문입니다.

구도자에게는 자기 이외에 전지전능한 신이나 우상 같은 것은 없습니다. 자기 존재의 실상을 깨닫는 것은 이미 전지전능한 우주의식의 한 부분이면서도 동시에 전체가 되는 것을 의미하기 때문입니다.

이미숙 선생은 자기 자신을 실제 이하로 폄하하는 경향이 있는데 그렇지 않다는 것을 이번 기회에 깨달아야 할 것입니다. 신체상으로 나타나는 이상의 여러 징후들이 그 실상을 말해 주고 있지 않습니까. 앞으로 자신감과 확신을 갖고 수련에 더욱더 박차를 가해야 할 것입니다.

할수록 어려운 공부

삼공 선생님, 후텁지근한 날씨에 안녕하셨습니까? 올해는 장마가 긴 탓에 연일 습도가 높아 끈적끈적하고 꽤 덥습니다. 전 그동안 폭염으로 유명한 대구에서 한 삼십 년 이상 살아왔으므로 웬만한 더위엔 적응이 되었고 또 부산은 또 바닷바람이 있어 그렇게 덥지 않았거든요.

그래 더위는 거의 안 타는 편이었는데 올해는 유난히 더위를 탑니다. 그리고 땀도 많이 흘립니다. 그동안 더운데도 땀이 안 나는 것이 사실 걱정은 좀 되었지만 편했더랬습니다. 근데 갑자기 땀이 나니까 불편합니다. 그래도 몸이 정상적으로 돌아온 거다라고 생각하면 또 한편은 맘이 놓입니다.

아마도 몸에 또 큰 변화가 있으려나 봅니다. 참, 혹시나 살이 좀 쪄서 더운 건 아닌가 하고 생각은 해 봤지만 그것보다는 다른 여러 가지 정황으로 보아 몸의 변화가 맞는 듯합니다. 계속 살펴봐야겠습니다.

그리고 발 교정 기구는 일주일 정도는 잘 신다가 며칠 쉬고 또다시 신고 벗곤 합니다. 너무 무리하게 하루 종일 신어서인지 저녁에 녹초가 됩니다. 아무래도 일상생활에 지장이 좀 있어 운영의 묘를 발휘해야 할듯 싶습니다.

저의 명현 현상은 하품이 많이 나고 쉬이 피곤하고 잠이 쏟아진다는 것입니다. 삼공 공부가 몸에 밴 뒤로는 잠이 많이 줄었고 눈이 떠 있는 상황에는 늘 또록또록했는데 이것을 신고 나서는 어찌나 녹초가 되는지 일을 할 수가 없어 또 며칠은 벗어 두곤 했습니다.

발바닥에 불이 붙은 듯 화끈거리고 따끔거리기도 하면서 묵직한 통증이 밀려오네요. 아직도 제 몸공부는 멀었다 싶습니다. 방심하지 말고 제 몸 상태를 잘 확인해 가면서 조절해 보겠습니다.

오랜 세월 동안 틀어진 몸이 바로 잡히려면 그 몇 배의 고통이 따르는 것은 당연한 것! 조급한 마음을 잘 다스려 현명하게 대처하렵니다. 조금은 게으른 답일지는 모르겠지만 암튼 잘 파악하고 또 잘 챙겨 보겠습니다.

쉽게 생각하면 또 쉽지만 아무래도 삼공 공부는 할수록 어렵습니다. 그래서 더욱 해야 하지마는요. 그래도 전 행복한 사람입니다. 이렇게 투정도 부리고 의논드릴 선생님도 계시고 좋은 인연들이 곁에 많으니깐요. 아직 공부가 턱도 없이 모자라서 부끄러운 이미숙 상주에서 글 올립니다. 그럼 안녕히 계십시오.

2004년 7월 10일
늦은 시간 상주에서 이미숙 올립니다.

【필자의 회답】

선도 수행자의 제일차적 수련 대상은 말할 것도 없이 자기 자신의 몸과 기와 마음입니다. 만약에 우리가 우리 자신의 몸과 기와 마음을 우리 뜻대로 완벽하게 다스릴 수 있다면 우리는 우주를 다스릴 수 있는 능력을 갖게 될 것입니다. 왜냐하면 우리들 각자는 소우주이기 때문입니다. 그리고 소우주를 다스릴 수 있는 사람은 대우주를 다스릴 수 있기 때문입니다.

수신(修身)할 수 있는 사람은 제가(齊家)할 수 있고 제가할 수 있는 사람은 치국(治國)할 수 있고 치국할 수 있는 사람은 평천하(平天下)할 수 있는 이치와도 같습니다. 그러나 소우주인 자기 몸을 완벽하게 다스릴 수 있는 사람은 극히 드뭅니다.

그러므로 그 완벽을 향해 우리는 최선을 다하여 접근을 시도하는 것입니다. 그것이 바로 수행입니다. 그러므로 그 완벽이라는 진리를 향하여 어느 정도 접근했느냐가 수련의 수준을 말해 준다고 할 수 있습니다.

따라서 성실한 구도자일수록 자기 자신을 철저히 수련의 대상으로 삼습니다. 이미숙 선생은 내가 보기에는 그러한 전형에 속한다고 할 수 있습니다. 그처럼 자기 자신의 결함을 찾아 꾸준히 교정해 나가다 보면 어느 때인가는 반드시 그 성과가 하나둘 겉으로 드러나게 될 날이 있을 것입니다.

내가 아침 걷기 운동을 하는 공원에서 거의 매일 만나는 노파 한 분이 있습니다. 그분은 나이가 64세인데 벌써 나하고는 10년 이상 조깅을 하거나 걷기 운동 할 때마다 만나서 인사를 나누는 사이입니다. 그런데 그분은 몸이 S자로 심하게 휘어 있어서 걸을 때는 꼭 물고기가 헤엄쳐 가는 것 같은 이상야릇한 걸음걸이를 하고 있습니다.

분명히 한쪽 발의 족궁(足弓)이 심하게 무너진 것이 틀림이 없었습니다. 그 때문에 몸의 좌우 대칭(對稱)이 심하게 어긋난 것입니다. 하도 딱하여 최근에 발 교정기구를 쓰면 자세를 바로 잡을 수 있다고 말했습니다. 그러나 그분은 말했습니다.

"이제 살날이 얼마 안 남았는데 그대로 지금처럼 살다가 갈랍니다." 하는 것이었습니다. 비용이 비싸서 그러냐니까 비용은 얼마든 간에 감당할 수 있는데 귀찮아서 그렇다는 것입니다. 그래도 몸이 좋아지면 지병인 해소(咳嗽)도 치료될 것이라고 말했더니 그래도 지금대로 살다 가는 것이 더 편하다고 말했습니다.

그분이 만약에 수행인(修行人)이었다면 그렇게 말하지는 않았을 것입니다. 자기 목숨이 다하는 순간까지 완벽을 향한 전진을 멈추려고 하지 않았을 것입니다. 수행인과 비수행인의 차이는 무엇일까요? 자기 자신 속에 분명 결함이 있는데도 이를 고치려 하지 않는 사람이 비수행인이고 자기 자신 속에 결함이 나타나기가 무섭게 무슨 수를 쓰든지 고쳐보려고 애쓰는 사람이 수행인입니다.

겉으로 나타나지 않는 하자(瑕疵)는 숨어 있는 곳을 뒤져서라도 기어코 발견하여 시정하고 마는 것이 수행인의 근성(根性)입니다. 이러한 근성이 강한 사람일수록 반드시 크게 한소식할 것을 의심치 않습니다. 나는 이미숙 선생이 반드시 그러한 수행자의 대열 속에서 빛을 발할 것을 의심치 않습니다.

군대생활

저는 박경률입니다. 제가 3월 2일에 입대해서 지금 계급이 이병인데 말입니다. 그동안 메일을 보낼 기회가 많이 없었습니다. 제가 자대에 배치가 된 것이 6월 3일인데요. 그때부터 계급사회가 보이더군요.

그리고 저는 공군인데, 고참들은 육군이 대부분이고 공군 고참이 한 사람밖에 없습니다. 그래서 그런지 고참들로부터 넌 왜 그렇게 어리버리대냐는 말을 진짜 태어나서 처음으로 많이 들었어요. 그 말을 들을 때마다 심하게 기분이 나쁘고 어떤 때는 안 피는 담배도 피고 말이죠.

그리고 그 밖의 자존심 상하는 욕설과 심한 터치들이 저를 힘들게 합니다. 지금 메일을 이렇게 쓸 수 있는 것도 2박 3일간의 외박 중에만 가능한 것입니다. 정말 고참들한테 어떻게 해야 되는지 알 수가 없어요.

그 밖의 점호 시간에는 목소리가 작다고 혼쭐이 나고 동작 느리다고 혼나고, 제가 전생에 무슨 죄를 지었길래 이렇게 고통스러워야 되는 것일까요? 병(兵)들은 돈의 여유도 없고 정말 남은 2년여의 군생활을 어떻게 버티어야 할까요?

그리고 자세히 보면 저는 특별히 잘하는 것도 없고요, 어떤 때는 하찮은 존재로 느껴집니다. 앞으로 어리버리대지 않는 제가 되려면 어떻게 해야 할까요? 그리고 맡은 업무도 잘할 수 있을지 걱정됩니다.

그리고 거짓말한다고 욕먹고 이불 잘 안 갠다고 욕먹고, 하여튼 이런 쓸데없는 것들이 저를 힘들게 합니다. 김태영 선생님의 군생활은 장교생활이 많으신데 병(兵)일 때는 어떻게 하면 되나요? 아침에 일어나서도 욕먹고 말이죠. 그리고 지금은 책도 마음대로 못 보고 고참들의 심부름이나 하고 눈치나 보는 저 자신에게 화가 납니다.

그리고 경례가 안 된다면서 욕먹고요, '어리버리하다'란 말은 저를 따라다닙니다. 군생활의 경험으로 저에게 좋은 말씀 들려주시면 감사하겠습니다. 그리고 "목소리가 왜 그래?"란 말도 듣고 고참들의 질타가 싫습니다.

이런 하찮은 것들 때문에 욕먹어 피곤합니다. 군생활의 경험으로 저에게 좋은 말씀 들려주시면 감사하겠습니다. 차라리 장교로 오면 더 좋았을 걸 하면서 후회막급입니다. 이런 대우받으며 살기도 싫은 생각이 듭니다.

그리고 되도록 내일까지 회답 보내 주시면 고맙겠습니다. 2박 3일간의 휴가이기 때문에 그렇습니다. 선생님께 의존하는 것 같아 죄송합니다. 읽어 주셔서 감사합니다.

박경률 올림

【필자의 회답】

나는 6·25 일어나던 해인 1950년 7월부터 1963년 봄까지 13년 동안 군대생활을 했습니다. 그중에서 장교생활을 한 것은 9년 3개월 동안이고 그 나머지 근 4년 동안은 사병생활을 했습니다. 그래서 나는 사병생활과 장교생활을 다 같이 경험했습니다. 더구나 사병생활 초기에는 총탄과 포탄과 폭탄이 언제 목숨을 앗아갈지 모르는 최전선에서 군대생활을 했습니다.

박경률 씨는 어리버리하다는 말을 귀가 아프게 듣고 있지만 내가 처음 군대에 발을 들여놓았을 때는 병신이니 사고뭉치라는 꼬리표가 그림자처럼 늘 나를 따라다녔습니다. 처음에 군대에 신병으로 들어가서는 박경률 씨나 나만 그런 것이 아니고 누구나 다 그런 대접을 받게 되어 있습니다.

군대라는 조직 사회는 원래 그렇게 되도록 길들여져 있는 무장 집단입니다. 미나리는 구정물을 먹고 향기로운 채소로 탈바꿈하듯 신병은 욕과 멸시와 천대를 영양으로 흡수하면서 자라나게 되어 있습니다. 그 이유 없는 욕과 멸시와 천대에 굴하지 않고 오히려 이를 도약대로 삼아 자신의 생명력을 향상시킬 수 있는 신병은 살아남고, 그렇지 못한 신병은 좌절하고 낙오하게 되어 있습니다. 살아남는 방법은 굴욕을 참고 견디는 것입니다.

어찌 군대생활뿐이겠습니까? 무슨 일에든지 신출내기는 그런 설움을 겪게 되어 있습니다. 그래서 속에 큰 뜻을 품은 사람은 늘 은인자중(隱忍自重)하므로 어떠한 굴욕이든지 잘 참아 넘기게 되어 있습니다. 한(漢)나라의 으뜸 공신 중의 하나인 한신(韓信)은 젊었을 때 깡패들의 가랑이 밑을 지나기도 했습니다.

구도승(求道僧)의 계율인 육바라밀은 보시(布施), 지계(持戒), 인욕(忍辱), 정진(精進), 선정(禪定), 지혜(知慧)입니다. 세 번째로 인욕이 들어 있는데 굴욕을 참아낸다는 뜻입니다. 사람은 이러한 인욕을 통하여 인간적으로 성숙하게 되어 있습니다.

직장에서 신입사원을 모집할 때도 군생활을 마친 사람을 선호하는 것도 그 때문입니다. 군생활을 마치지 않은 사람에 비해서 군필자는 자기 임무를 수행하는 데 있어서 웬만해서는 불평과 불만을 토로하는 일 없이 인내력과 지구력을 발휘하여 묵묵히 소임을 다하기 때문입니다.

수련의 성패는 인내력과 지구력에 달려 있듯이 군대생활의 성패 역시 얼마나 참아 내고 이겨 낼 수 있느냐에 달려 있습니다. 길가에 자란 잡초가 사람들의 발길에 밟히면 밟힐수록 강인한 생명력을 발휘하듯이 박경률 씨도 지금의 난관에 좌절하지 말고 감연히 일어서야 할 것입니다.

상사나 동료가 어리버리하다고 말할 때는 다 그만한 이유가 있습니다. 욕하고 멸시하는 상대를 원망만 할 것이 아니라 그들이 왜 그런 소리를 하게 되었는지를 그때마다 냉철하게 자기 반성하여 다시는 그런 실수를 범하지 말아야 합니다.

군대 조직이 신병에게는 아무리 살벌하다고 해도 그곳 역시 사람이 사는 곳입니다. 박경률 이병에게 이유 없이 반감을 품은 측도 있겠지만 동정을 품거나 도와주려는 측도 있을 것입니다. 그들의 도움과 충고를 듣도록 해야 할 것입니다.

그리고 군대에서는 무엇보다도 민첩하고 요령이 있어야 합니다. 아무리 눈코 뜰 새 없이 바쁘게 돌아간다고 해도 항상 냉정하게 자기 자신을 관찰할 수 있어야 합니다. 남들이 나를 어떻게 생각하는지를 늘 객관적으로 살펴볼 줄 알아야 합니다.

그렇게 하다가 보면 실수를 범하기 전에 그리고 어리버리하다는 말을 듣기 전에 재빨리 사태를 수습할 수 있을 것입니다. 그렇게 되면 남에게 고삐를 잡혀 끌려다니는 일 없이 언제나 스스로 자기 자신을 다스릴 수 있는 고삐를 잡을 수 있게 될 것입니다.

저자 약력
경기도 개풍 출생
1963년 포병 중위로 '예편
1966년 경희대학교 영어영문학과 졸업
코리아 헤럴드 및 코리아 타임즈 기자생활 23년
1974년 단편 『산놀이』로 《한국문학》 제1회 신인상 당선
1982년 장편 『훈풍』으로 삼성문학상 당선
1985년 장편 『중립지대』로 MBC 6.25문학상 수상

저서로는 단편집 『살려놓고 봐야죠』(1978년), 대일출판사, 민족미래소설 『다물』(1985년), 정신세계사, 장편 『소설 한단고기』(1987년), 도서출판 유림, 『인민군』 3부작(1989년), 도서출판 유림, 『소설 단군』 5권(1996년), 도서출판 유림, 소설선집 『산놀이』 ①(2004년), 『가면 벗기기』 ②(2006년), 『하계수련』 ③(2006년), 지상사, 『선도체험기』 시리즈 등이 있다.

약편 선도체험기 16권

2022년 02월 10일 초판 인쇄
2022년 02월 20일 초판 발행

지은이   김 태 영
펴낸이   한 신 규
본문디자인 안 혜 숙
표지디자인 이 은 영
펴낸곳   글터
주소   05827 서울특별시 송파구 동남로 11길 19(가락동)
전화   070 - 7613 - 9110 Fax02 - 443 - 0212
등록   2013년 4월 12일(제25100 - 2013 - 000041호)
E-mail geul2013@naver.com

ⓒ김태영, 2022
ⓒ글터, 2022, Printed in Korea

ISBN 979 - 11 - 88353 - 43 - 9   04810   정가 20,000원
ISBN 979 - 11 - 88353 - 23 - 1(세트)

* 저자와 출판사의 허락 없이 책의 전부 또는 일부 내용을 사용할 수 없습니다.
* 잘못된 책은 교환해 드립니다.